壱語壱絵

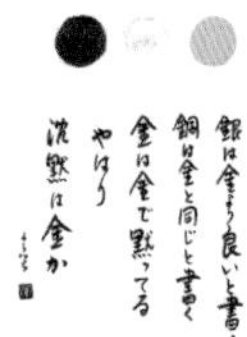

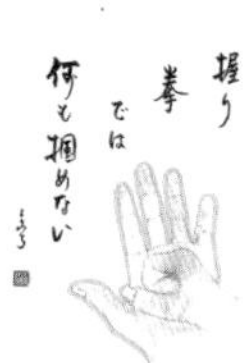

365

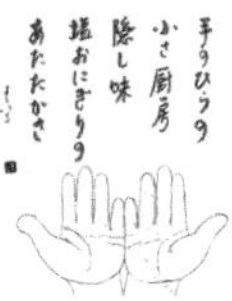

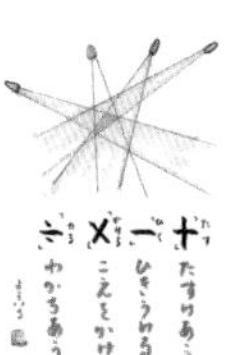

清水洋一

鳥影社

赤心のことばと絵の二刀流

編集長　奥山晴治

畏友の清水洋一さんが『壱語壱絵』の本を出版してから二十三年、その間十三巻の本を出版し、その作品は何と五千枚を超えたのである。

作者の言葉や文字は千変万化であり、字も絵もなかなかのもので、まさに二刀流である。吹き出してしまう楽しい作品も多い。それは作者自身の人柄なのか。ユーモアなのか。仄聞するに、本人は青年期に農業に従事し、また市議会議員としても活躍してきた苦労人でもある。だからこそ自然や人との対話ができるのかも知れない。様々な人生の出会いを作品化した日本の中でも誰もが真似できない清水流「人生の生き方」とも言えそうだ。

例えば十巻に「**銀は金より良いと書く、銅は金と同じと書く。金は金で黙っている。やはり沈黙は金か**」（9月1日）、いかに自分を良く見せようとする人が多い世の中で、本物は静かにしていても光っているということなのだろうか。何と味わい深い作品なのであろう。このような作品が五千もあるのだ。

実は清水さんを知ったのは自叙史『残照余情』を拝読してからで、長男の匠さん夫妻と私は競技ダンスの会で役員として交流があり、湘南選手会の会長として、会のイベントでは何度も助けていただいたご夫妻でした。
まさか匠さんのお父さんが清水洋一さんだったとは、全くわからないまま、別々の交流があったのですが、この度、親子の関係が分かり、交流がさらに深まった次第です。
私は五千を超える『壱語壱絵』の作品から三百六十五枚の作品を選び「日めくりで毎日楽しめる本にしたらどうか」という私の意見に清水さんは賛同し、私が作品を選ぶ担当になってしまいました。五千枚の中から三百六十五枚を選ぶことは大変な作業になりましたが、自分流に選ばせて頂き、今回の出版の運びになったのです。
春夏秋冬、一日一日を大切に「人生の道を楽しむ」思いです。
心ある皆様に一読していただけたら幸甚です。

二〇二四年三月

奥山晴治
文化とふれあい研究所所長
人前での話しうまくなろう会
平塚柔道協会会長
平塚市議会議員OB会副会長
元競技ダンス湘南選手会会長

――平塚市の浦田政子（ピアノ教師）――

「繊細な文字、堂々たる文字、踊ったり笑っていたり、つぶやいていたりするような文字。絵の面白さが文字と重なり、私は「ウンウン・そうそう同感同感」と一人言を言いながらページをめくっていました。

人生の面白さ、生き方、思いやり、自然のとの出会いが、壱語壱絵となった感動の一書です。

――平塚市の武井治江（元幼稚園教諭）――

「小さな出来事や発見、人との出会いを自然な言葉で綴られた本、心の中にスーと入ってくるのは作者のお人柄でしょうか。私のこれからの人生にもっと目を開き、もっと耳を澄ませ、もっと心も優しく生きていこう」と決意させてくれた忘れられない一書となりました。

――山下孝子（元茅ヶ崎市議会議長・議員経験者の会事務局長）――

清水さんとは議員経験者の会で初めてお会いし、『壱語壱絵』の本に出会ったのです。その九巻に「詰

め将棋枡目の上の大宇宙」という作品を見つけ、その魅力に私は釘付けにされてしまいました。「将棋の取り手は宇宙の原子の数より多い」と言われていること、何と絵と文字に表現されているではありませんか。また、

「**ブーメラン夜空にささってもどらない**」(12月19日)

この作品は三日月が夜空にささっているのを描いたもので、その空想の世界観の御仁である。このような幾多の作品を通じて、この作者は「どんな人生を歩んでこられたのか」と大変興味を覚えました。是非一人でも多くの方々に読んでいただき楽しんでいただけたらと思います。

二〇二四年三月

清水洋一君との出会い　県立湘南高校三十回生幹事代表　遠藤明夫

清水洋一君との出会いは、昭和二十七年(一九五二年)四月、神奈川県立湘南高等学校に入学し、同じクラスの仲間となった時点から始まりました。

入学時、清水君は東海道線を利用して茅ヶ崎駅からの通学、私は江ノ島電鉄(当時は江ノ電、或い

はボロ電と言っていた）を利用して長谷駅からの通学で、共に接点はありませんでした。
入学当初から、クラスの仲間は仲良く誰彼となく打ち解けて話すようになりました。そのお蔭で各自の特徴等把握することができました。
湘南高校は勉強だけでなく、色々なクラス対抗戦（一年から三年迄の全クラス毎の対抗戦・各運動競技や弁論、合唱対抗等）があり、入学時から話し上手で「雄弁家」の清水君がクラス代表で弁論大会に出場しました。
二年・三年の二年間は、清水君とはクラスが異なり、その上、履修科目が異なっていたため殆ど会って話す機会はありませんでした。
卒業二十五周年を機に同期会を結成し、私も幹事の一員として同期会を纏めてきました。同期会開催毎に皆が高校時代に戻ったように、和気藹藹と話し合う光景が見られました。無論、清水君と私は旧交を温め、これより親密の長い付き合いが始まりました。同期会は、コロナ禍もあり昨年、最終同期会（三十回）を開催し終了しました。
又、同期の仲間には絵画、作詩・作文、写真、習字、世界の貝殻収集等々幅広い趣味を持っており、卒業五十年を機に各自の作品を一堂に集め、「悠稀会」を結成し、毎年悠稀会展を開催、昨年まで続きました（十六年間）。
無論、この悠稀会展にも、清水君は独特の作品（文章と絵画の合作）を毎年出品しておりました。

清水君は文章や絵画に長けて、書も何冊か出版しており、とても私は清水君の足元にも及びません。一方、清水君は堅物と見る人もおりますが、そうではなく、意外にも彼は柔らか人間で、最近は、清水邸で麻雀卓（自動卓）を囲んでおります。清水君はなかなか手堅い打ち方です。清水君も私も妻に先立たれておりますが、お互い、麻雀や会話を楽しみながら残りの人生を全うしたいと常々考えております。

このたび清水さんの集大成『壱語壱絵三六五』が出版の運びになったことは心よりお喜び申し上げます。

二〇二四年三月

老いてなお誇り軒昴同窓会　神奈川県立湘南高校

1月

1月1日

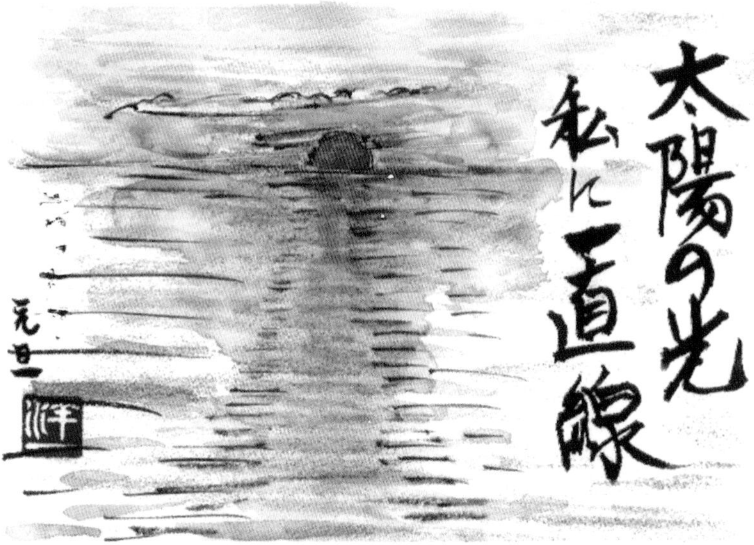
太陽の光
私に直線
元旦

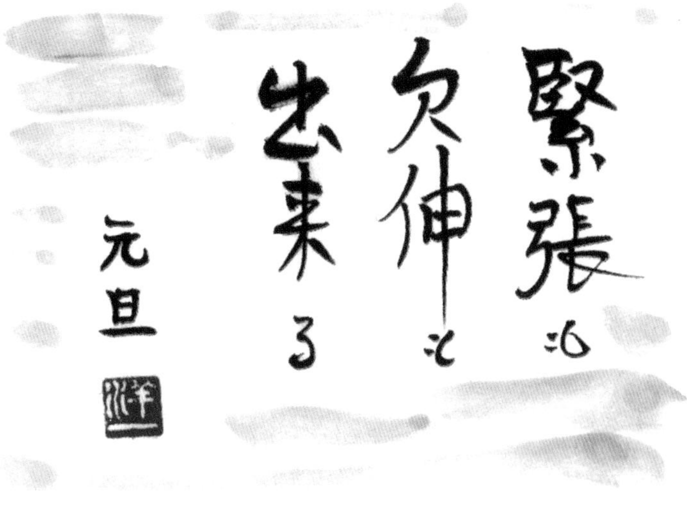
緊張も
欠伸も
出来る
元旦

1月2日

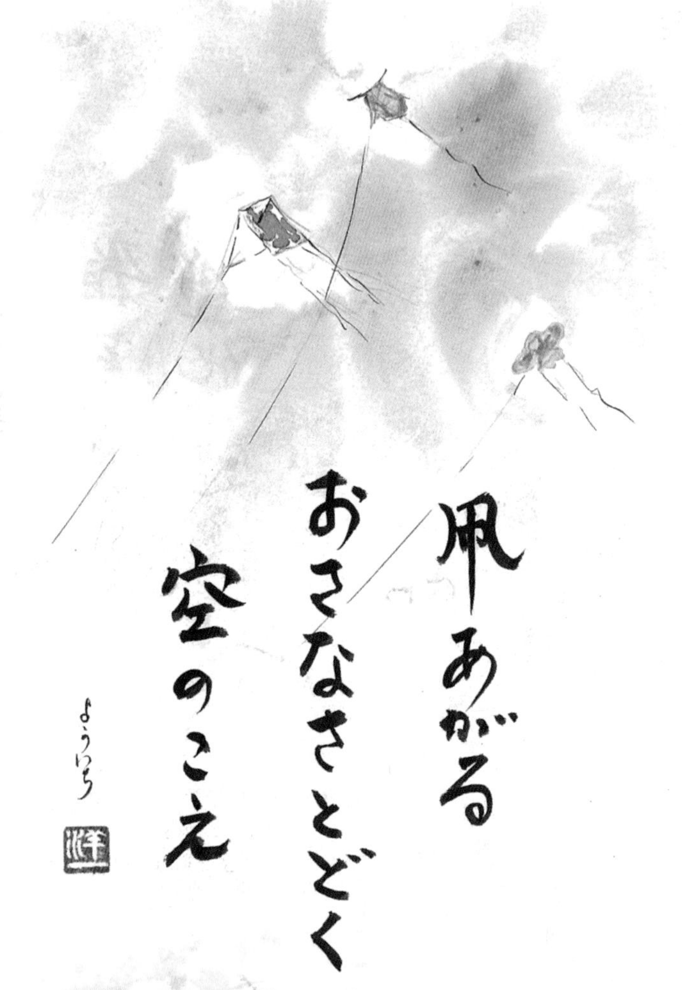
風あがる
おさなさとどく
空のこえ
よういち
洋一

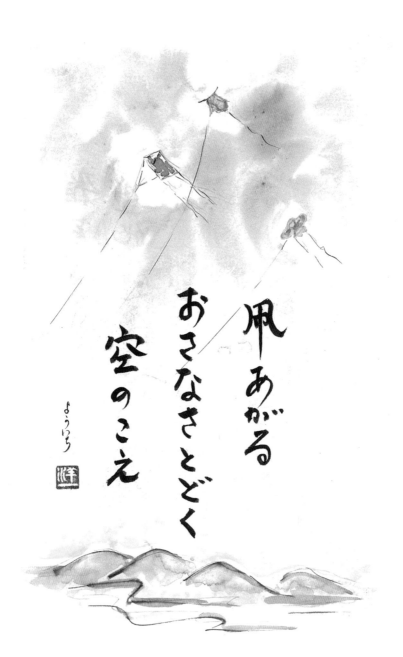

1月3日

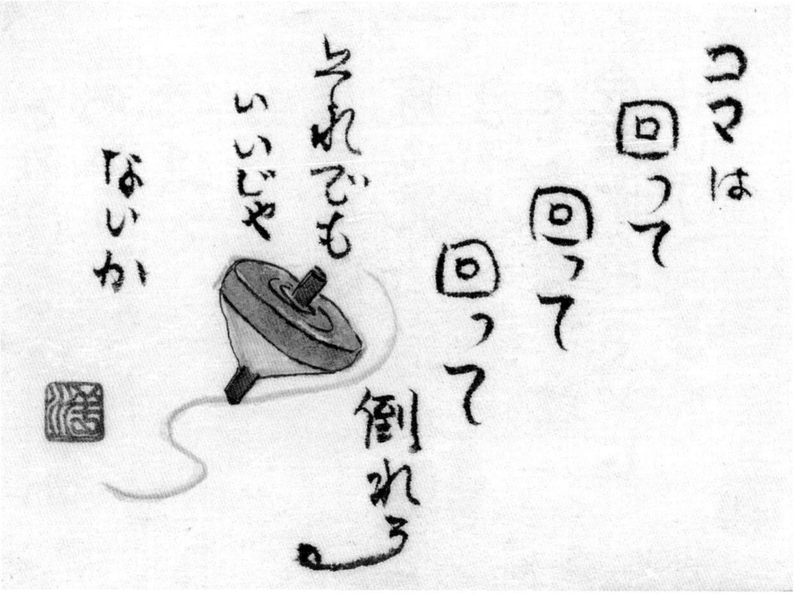
コマは
回って
回って
回って
倒れろ
それでも
いいじゃ
ないか

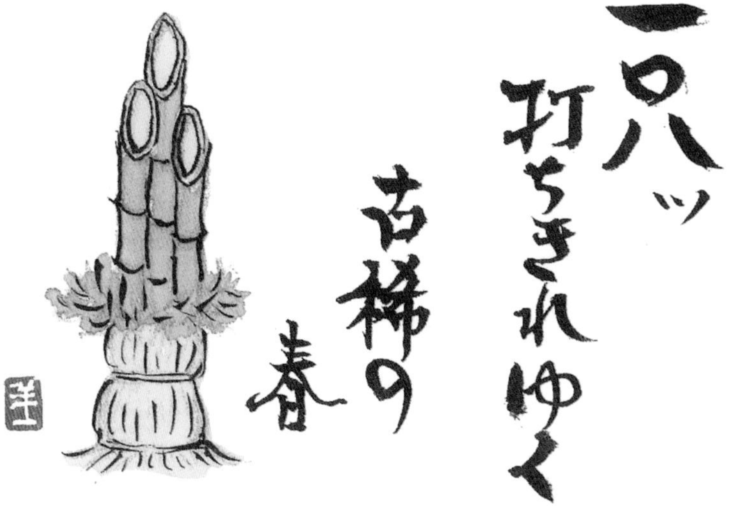
一〇八ッ
打ちきれゆく
古稀の
春

1月4日

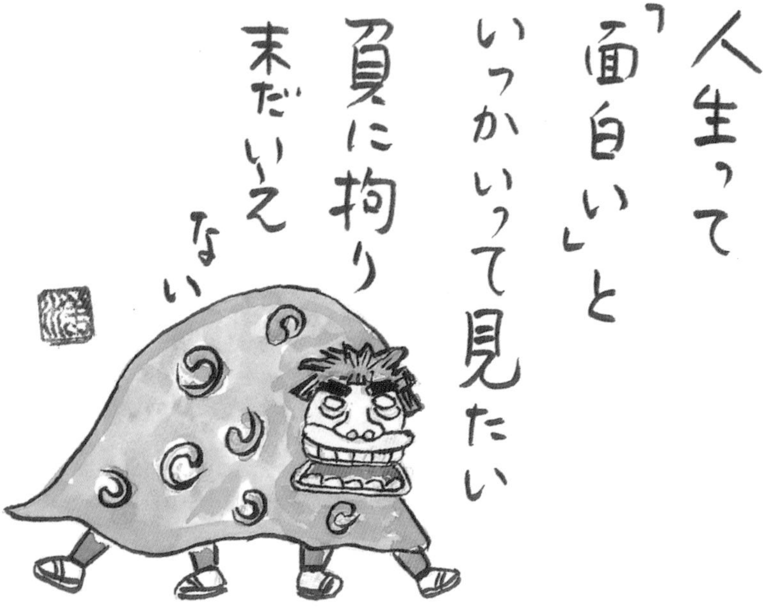
人生って
「面白い」と
いっかいって見たい
負に拘り
未だい～えない

1月5日

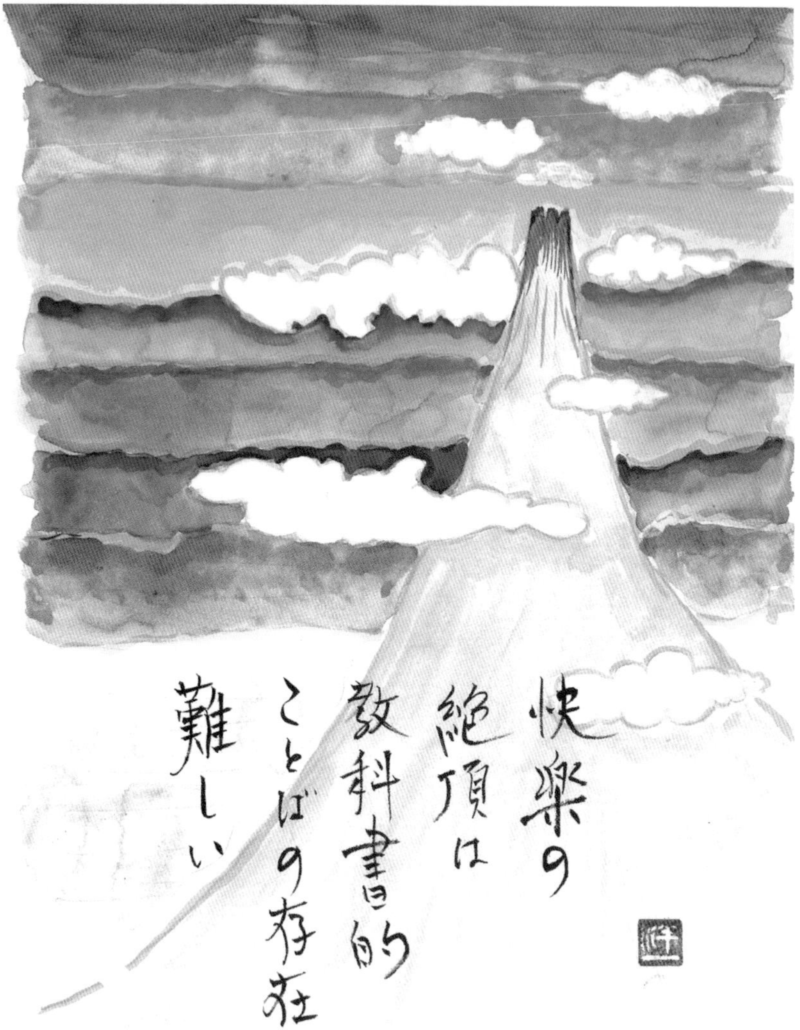
快楽の
絶頂は
教科書的
ことばの存在は
難しい

帆張って
風を待つ

春一番
いで
りずまいぞ
おらが春

1月7日

嘘と本当が
すもうして
のこった〳〵
本当が嘘に
寄りきられ
のこった嘘は
本当かい
―打っちゃり―

1月8日

歌を心に打《ぶ》つける人

歌を心に溜める人

歌を心に消化する人

1月9日

都会で
育った
悪魔が
田舎を
たべようと
する

1月10日

白い
ブランコを
遠くで眺めた
青春

競い合う
幼な遊びの
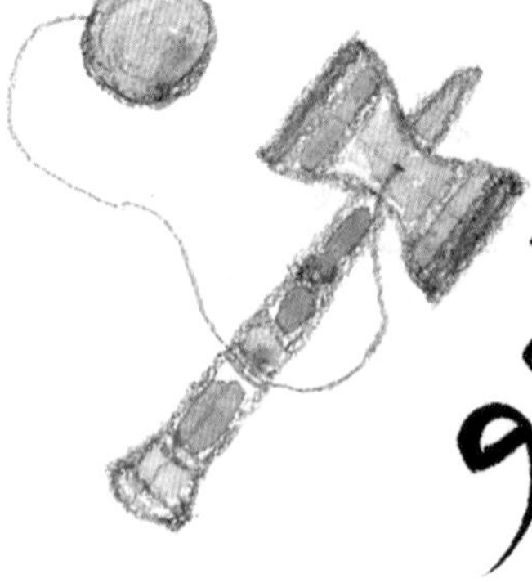
なつかしさ

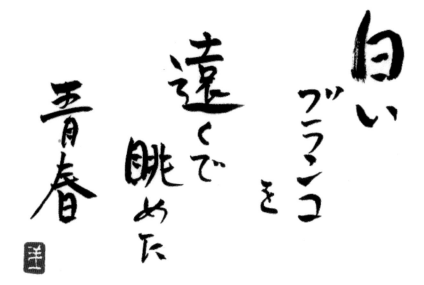

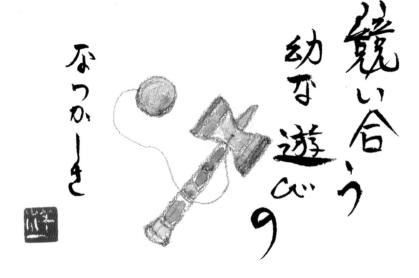

1月11日

私も手伝うから
あなたも
その氣に
なってね

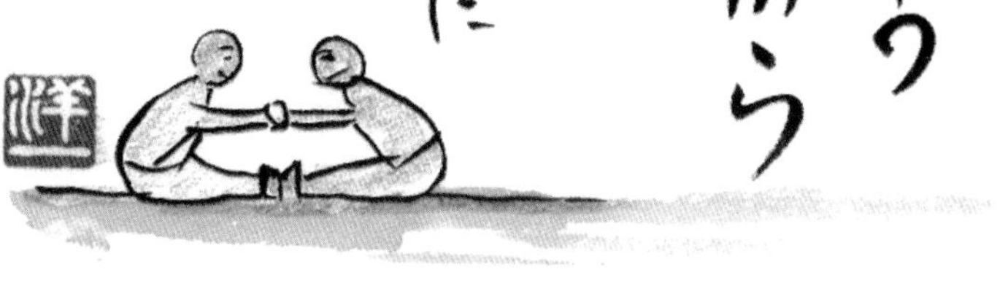

私を追う私
あわてても
追い越せない

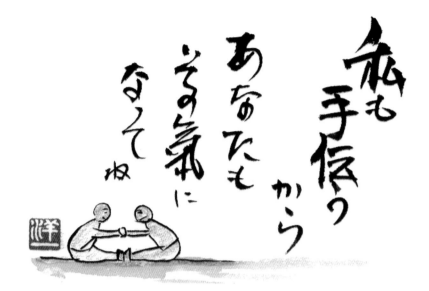

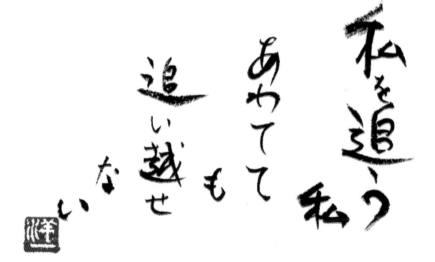

1月12日

力出す声
ぬける息
それなりの
有難いバランス
今日の一日

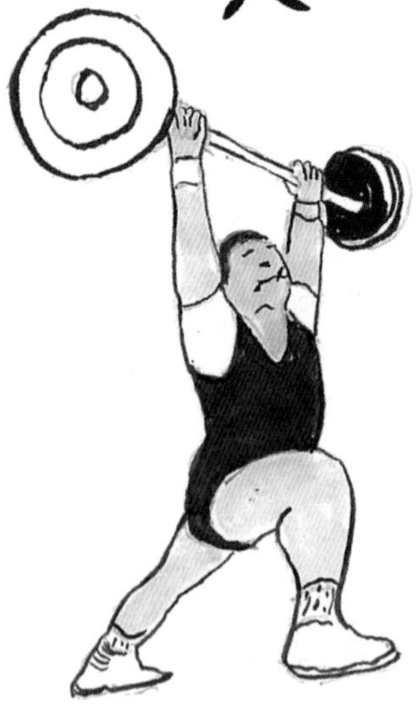

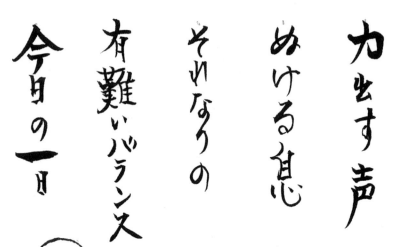

1 月 13 日

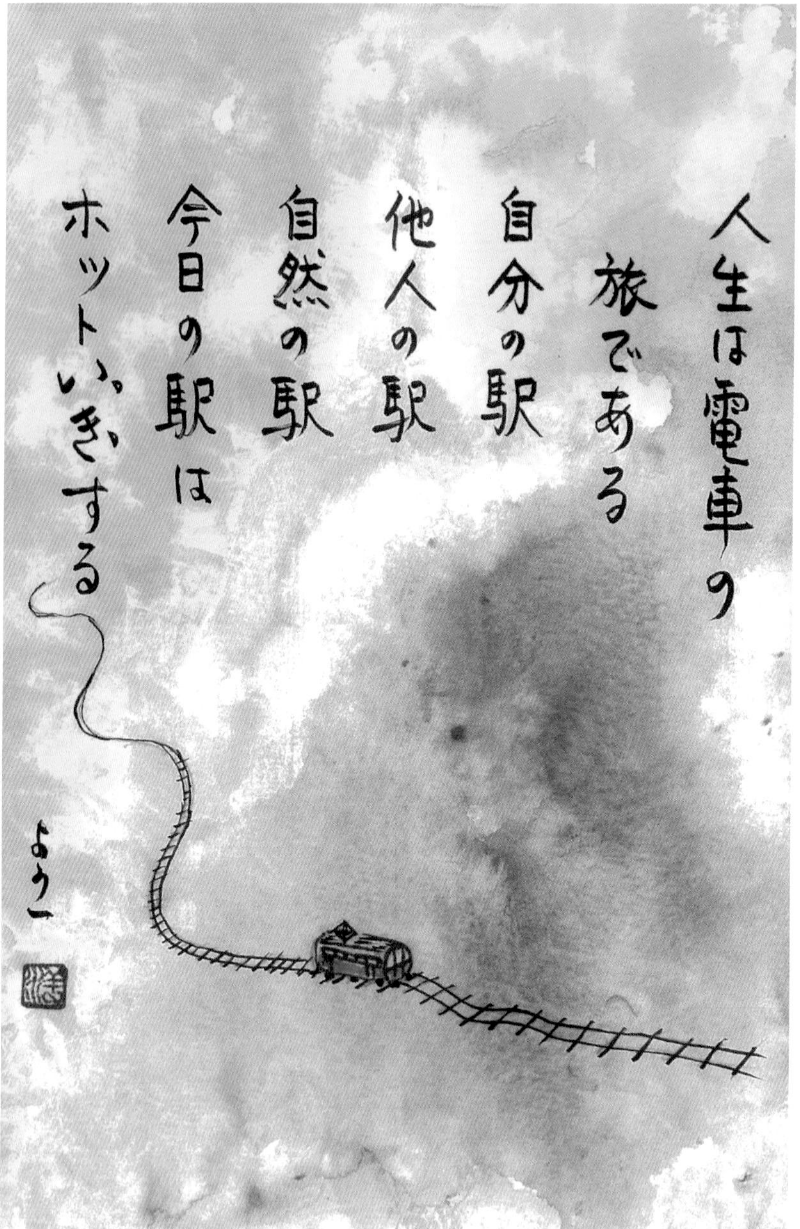
人生は電車の
旅である
自分の駅
他人の駅
自然の駅
今日の駅は
ホットいきする
よう一

1月15日

しゃべり過ぎた
感情の押さえ
られなかった
正直だった
リーダーになれなかった

頑固を貫くと
わからず屋といわれ
妥協すると
わからない奴と
いわれる

1月17日

自分を分析し
深く堀りさげると
自分自身が見えてくる
それがまた
あてにならない
自分を知る

1月 18日

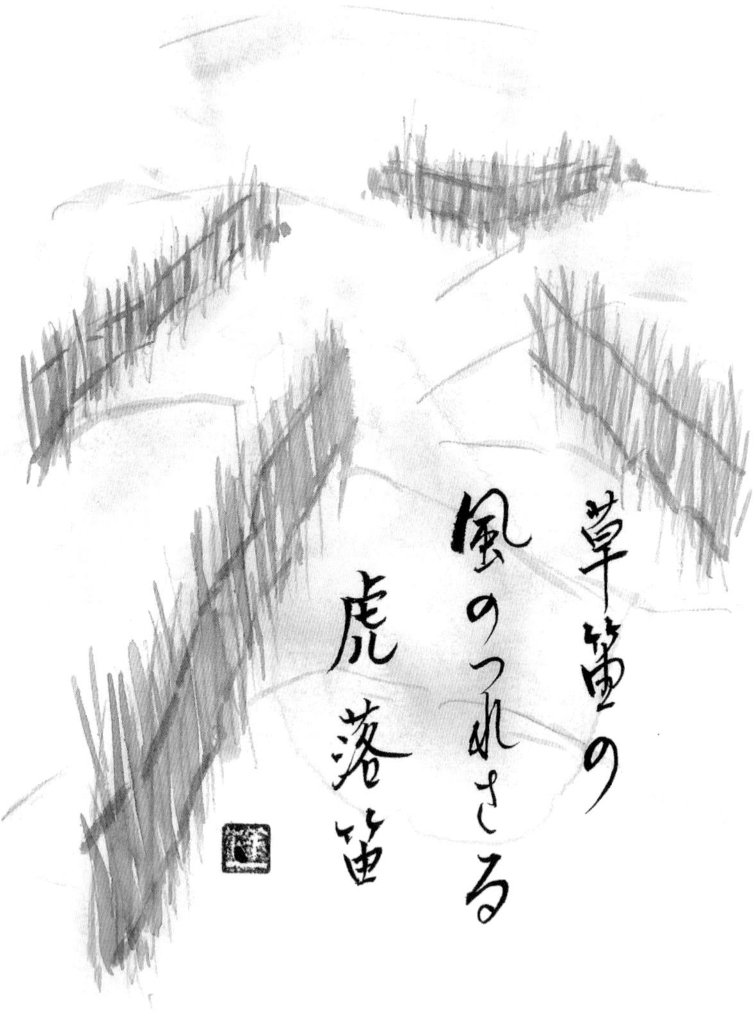

1 月 19 日

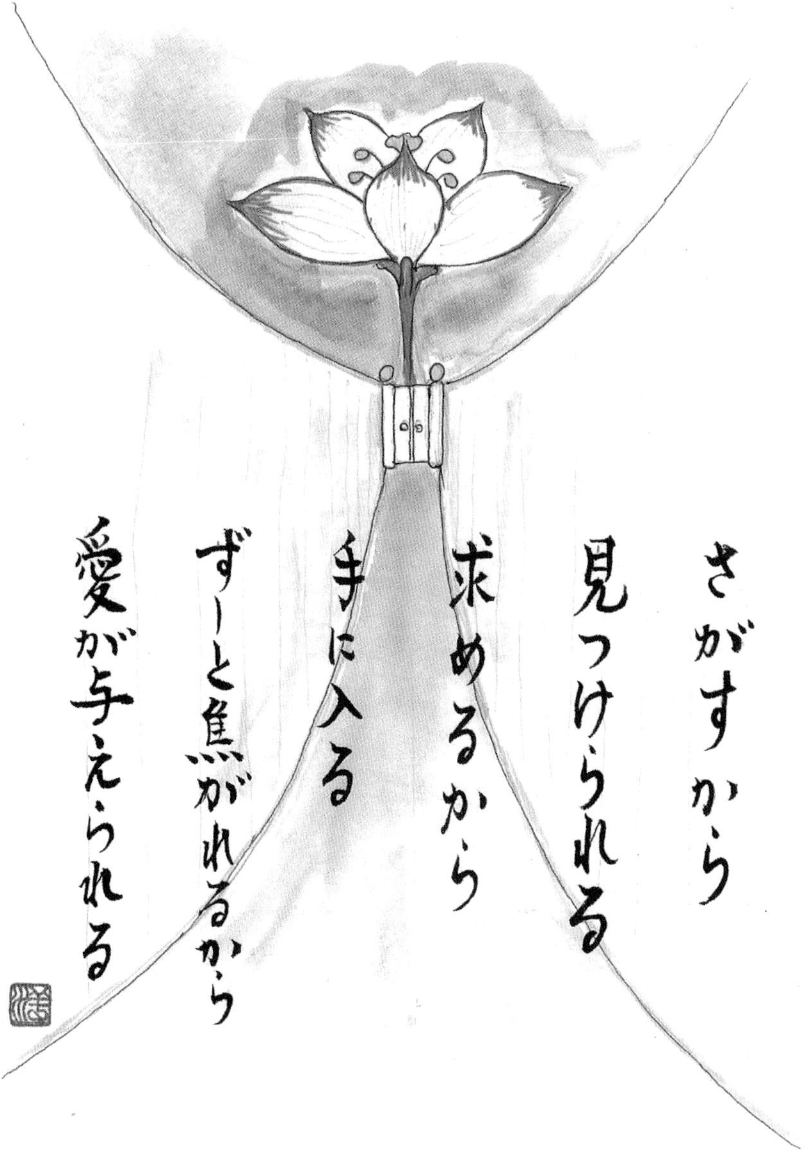
さがすから
見つけられる
求めるから
手に入る
ずーと焦がれるから
愛が与えられる

1 月 20 日

人は
懸命に
生きている
誰もが
名役者だ

1月21日

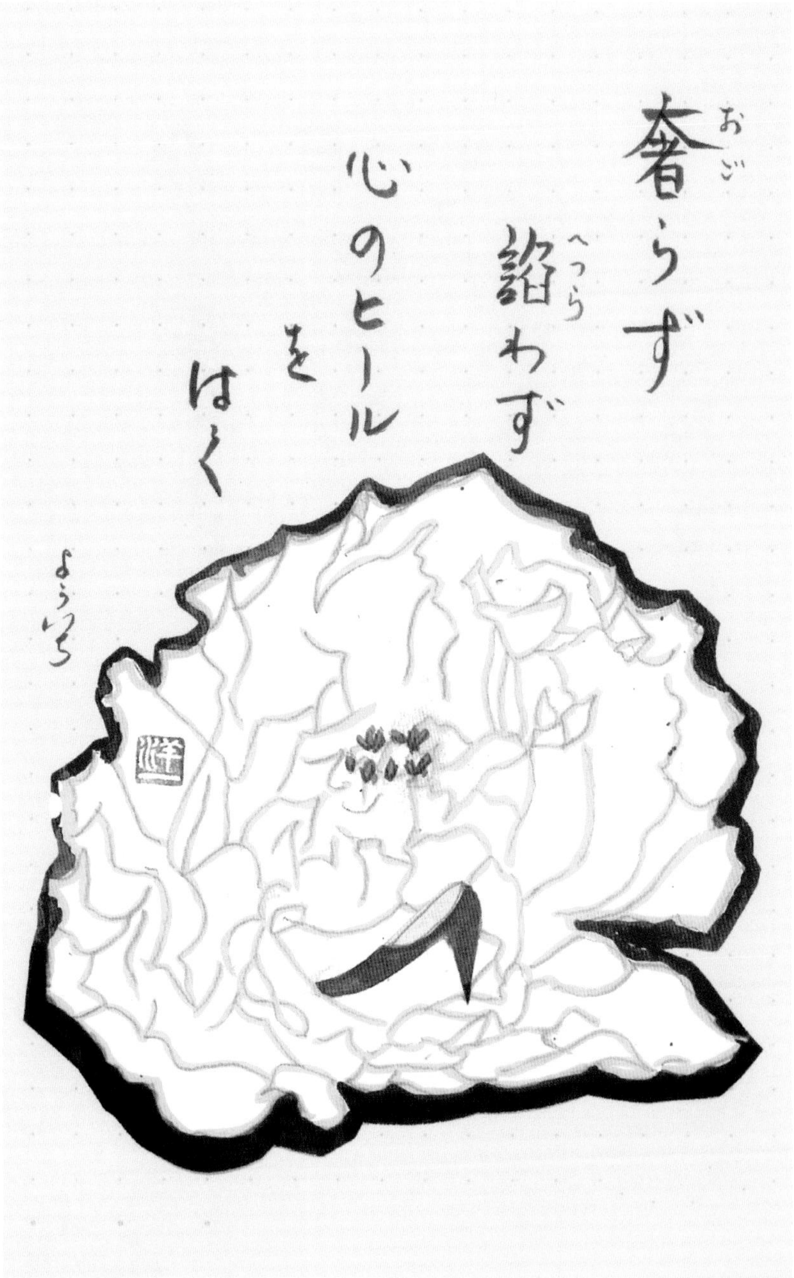

1月22日

一時おいといて
一時おいといて
一時おいといて
ゴミの山

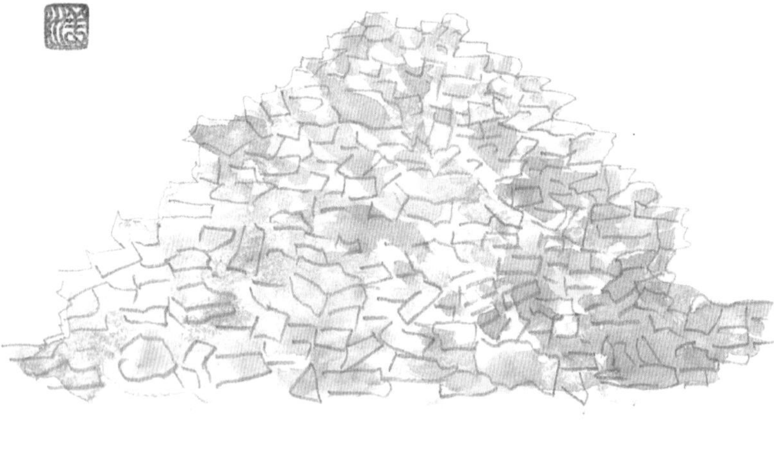

1月23日

休みたい
でも休んでいられない
動いてみる
休みたい、休みたい
もういいよ

1 月 24 日

1月25日

「ただいま」
「お帰り」
一杯のお茶
一灯のあかり
こゝにかえる

1月26日

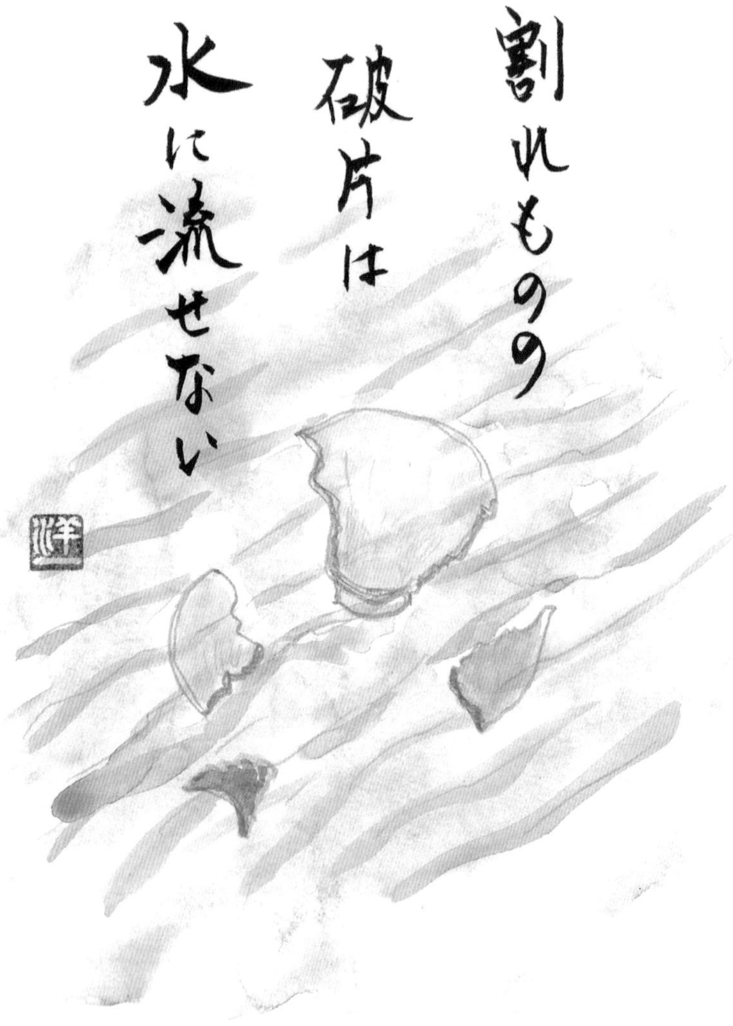

1月27日

ゆずって
やれば
味方

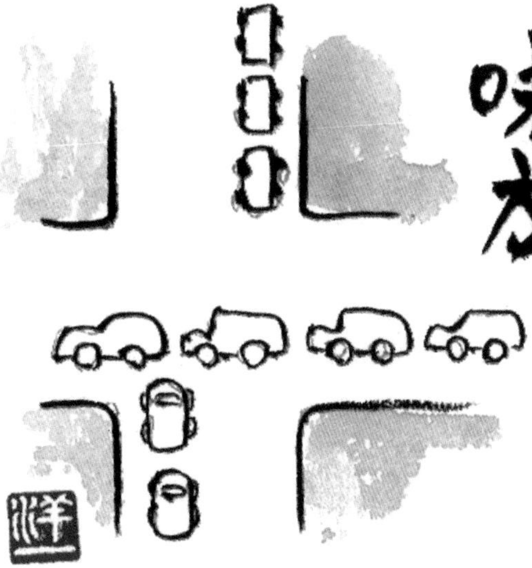

まだ
やってる
と
いわれる
喧嘩は
深く
ない

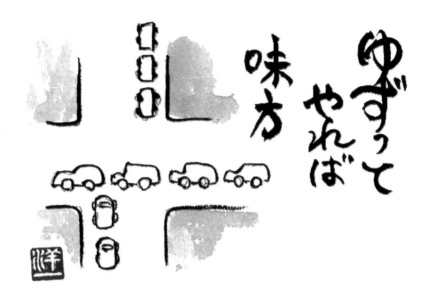

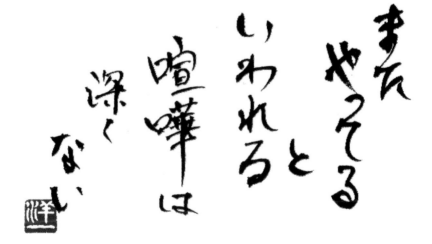

大とろ
赤貝
あなご
遊びは仕事の中にある

人を選ぶ
優劣、感情、
打算、
面白い
馬鹿
加減

無口が
胸の中で
しゃべる
その量を
知る

眼を閉ぢ
心を閉ざる
、、、

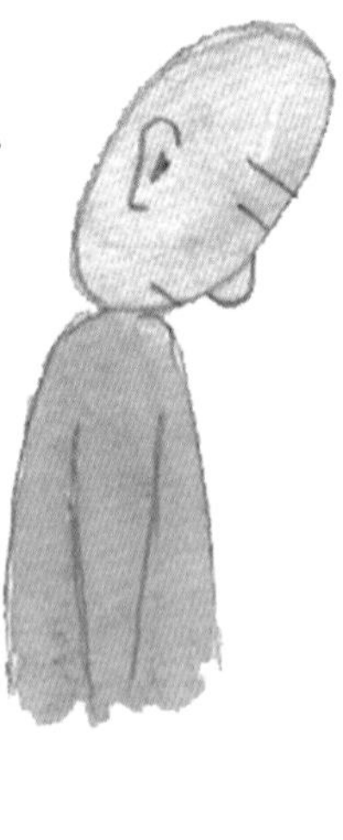

淋しさよ

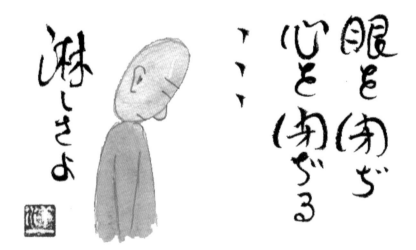

1月31日

昔は俺も
少しは騒がれた
―――と
老いて気付く
帳尻

2月

2月1日

土塊ゆする春がきた

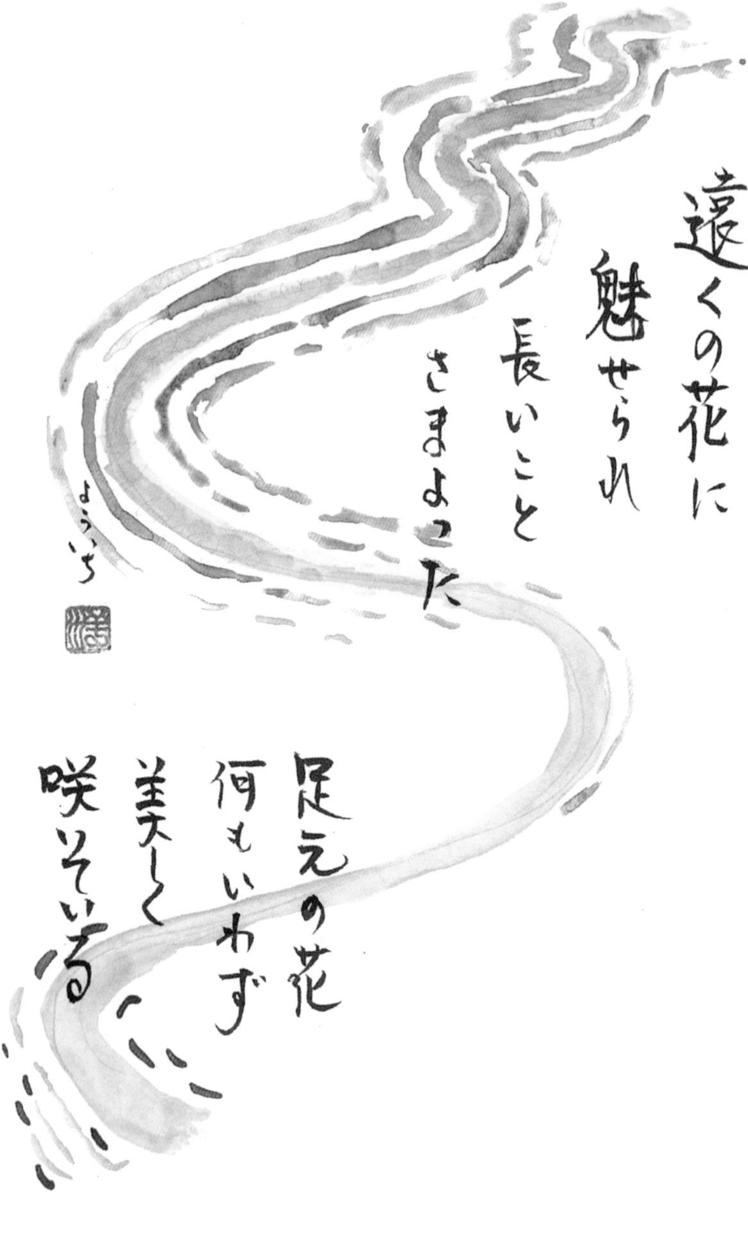

遠くの花に
魅せられ
長いこと
さまよった

足元の花
何もいわず
美しく
咲いている

よういち

2月3日

「鬼は外　福は内」
外に出来た鬼
どこへいった
内に入った福
誰れのもの
我田引水の
鬼ごころ

ようこ

無理は
道理の
上に乗る

福は内
豆で呼び込む
思想《おもい》のちがい

2月5日

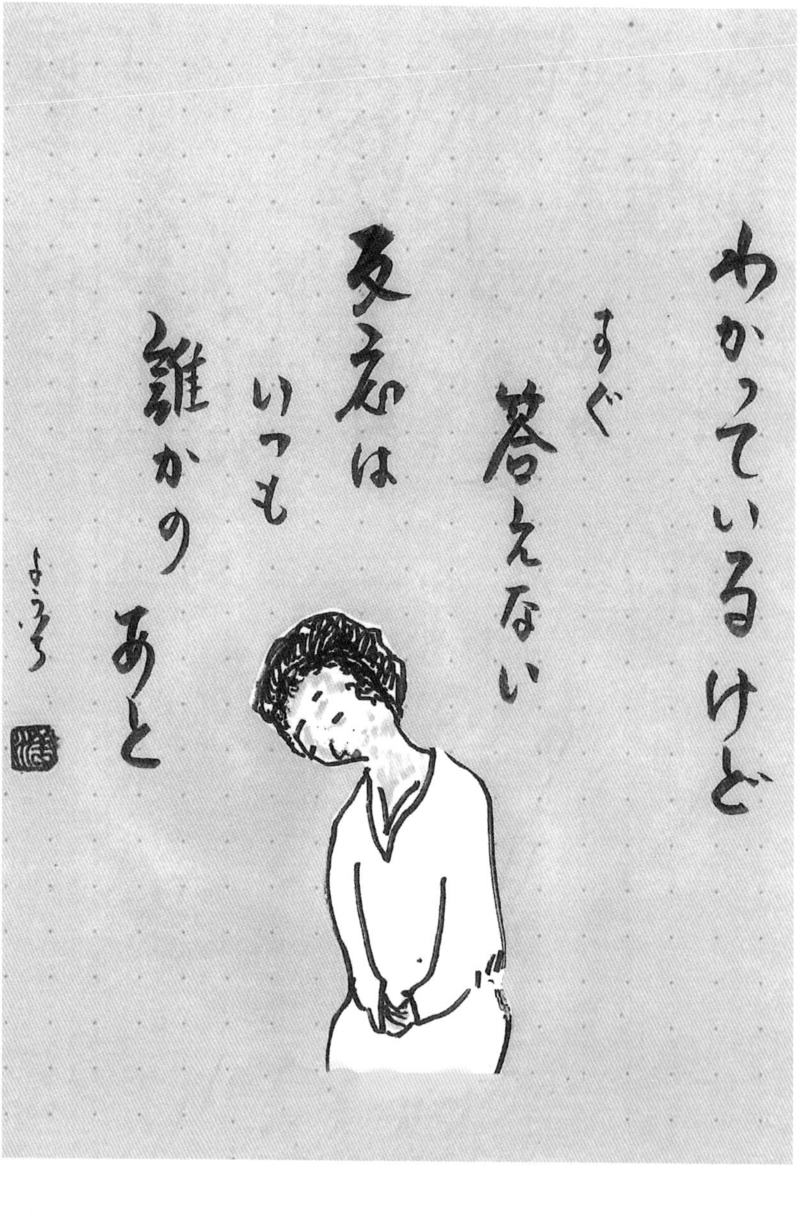
わかっているけど
すぐ
答えない
反応は
いつも
誰かの
あと

2月6日

2月7日

すべてを師と
いえるほど
良い生徒では
ないんです

2月8日

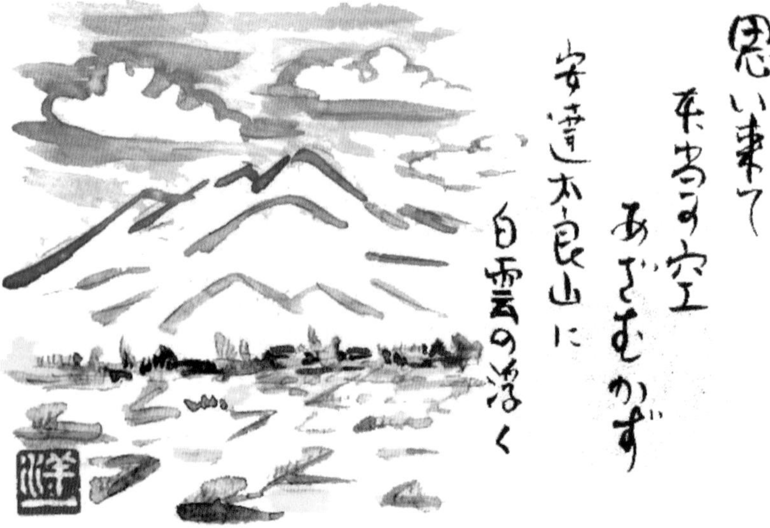
思い来て
東京の空
あおぎむかず
安達太良山に
白雲の浮く

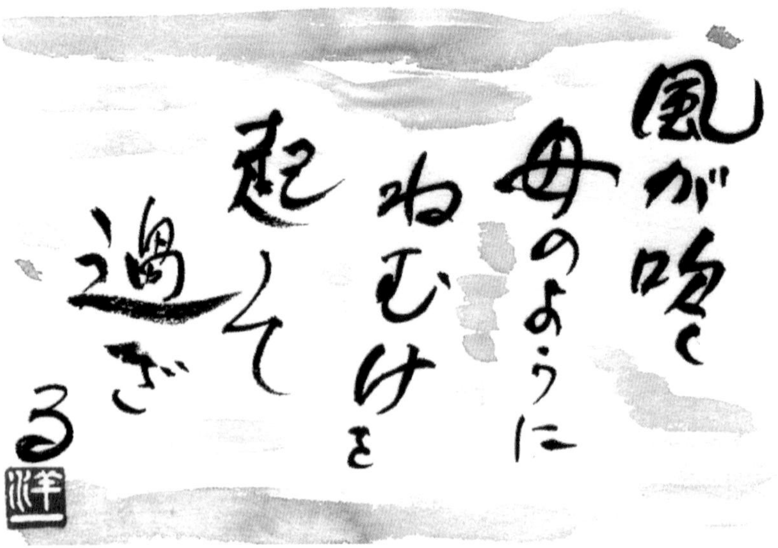
風が吹く
母のように
ねむけを
起して
過ぎる

２月９日

5は1よりも大きいぞ
10が出てくりゃ小さいぞ
千はなげいている
「万になりたい」と
0はのんびり笑ってる

よういち

のまぬお茶は
さめてゆく

息心色
一つ

2 月 11 日

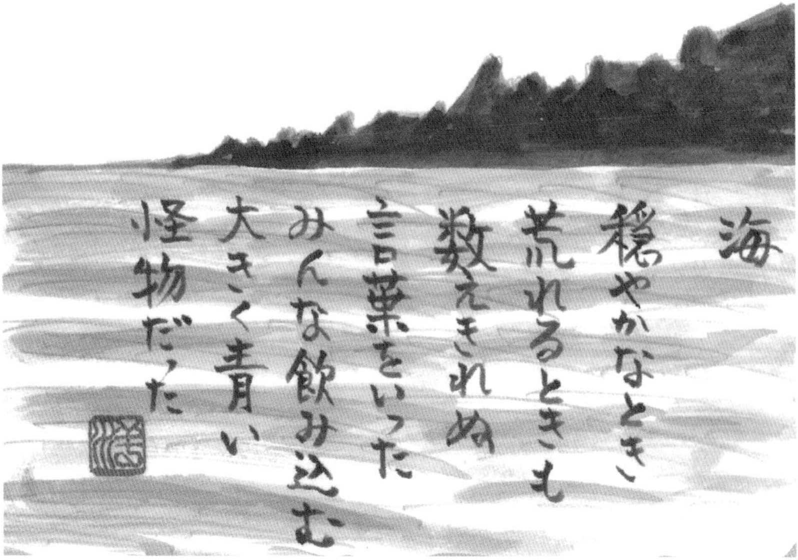
海
穏やかなとき
荒れるときも
数えきれぬ
言葉をいった
みんな飲み込む
大きく青い
怪物だった

濃淡誘う
果しない道
淡々と
ひといろを
すゝむ

2月12日

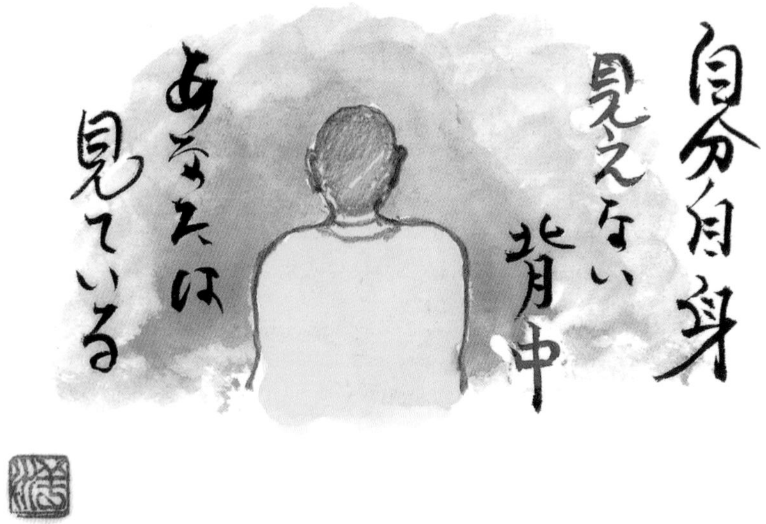
自分自身
見えない
背中
あなたは
見ている

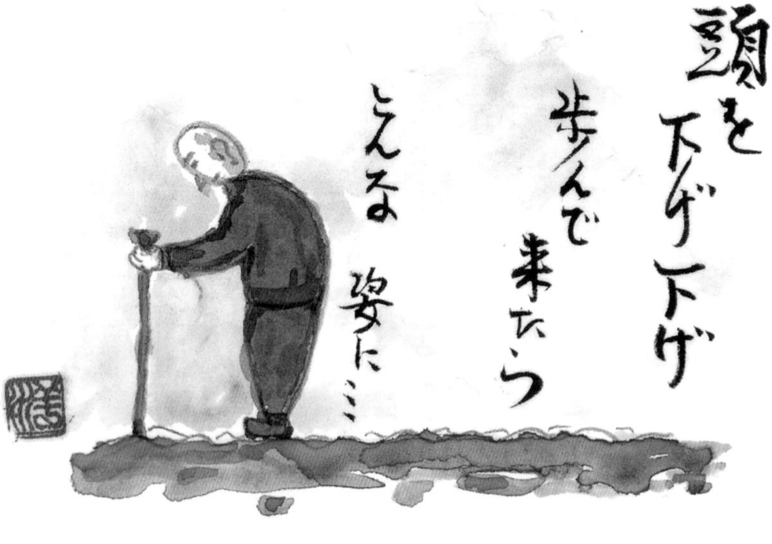
頭を
下げ下げ
歩んで
来たら
こんな
姿に

ひとりで頑張って来た
ひとりで…
いきがる
エゴぢいさん
、ういている

常に律義な正論を口に出す人は人生の山坂を進みずらい

2月15日

味わうことの分量を知る

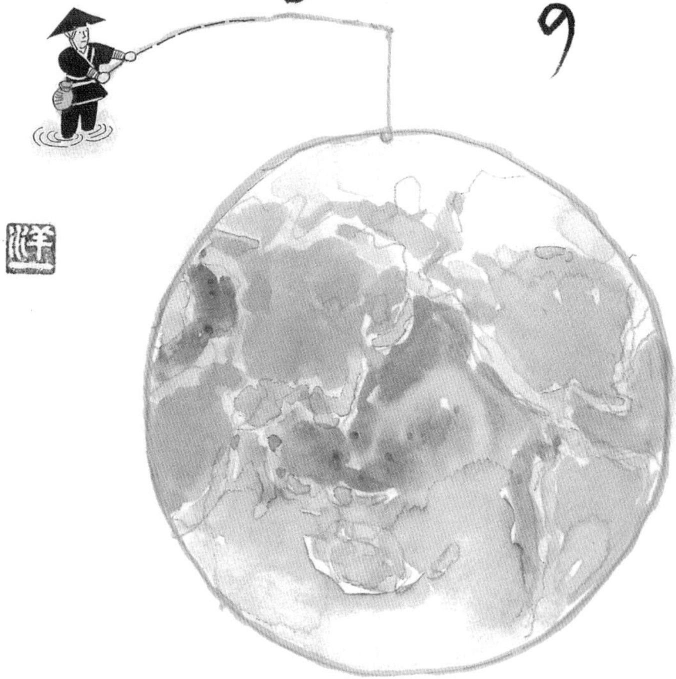

絵にかいたような
真面目な人
絵に
かけ
ない
真面目は
難しい。

絵にかいた
ような
真面目な人
正確
は
信頼
カチ
カチ
カチ
変化の
脆さ

2月17日

2月18日

勝利は美酒にひろがり
敗北は苦酒に縮む
酒に変りはない
人によって
酒は千変万化する

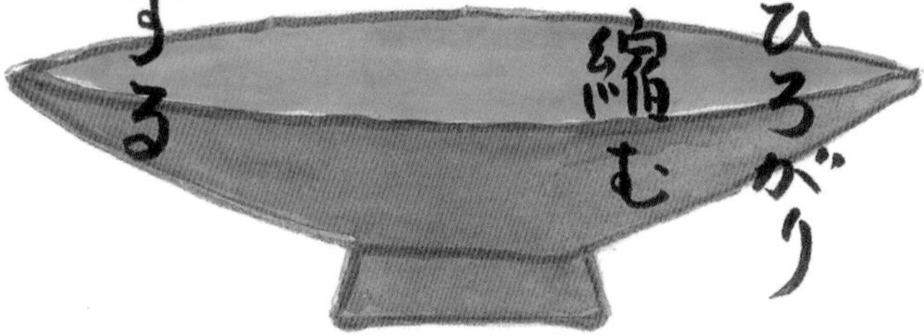

2月19日

ネズミ
臆病で図々しく
ずるかしこく逃げかくれ
盗みと破壊に明け暮れ
憑《つ》かれたように交尾し繁殖する
ネズミが人の真似をするのか
人がネズミの真似をするのか
？、？、

2月20日

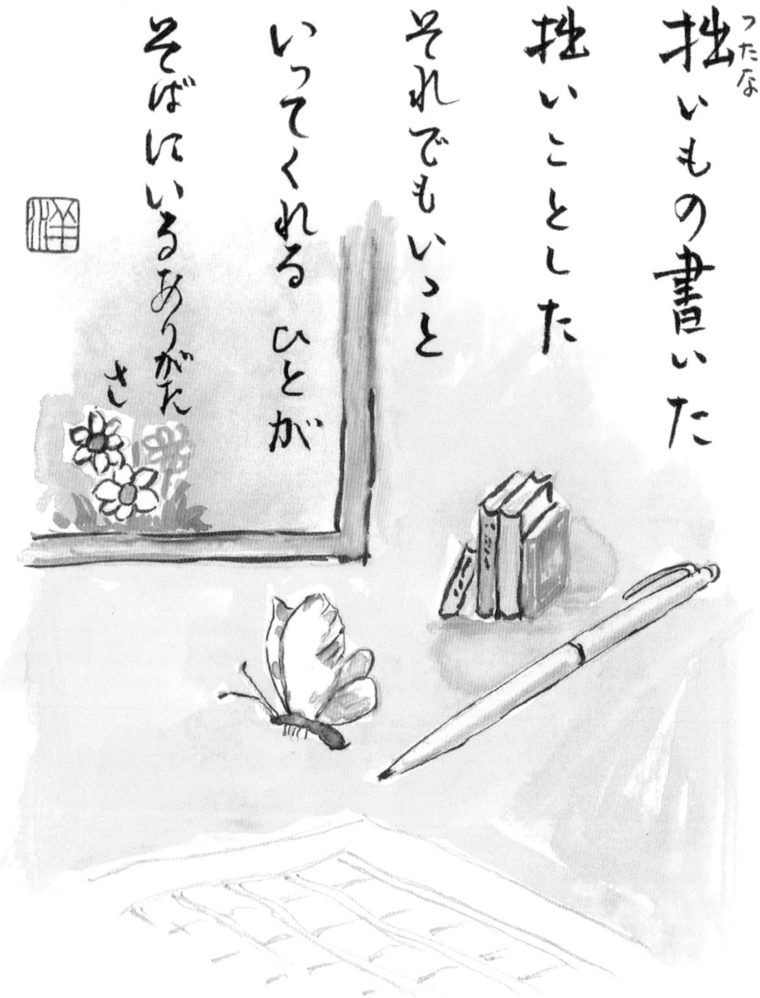
拙《つたな》いもの書いた
拙いこととした
それでもいいと
いってくれる ひとが
そばにいるありがたさ

びん

必要なときぬかれ
用なくば せんされる
漏れつづけ か゜のぬけて
入るを許らず げんなり
口ふさぎ 何も栓

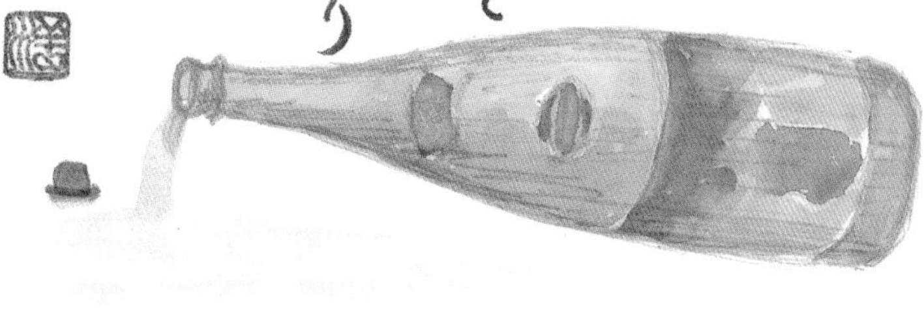

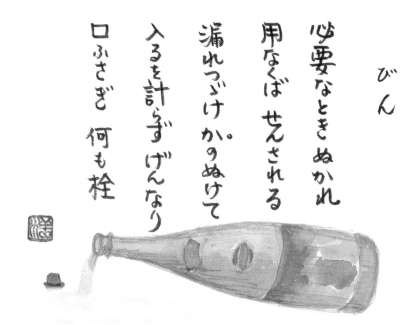

2月22日

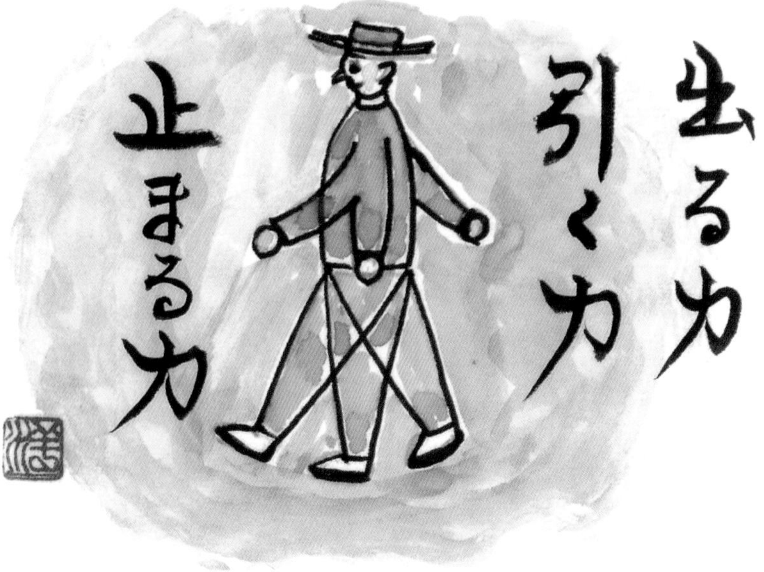
出る力
引く力
止まる力

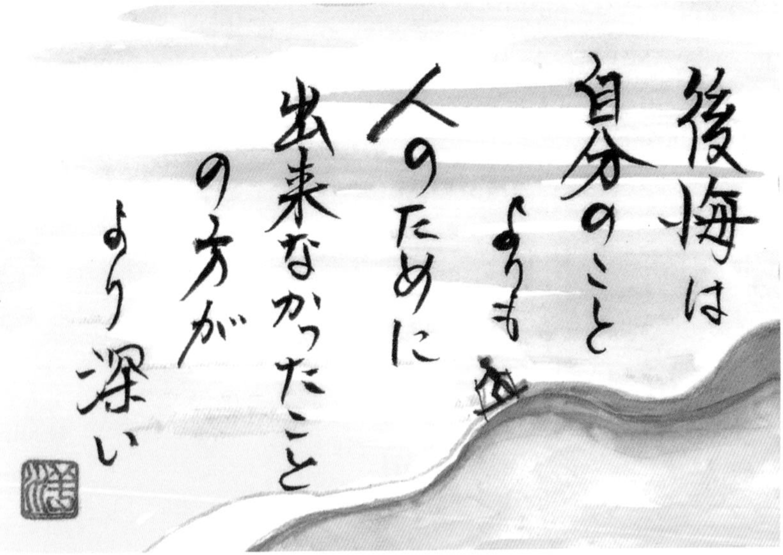
後悔は
自分のこと
よりも
人のために
出来なかったこと
の方が
より深い

2月23日

2月24日

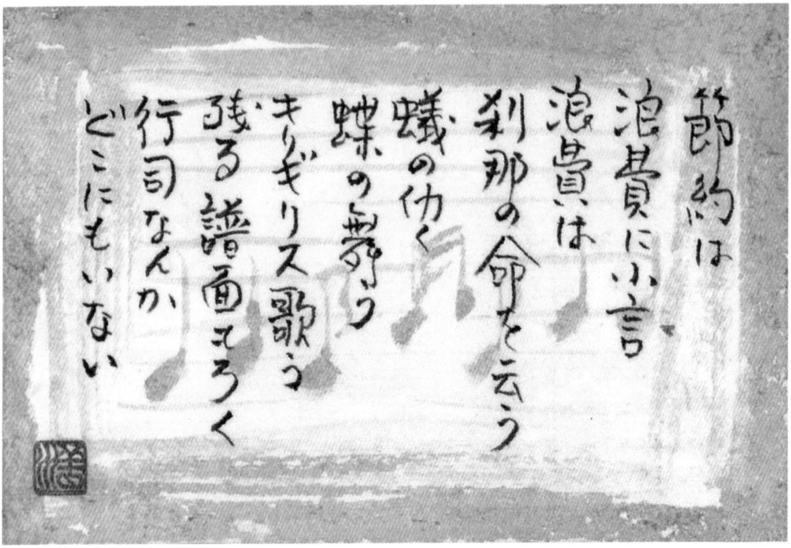
節約は
浪費に小言
浪費は
刹那の命を云う
蟻の如く
蝶の舞う
キリギリス歌う
残る譜面そろく
行司なんか
どこにもいない

節約は
感謝から生まれ
浪費は
不遜から
生まれる

2 月 25 日

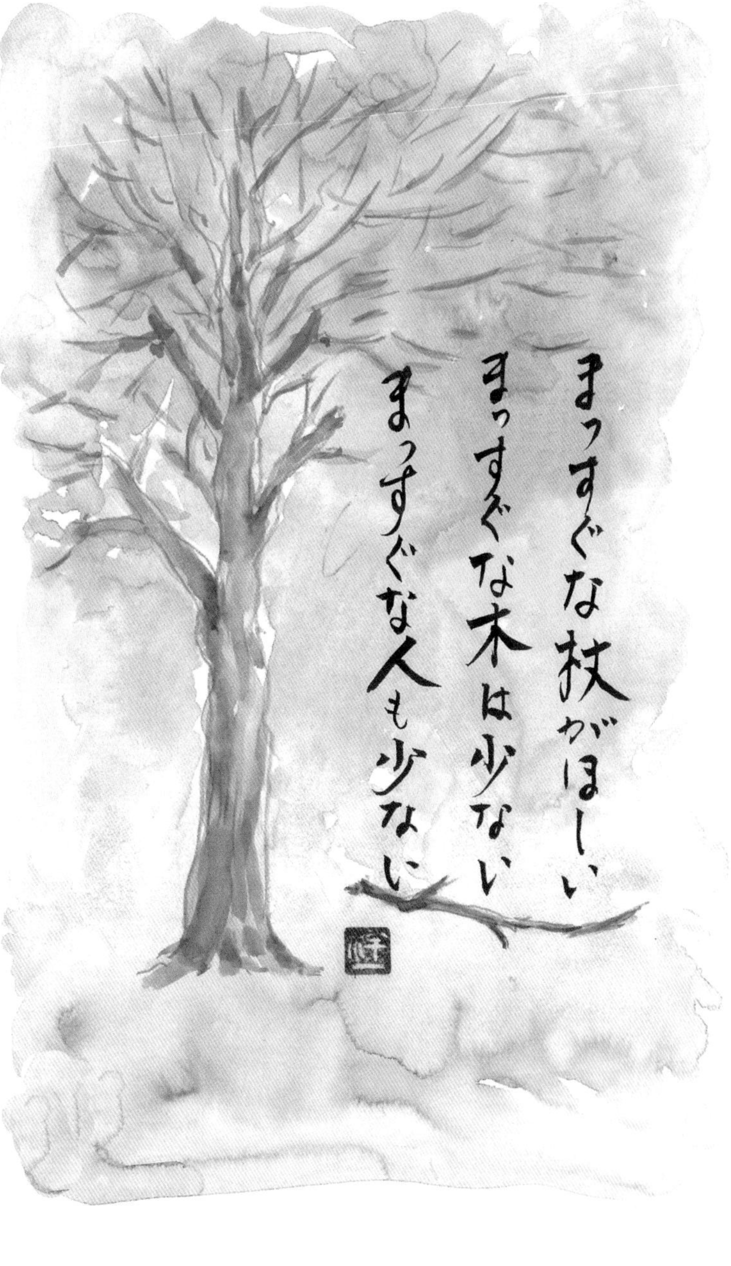
まっすぐな杖がほしい
まっすぐな木は少ない
まっすぐな人も少ない

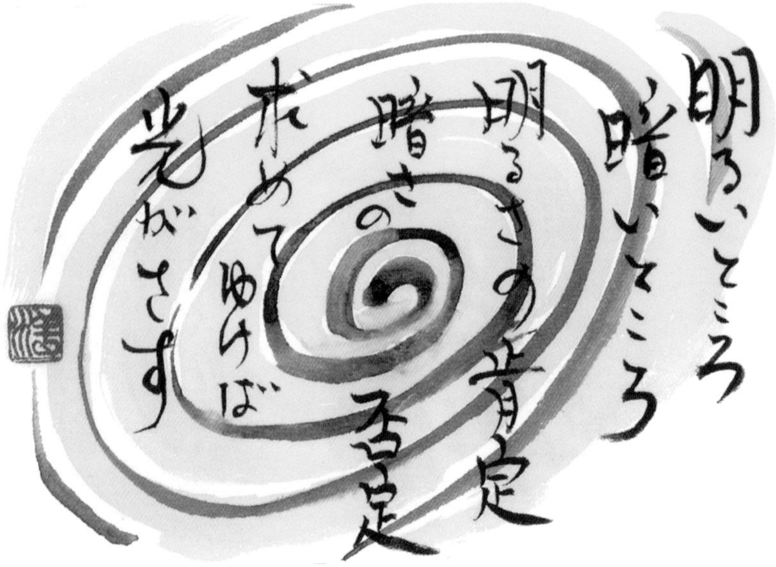
明るいところ
暗いところ
明るさの肯定
暗さの否定
求めてゆけば
光がさす

もともと
この吾を
計る
目盛など
ない

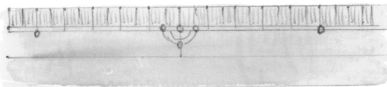

2 月 27 日

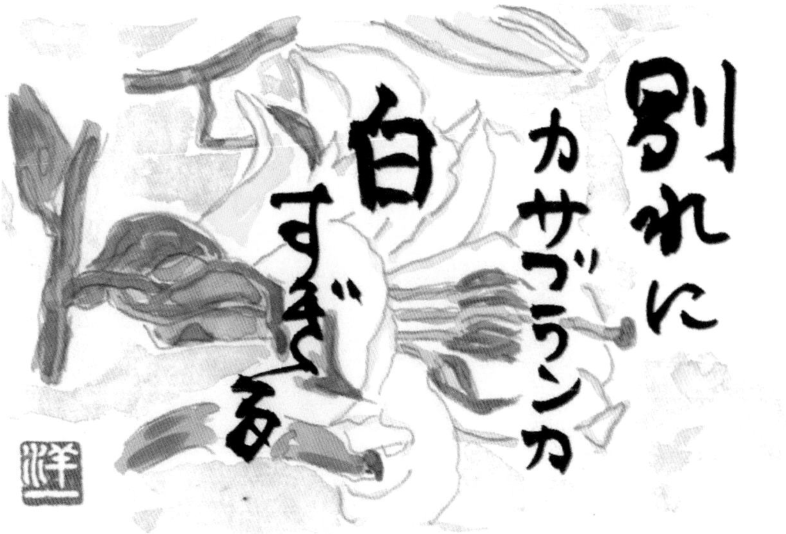
別れに
カサブランカ
白
すぎる

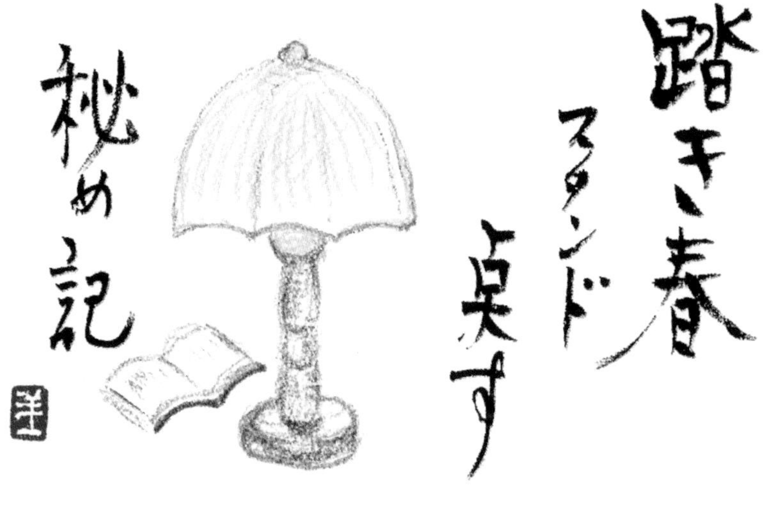
踏き春
スタンド
点す
秘め記

2月28日

身の丈の
八十あまりの
えんびふく
こびとのくにの
おとぎのつかい

清濁を見過ごし
濁は徹底的に排除する
しかし清濁の判定は
たしかなんだろうか

3月

３月１日

3月2日

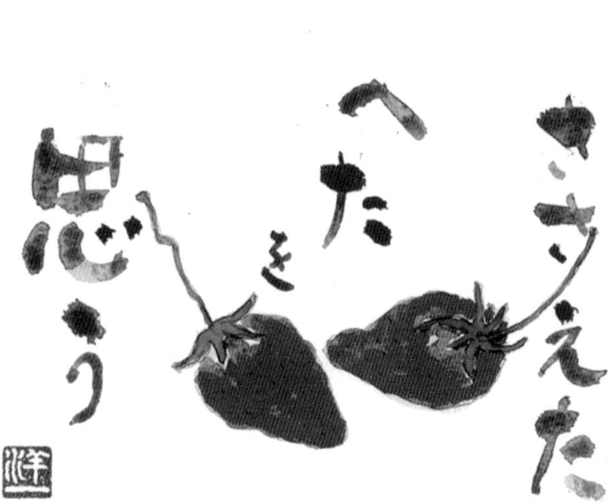

花を
ささえた
へたを
思う
洋

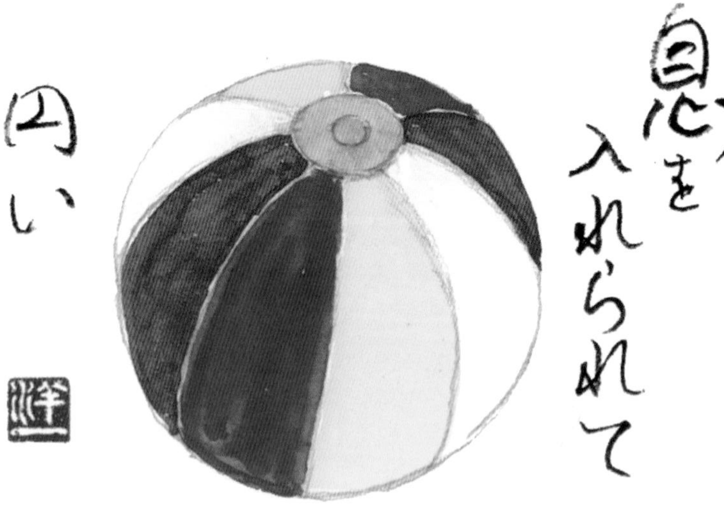

息を
入れられて
円い
洋

3月3日

たからもの
たおやかに
すこやかに

泣き上手
の弱さが
得をする

まばたきを
してみておくれ
ふくろうよ
いきつく ひまを
わたしにおくれ

大根

白肌が下ろし金にけづられる
軒先に萎びて下がる
鍋の中で他と一緒に煮られる
漬物石の下で耐える
行方はさまざま
店頭にさらされる役者

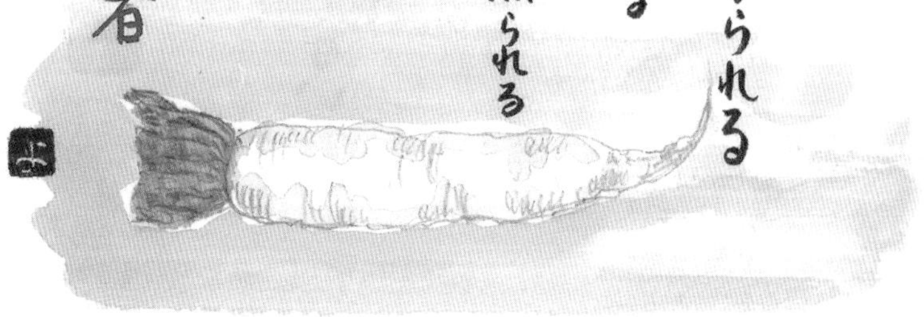

白き肌
水を含んで
艶やかな
料理演ずる
名脇役者

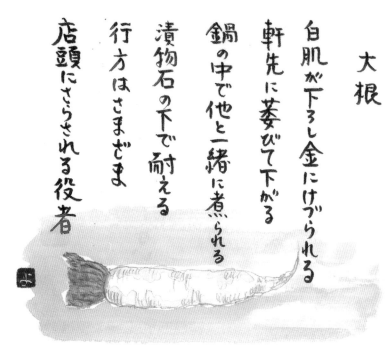

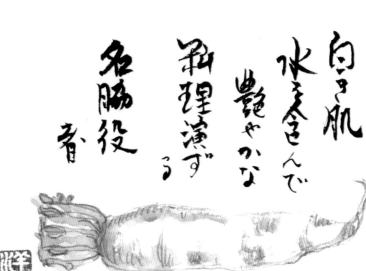

何に出会う
何を拾う
何を捨てる
人生を
決める
前進

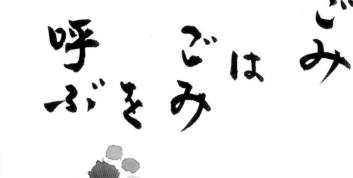

ごみは
ごみを
呼ぶ

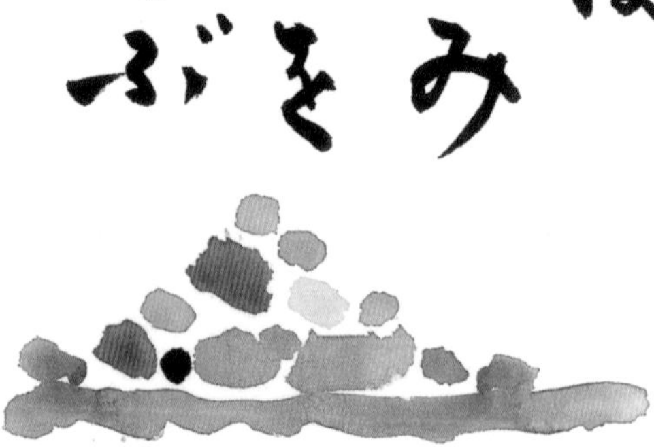

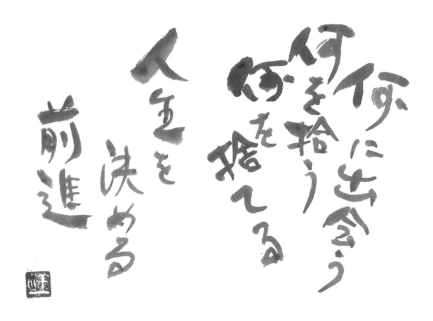

３月７日

カメレオン

相手しだいで色変えて
そしらぬ顔で待ちかまえ
電光石火　一気に呑みこむ
早わざ師　さぎ師　色ごと師
うようよしているカメレオン

3月8日

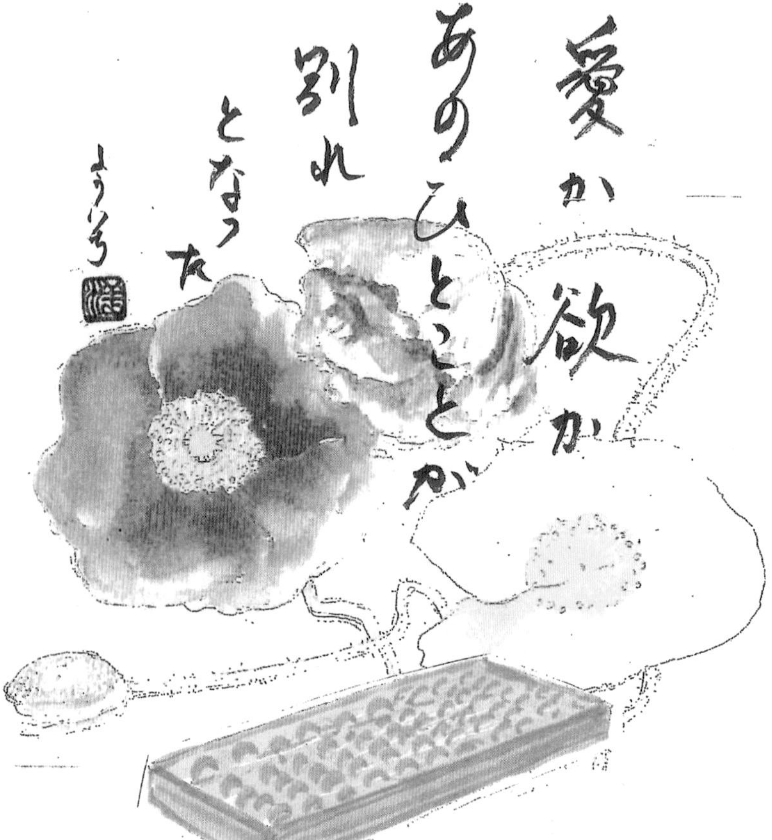

3月9日

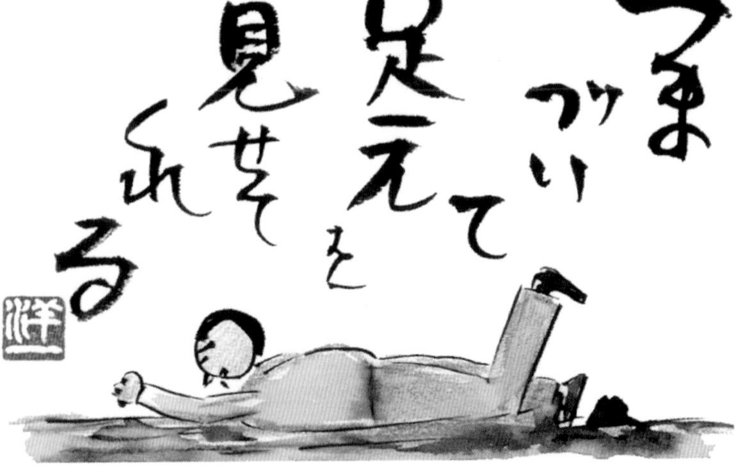
つまづいて
足元を
見せて
くれる
洋一

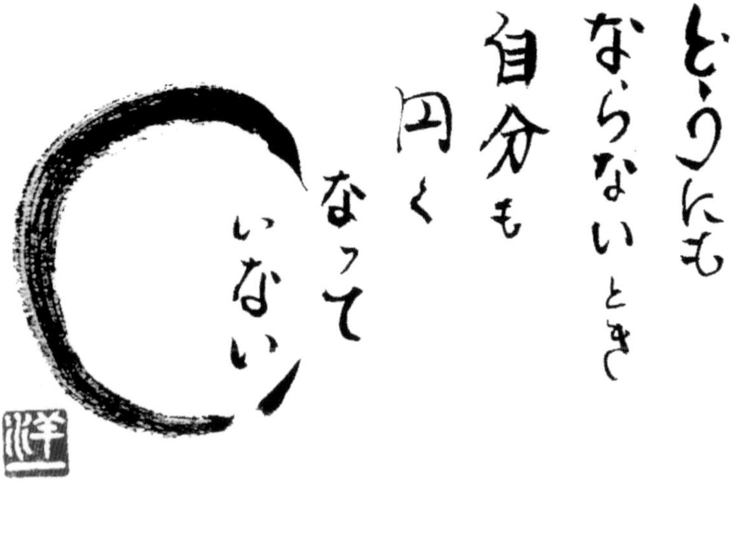
どうにも
ならないとき
自分も
円く
なって
いない
洋一

3 月 11 日

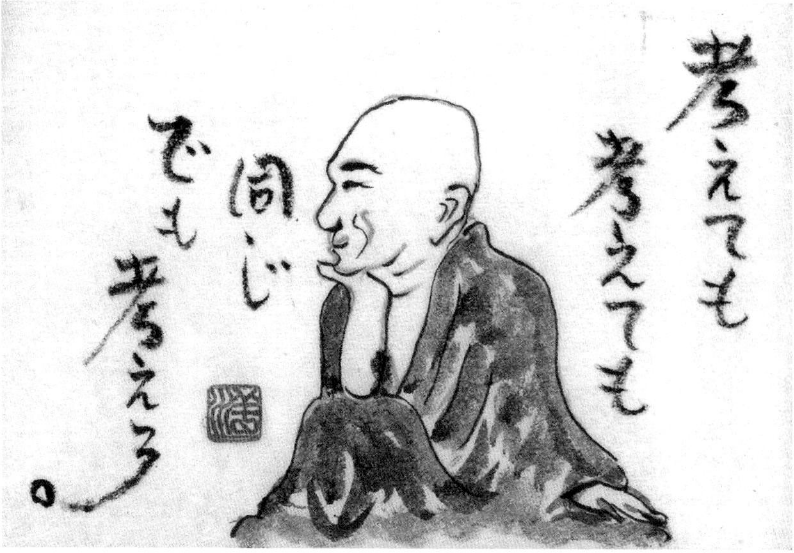
考えても
考えても
同じ
でも
考える。

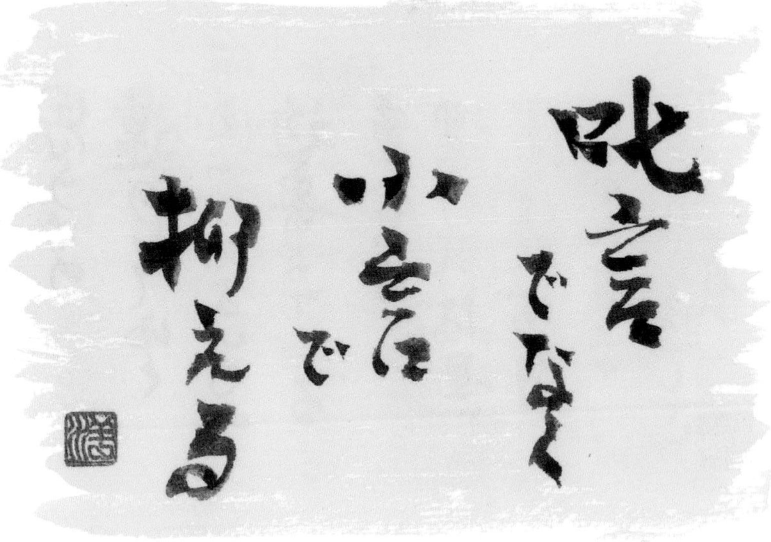
叱言でなく
小言で
抑える

貧乏ゆすり
大尽は
ゆすらない
ゆすると
こぼれる
から

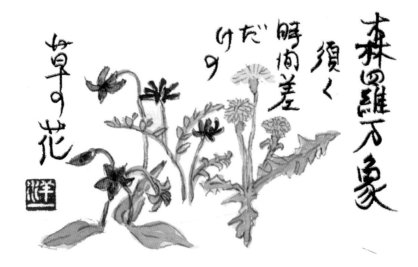

森羅万象
須く
時間差
だけの
草の花

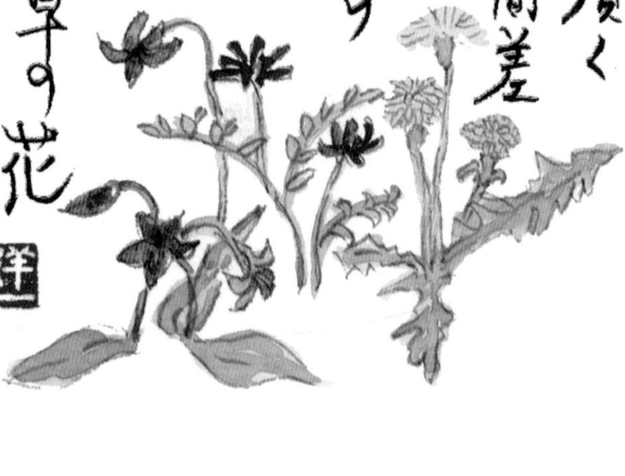

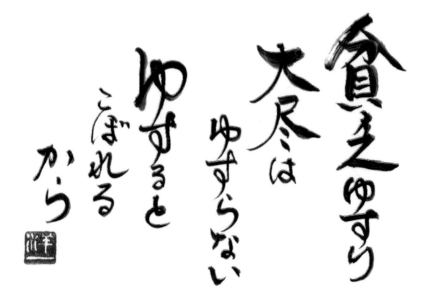

3月13日

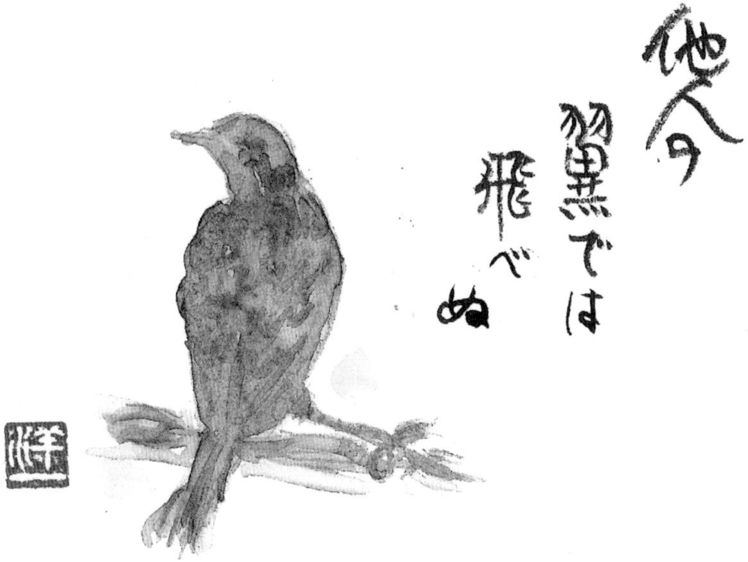
他人の
翼では
飛べ
ぬ

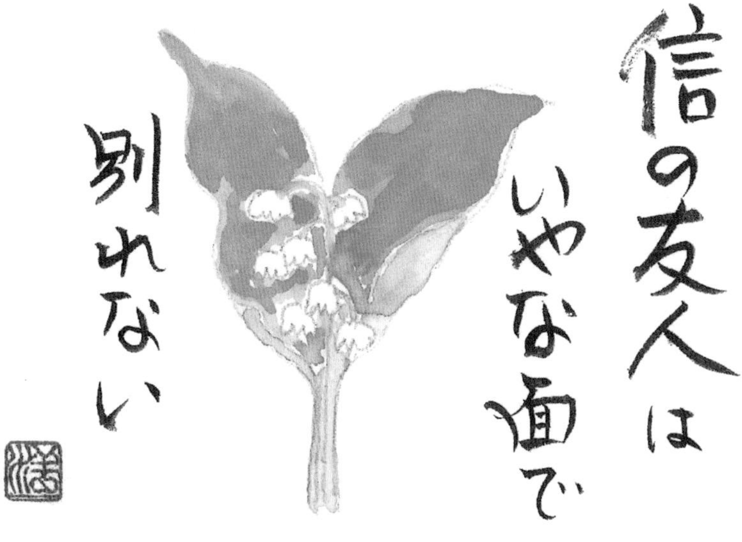
信の友人は
いやな面で
別れない

3月14日

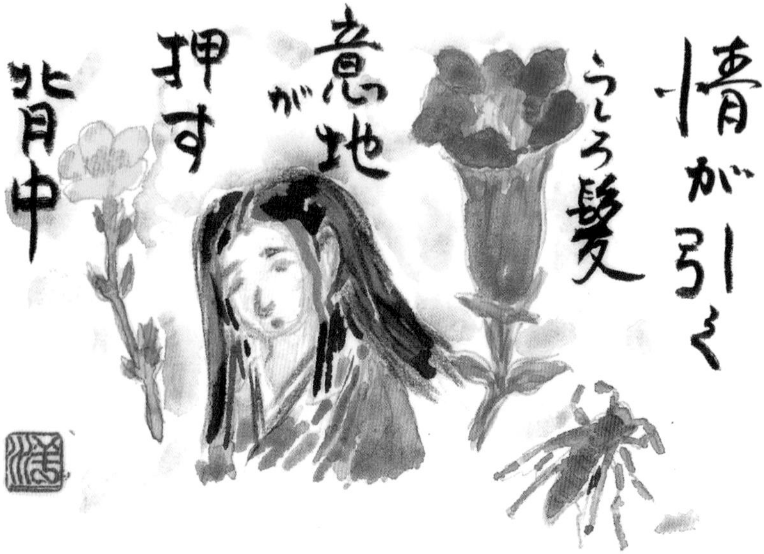
情が引く
うしろ髪
意地が押す
背中

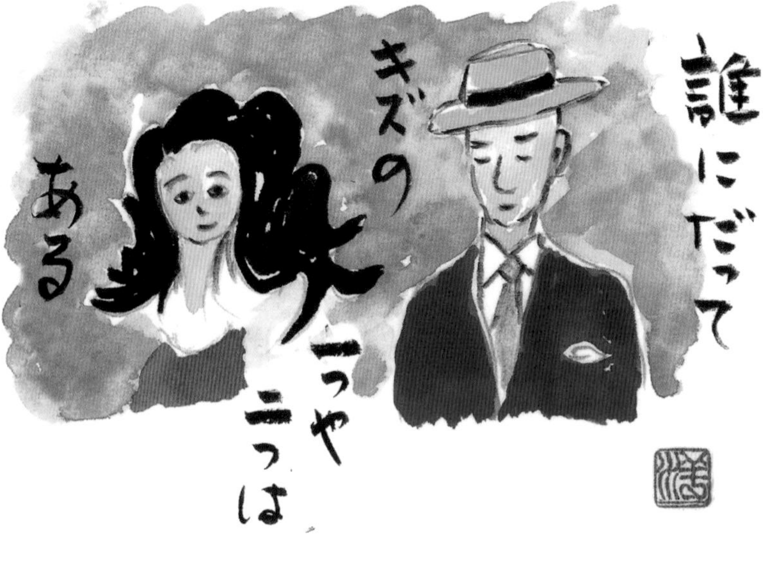
誰にだって
キズの
一つや
二つは
ある

3月15日

年と共に
負けるものが
多く
なる

辛さ
二人と出会えて
倖せの
出発

君おれば
百萬本の
ばらもよし
一本のばらに
こころ
こそ
ばら
ばらに
したくない
ばらがいい

$$\frac{苦}{楽}\times\frac{精神}{肉体}=\frac{苦楽}{娑婆}\times\frac{人間}{人生}\times x$$

$$x=無$$

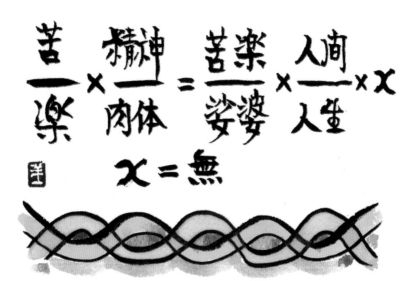

3月17日

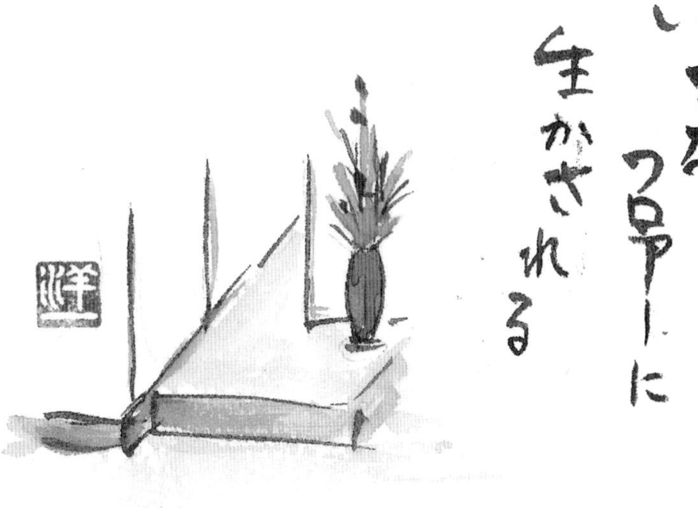
小さな
フロアーに
生かされる

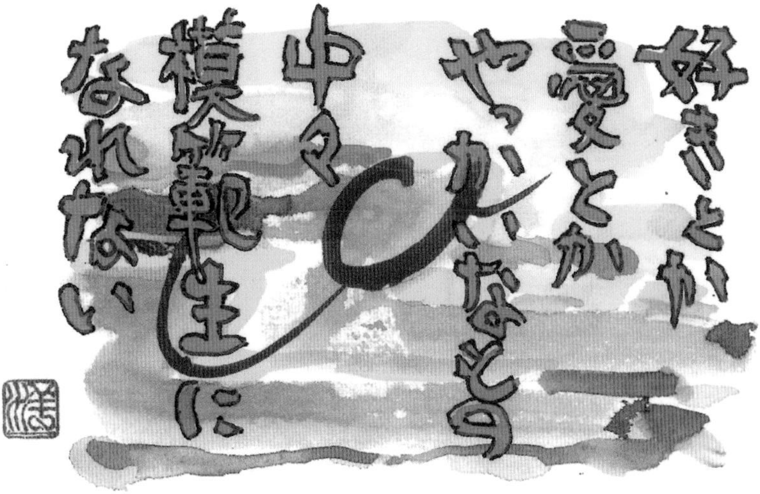
好きとか
愛とか
やっかいなその
中々
模範生に
なれない

3月18日

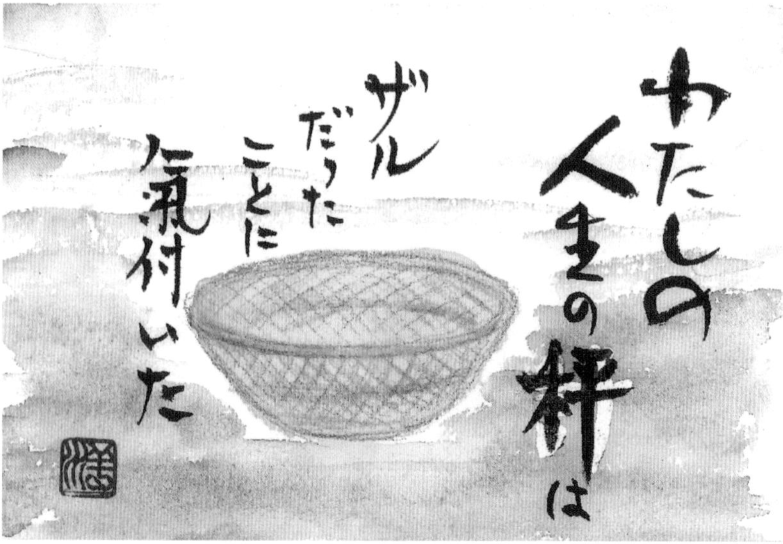
わたしの
人生の
秤
は
ザル
だった
ことに
氣付いた

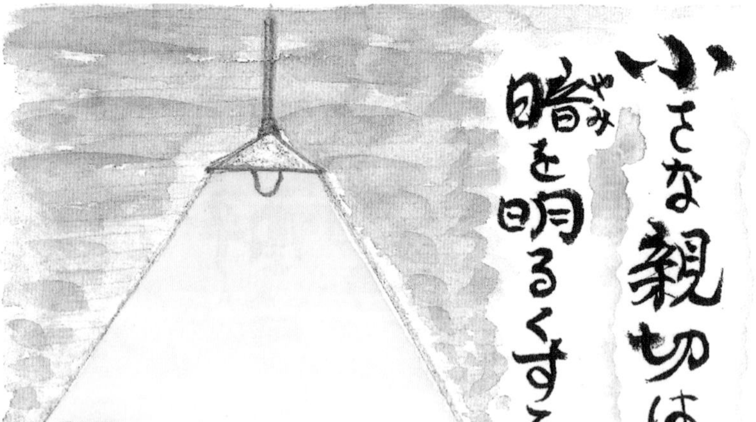
小さな親切は
暗《やみ》を明るくする

汚ない手をなめる
餌を見たらよだれをたらす
意気地なく遠吠えする
飼主に
尾を振る
それは犬だ
どうやら
犬の世の中に
なった

酒かりて
人を肴に
利口ぶる

3月20日

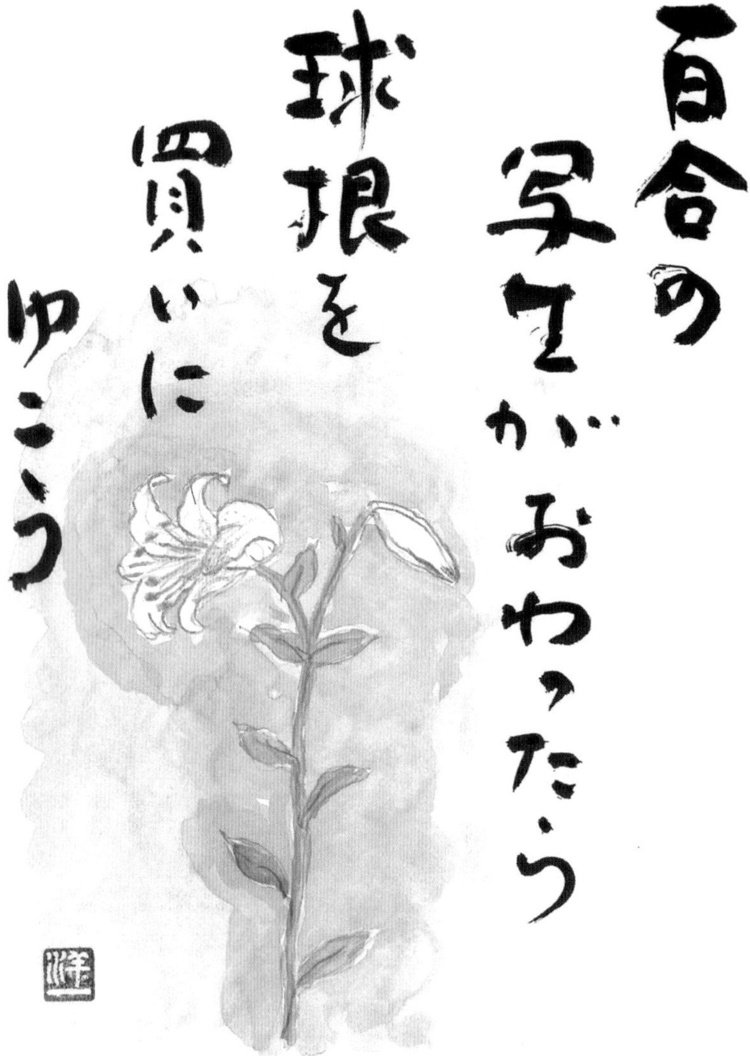
百合の
写生がおわったら
球根を
買いにゆこう

3 月 21 日

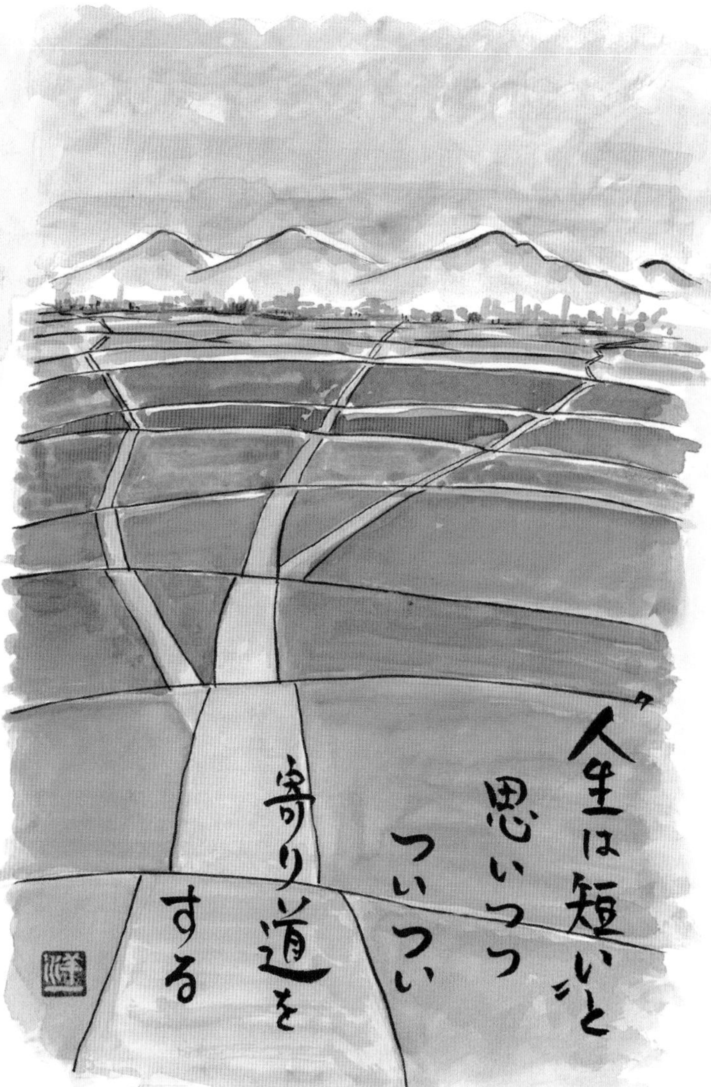
人生は短いと
思いつつ
ついつい
寄り道を
する

3月22日

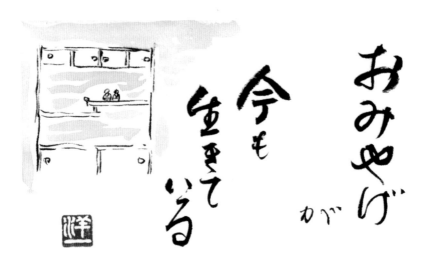

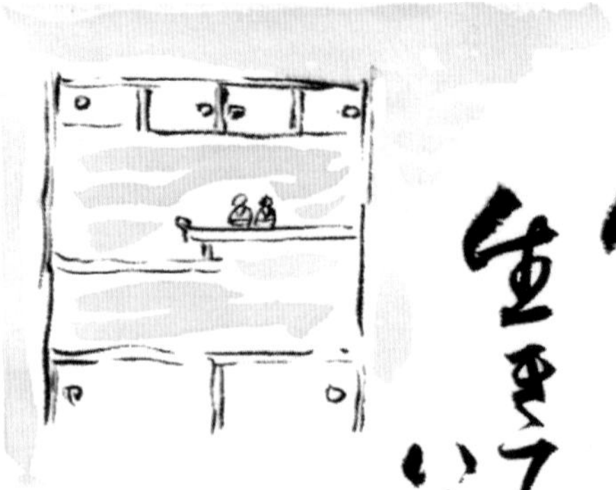

おみやげが
今も
生きて
いる

追う
ような
愛よ
再び

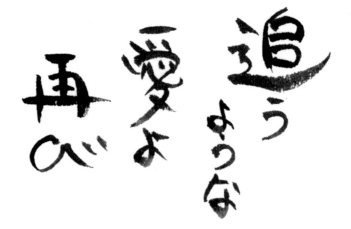

3 月 23 日

石の面
その下の下
その上の上
その冷たさ
魂の炎の
今日がある

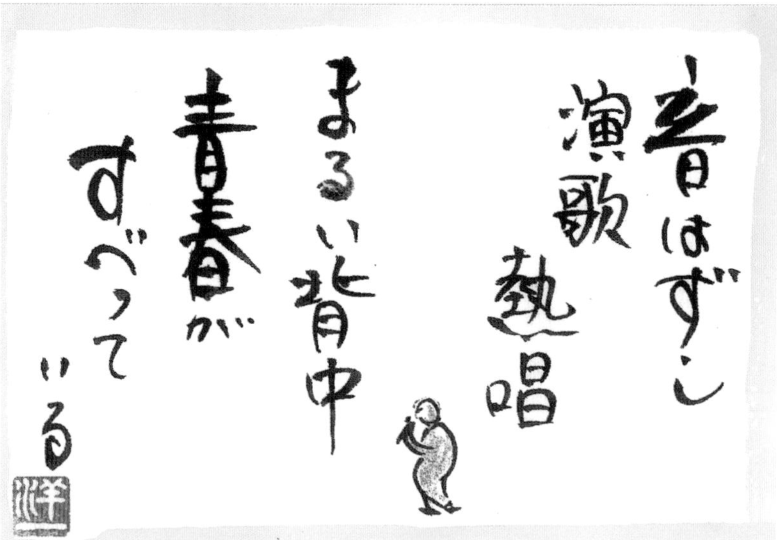
音はずし
演歌
熱唱
まるい背中
青春が
すべって
いる

ことりたちのおやすみのうた

雲は
むかって
ゆく
ことを
おしえてくれる

3 月 25 日

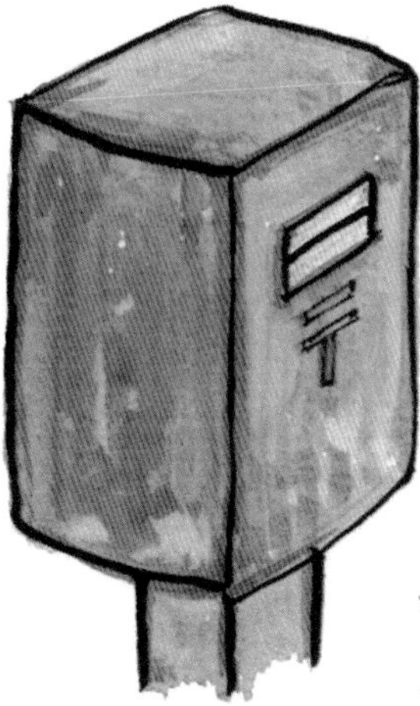

便り
あたためて
配達します

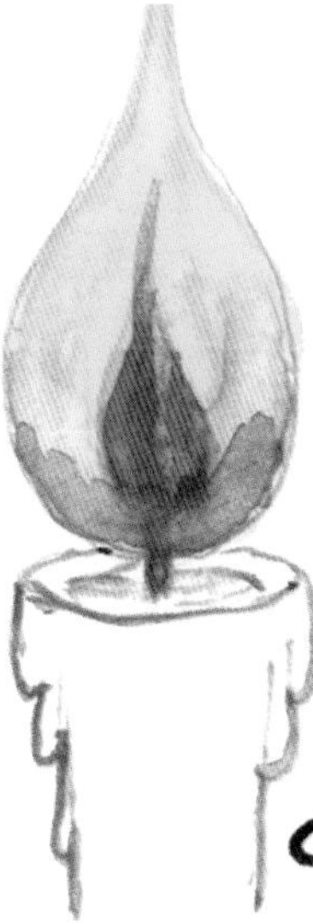

残すものなく
今を燃す
時間と云う奴
の
お陰さま

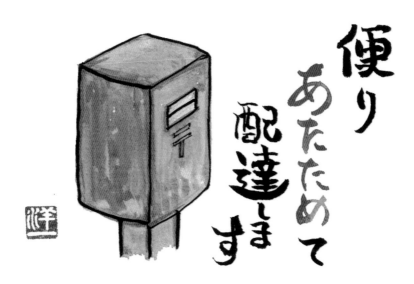

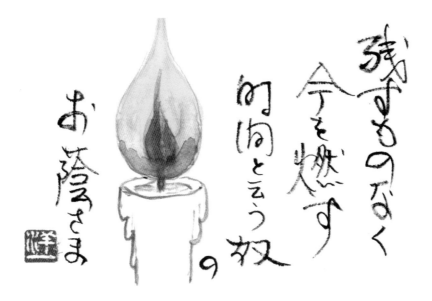

3月26日

同窓会
あの美人
あの美男
姿がない
一世風雅の
通信簿

3月27日

3 月 28 日

握り拳では

何も掴めない

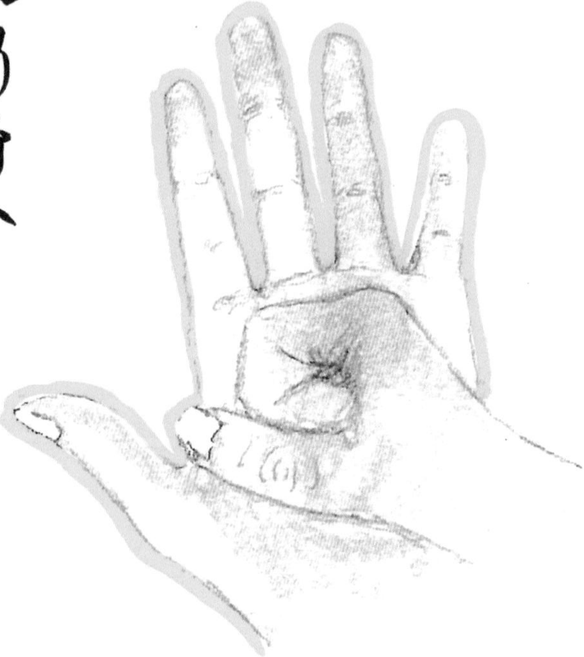

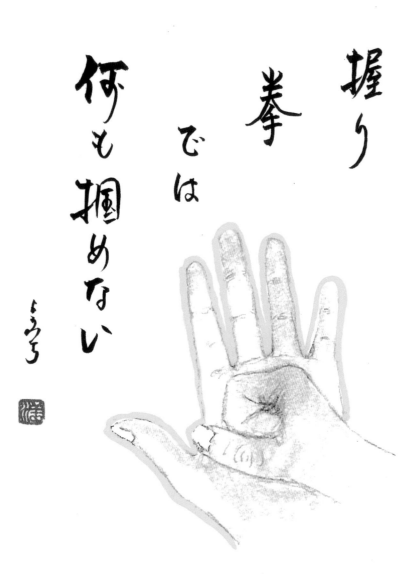

のこった
茎と
根を
思う

妖しげに満ち
雲かるがると
ひと口の水
悲しくて咲き
うれしくて散る

3 月 30 日

3 月 31 日

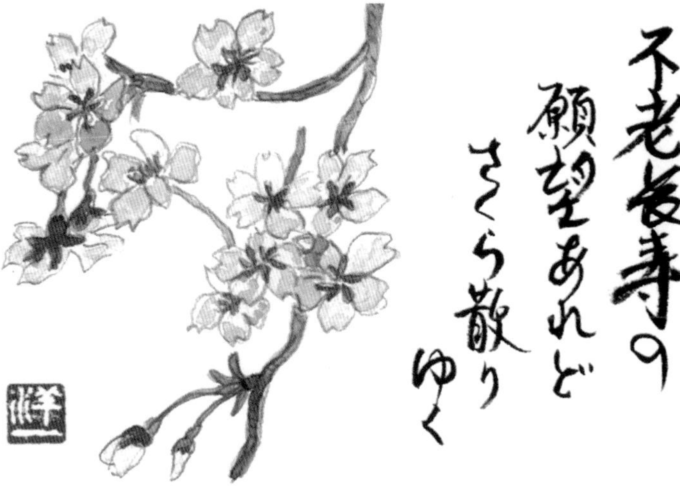
不老長寿の
願望あれど
さくら散り
ゆく

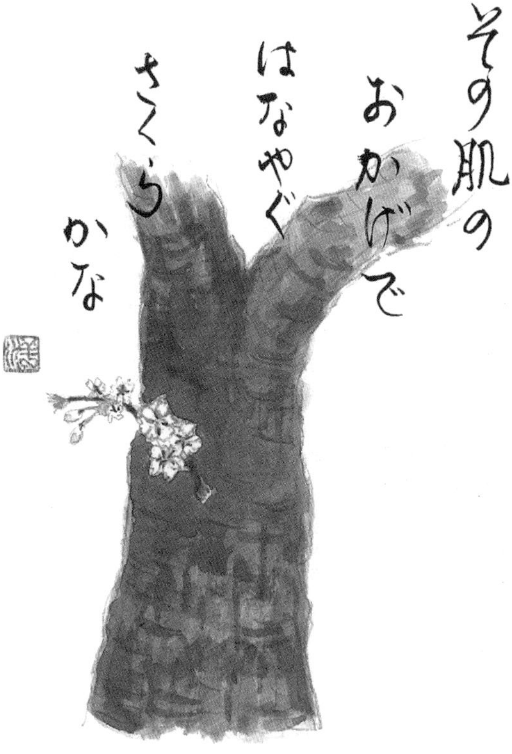
その肌の
おかげで
はなやぐ
さくら
かな

4月

4月1日

バカにつける薬
そのつどこ、効かない
薬
さがすことなかった
バカでよかった

ようふち

4月2日

散る花はいい
散る人もいい
とにかく一度
咲いたのだから

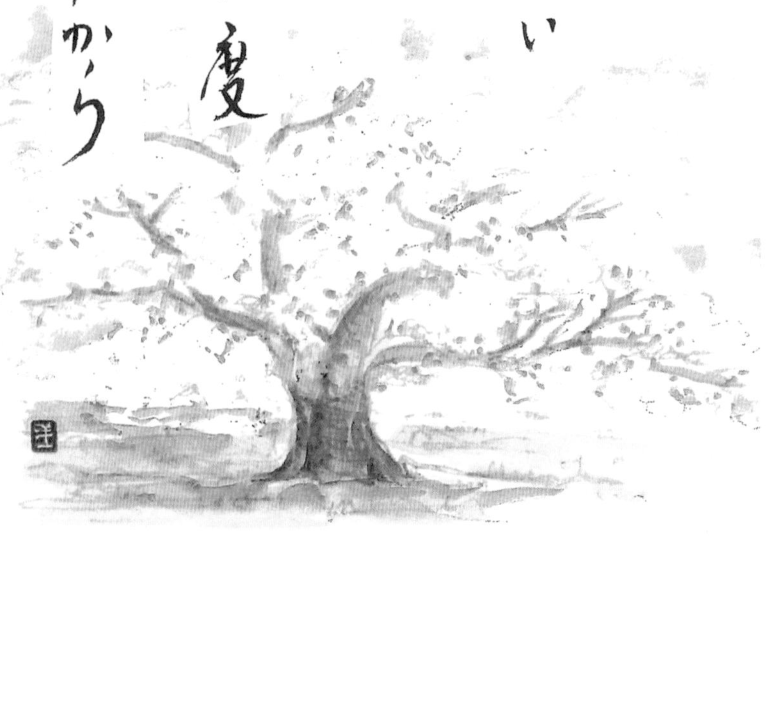

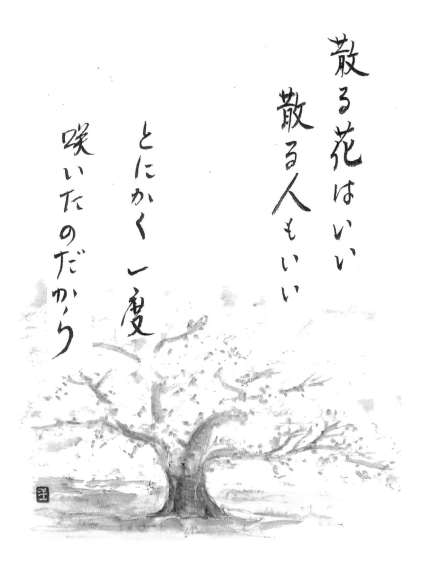

4月3日

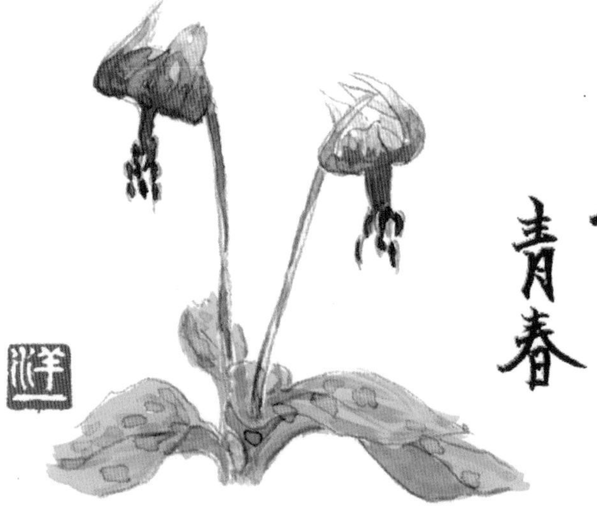

今日のかんは

どれ

干刊甘汗缶完肝

官冠巻看陥乾換

敢棺款間閑勧観

艦鑑疳緘燗澗勘

患貫寒喚堪寛幹

漢慣感管関歓監

緩憾還館環簡鐶

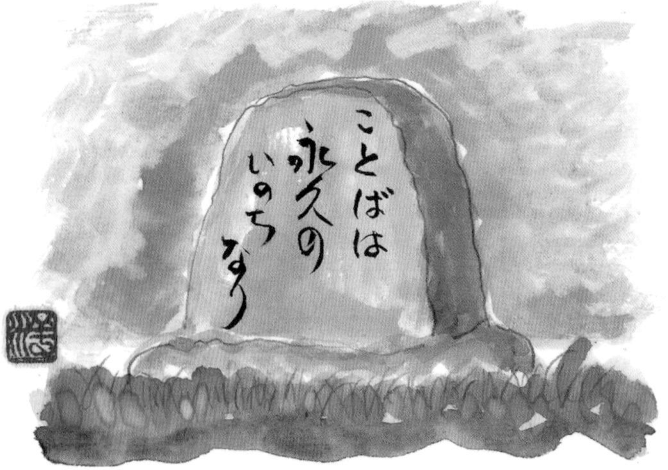

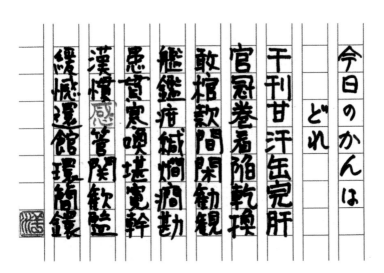

4月5日

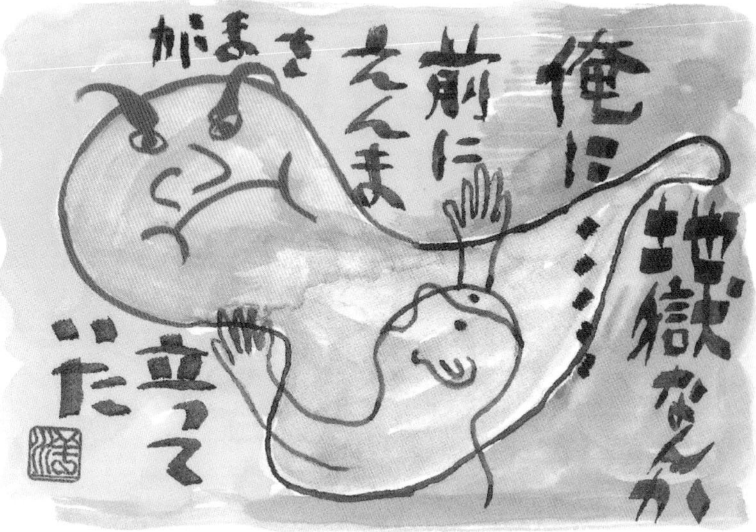

やっと
わかった
あなたの
いじわる

4月6日

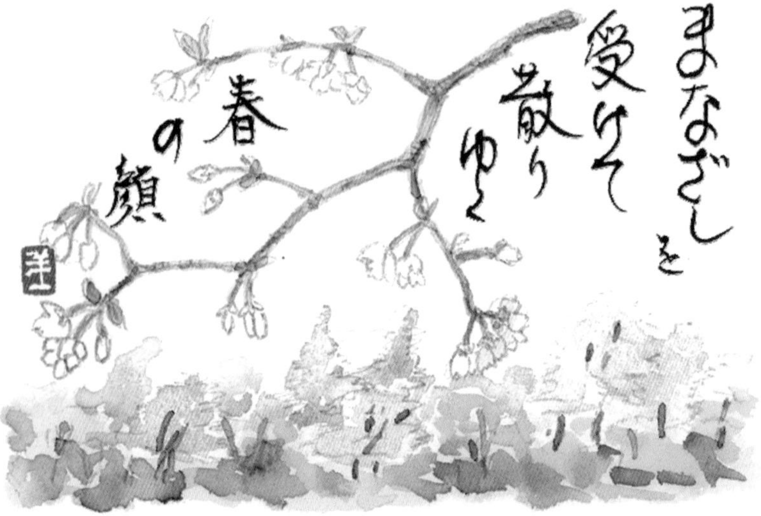
まなざしを
受けて散りゆく
春の顔

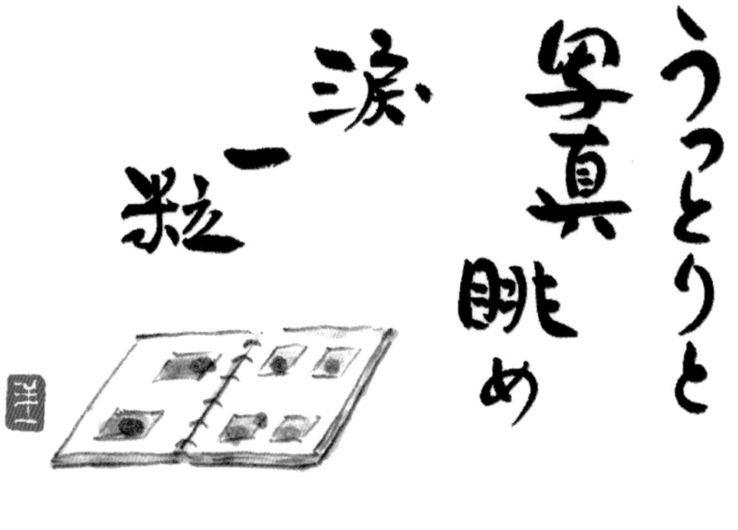
うっとりと
写真眺め
涙一粒

4月7日

4月8日

のぞけたり
わかったりはする
が
見えにくい
こころをかくした
神のちえ

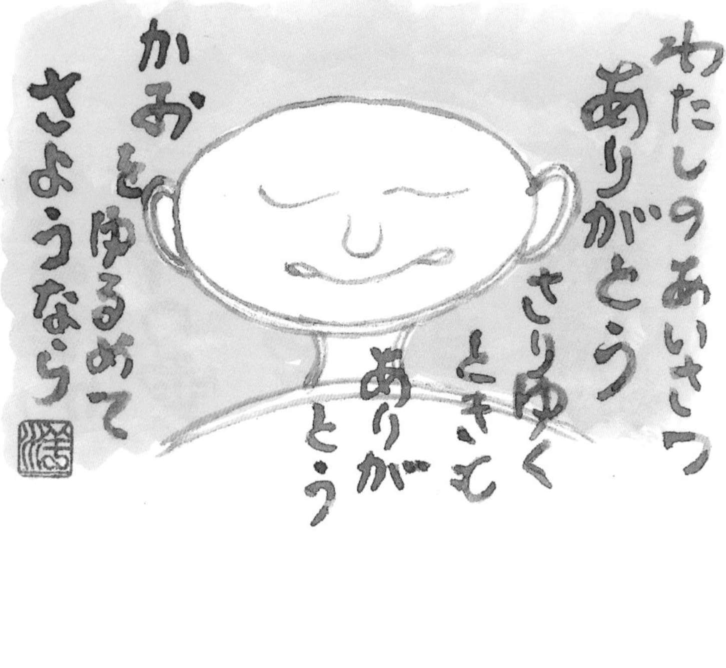
わたしのあいさつ
ありがとう
さりゆく
ときも
ありがとう
かおをゆるめて
さようなら

4月9日

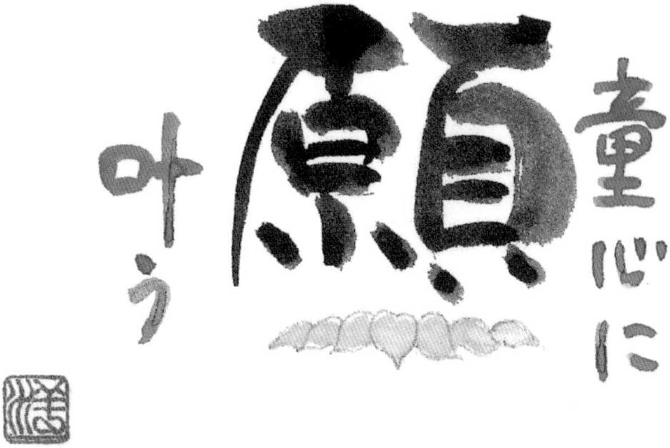
童心に
願
叶う

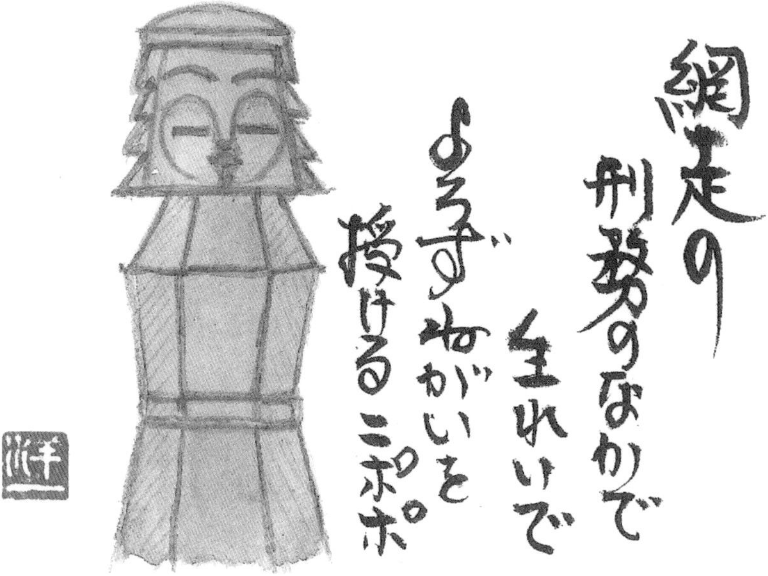
網走の
刑務のなかで
生れいで
よろずねがいを
授けるニポポ

4月10日

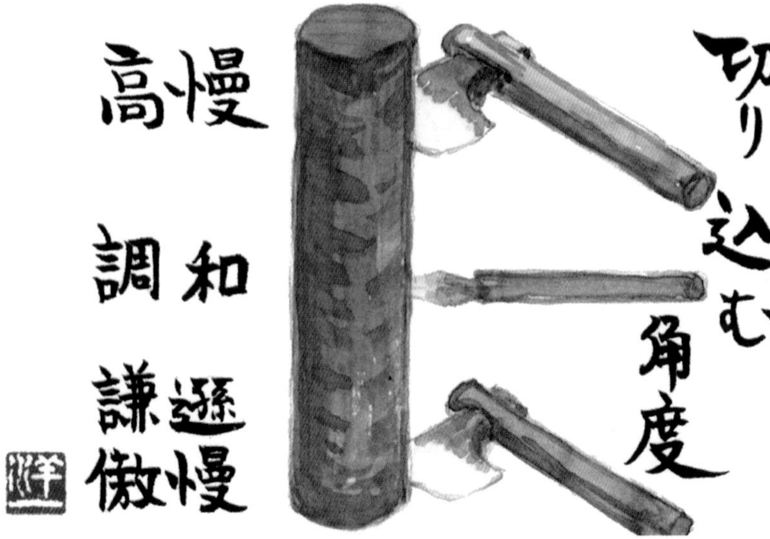

切り込む角度
高慢
調和
謙遜
傲慢

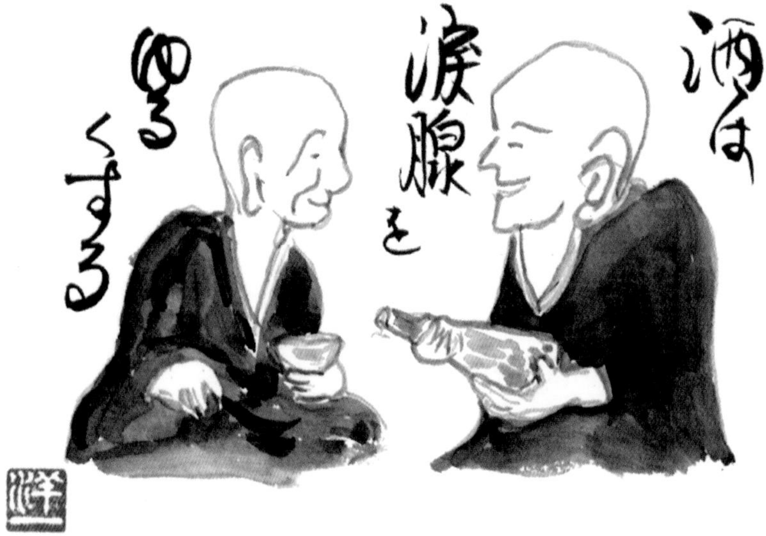

酒は
涙腺を
ゆるくする

ゆるしてよ
ゆるしてよ
ゆるしてよ
みこといって
床につく

せめていい夢
見てみたい
まくらかかえる
神様
きっといやがるよ

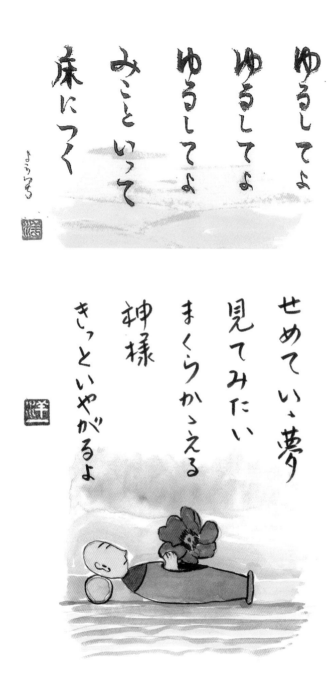

4月12日

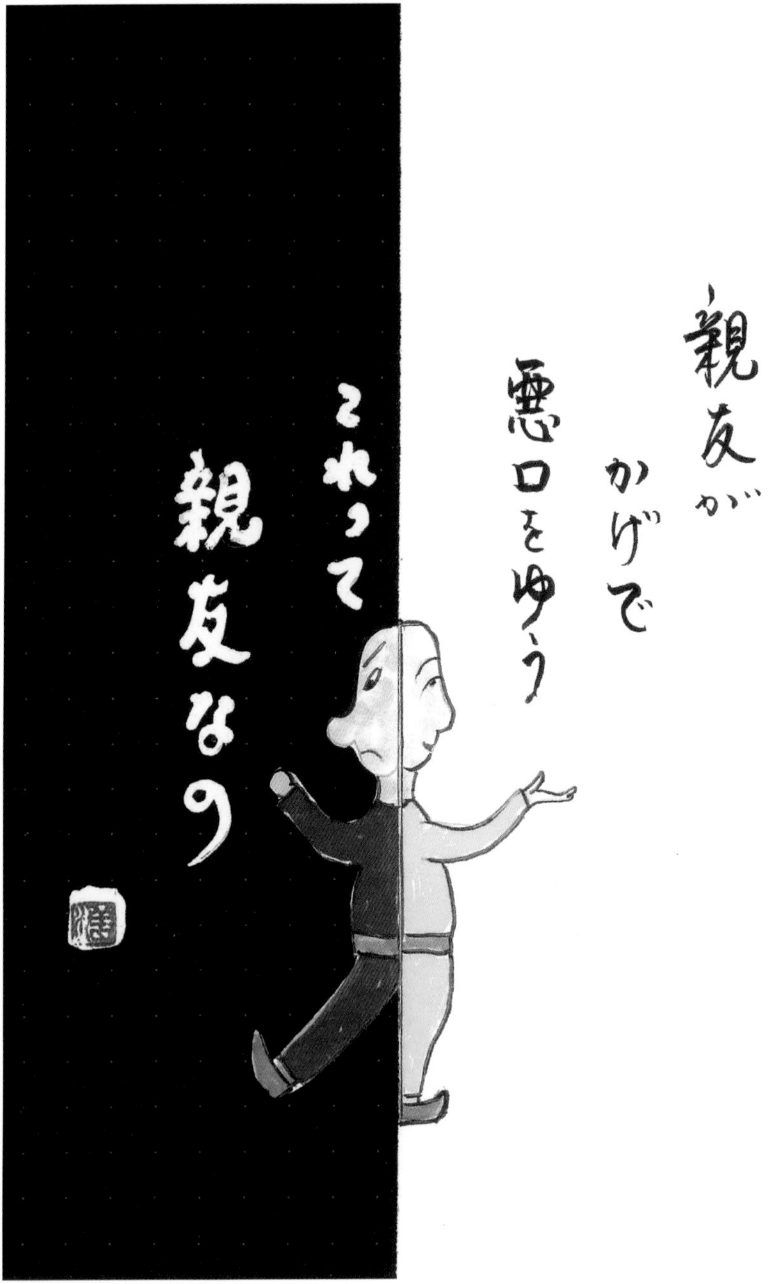

嫉妬や憎悪は
距離が近くなる
ほど激しい

4月14日

味は見かけではわからない

絵画
思いを凝縮
一画の彩

4月15日

近づき過ぎると
離れる

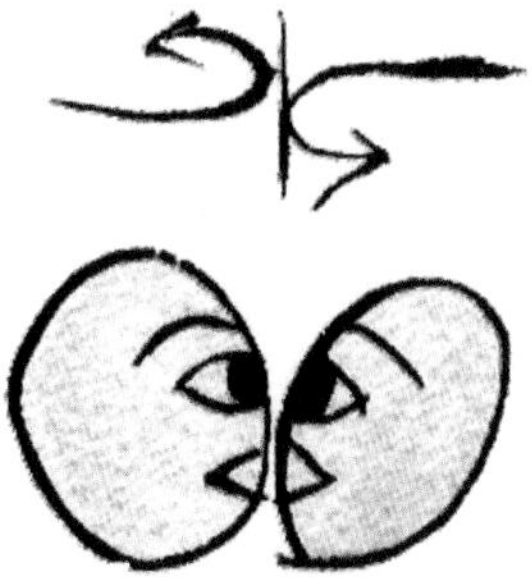

気を付けに
まさる
姿勢
なし

前から空
空から無
無から有
有から愛
愛から拘
拘から迷
迷から苦
苦から無

4月17日

まるめられ
ねじられて
また
しわくちゃに
用あるもの
の

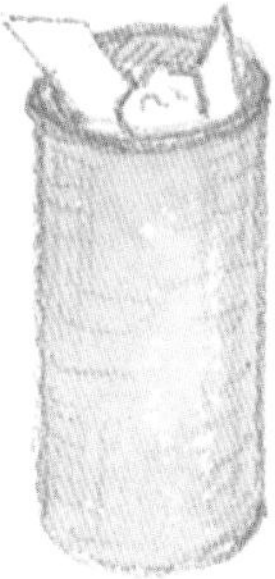

ゆく先の果て

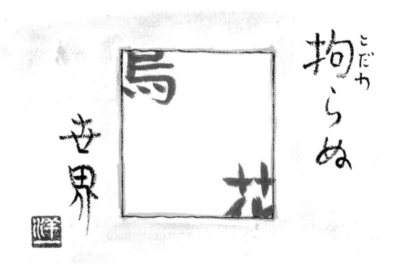

拘《こだわ》らぬ
鳥
花
世界

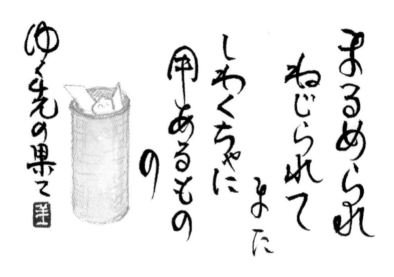

4月18日

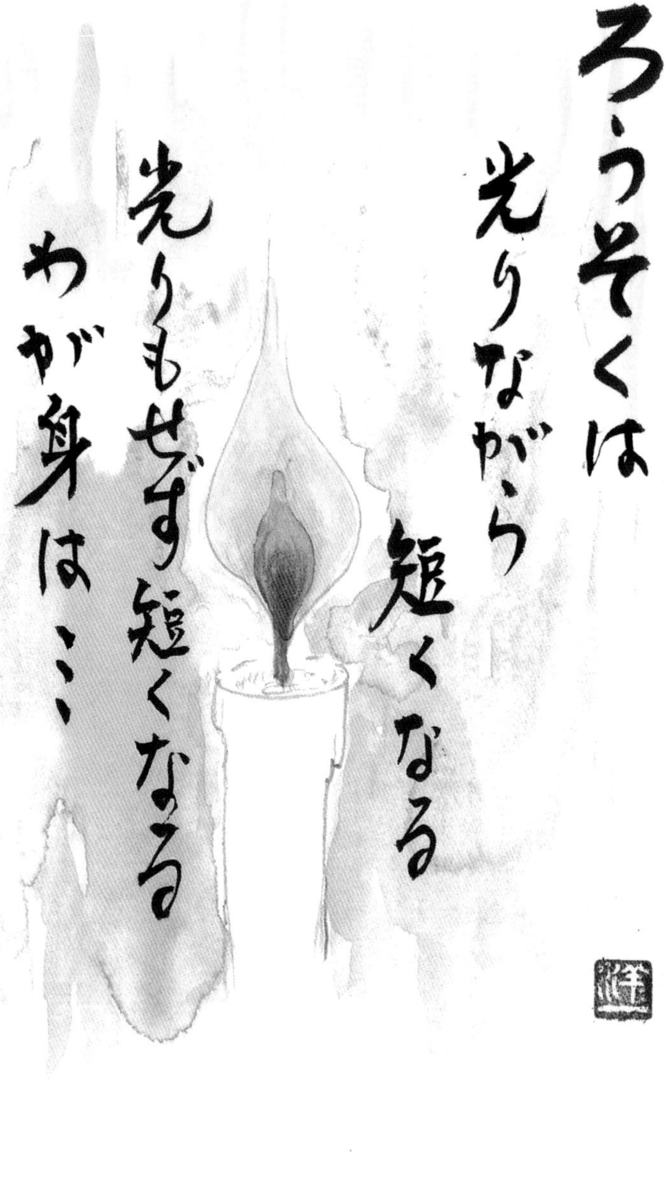
ろうそくは
光りながら
短くなる
光りもせず短くなる
わが身は…

春

はにかみ
ながら
けだるく
のびて
ゆく

洋

曲る道
道は
曲っている
どこまでも
曲っている
どこまでも
曲っているなら
どこまでも
曲って歩く

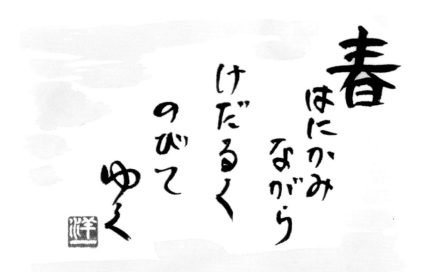

4月21日

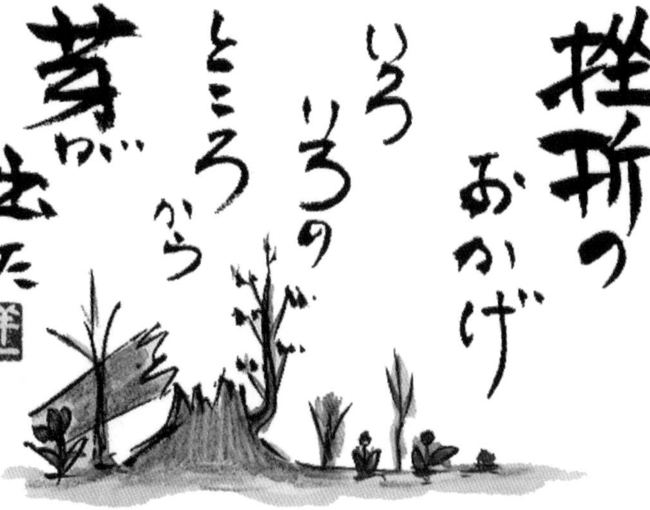
挫折のおかげ
いろいろのところから
芽が出た

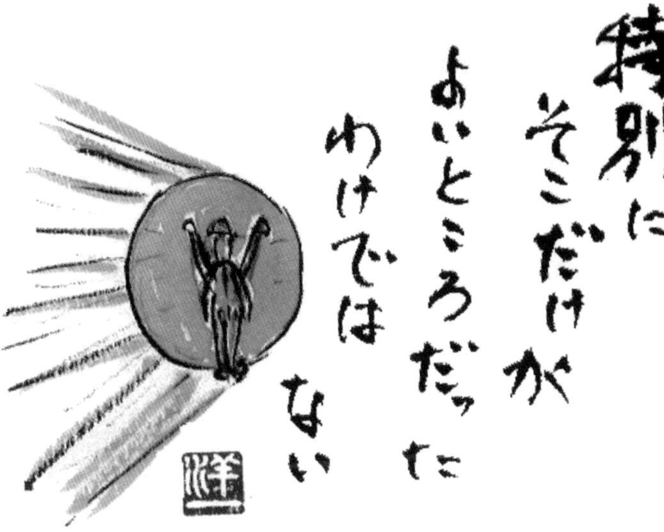
特別に
そこだけが
よいところだった
わけではない

花

あなたを思うと
身体が熱く
胸が痛い

自分を思うと
身体が冷たく
落ち込む

花を見ると
何もかも忘れ
こころが和む

花は
私の
海の母

なにげない
街角
思い出の
場所

4月23日

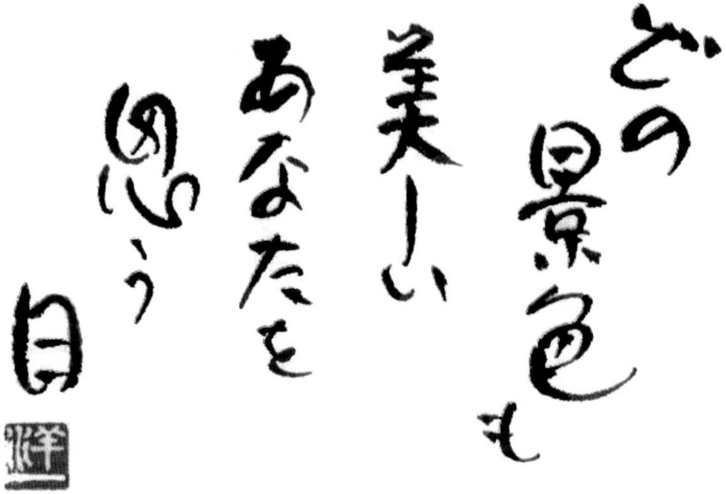
どの景色も
美しい
あなたを
思う
日

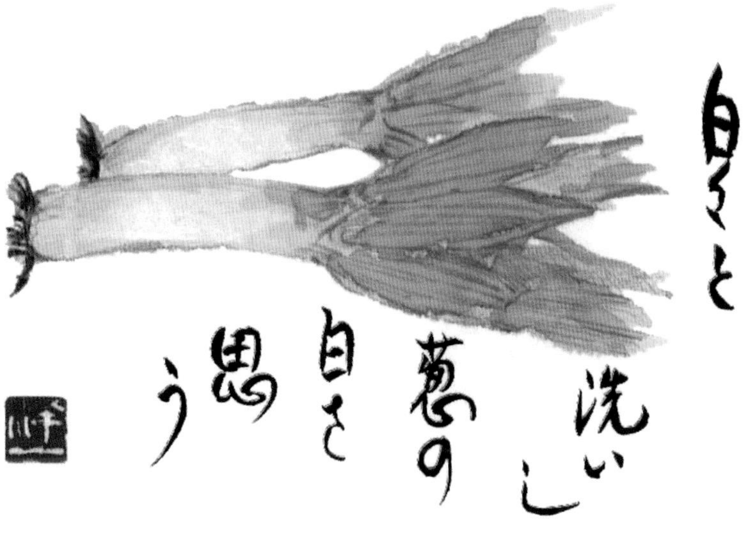
身を
洗いし
葱の
白さ
思う

不必要の
量が
安心の
量

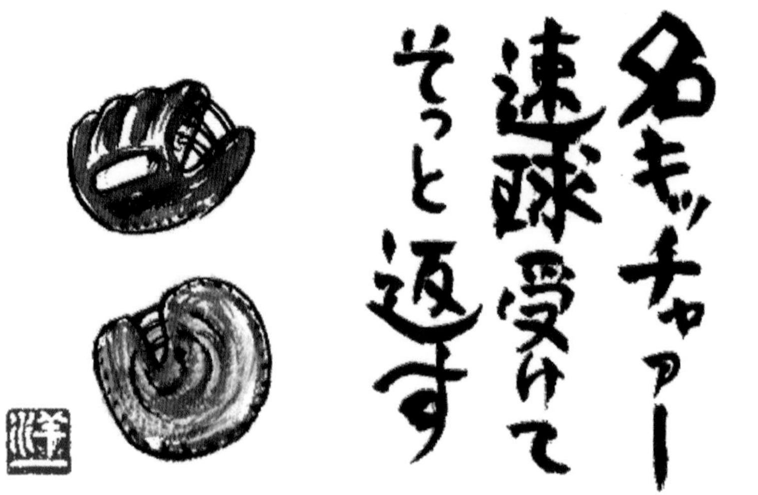
名キャッチャー
速球受けて
そっと返す

4月25日

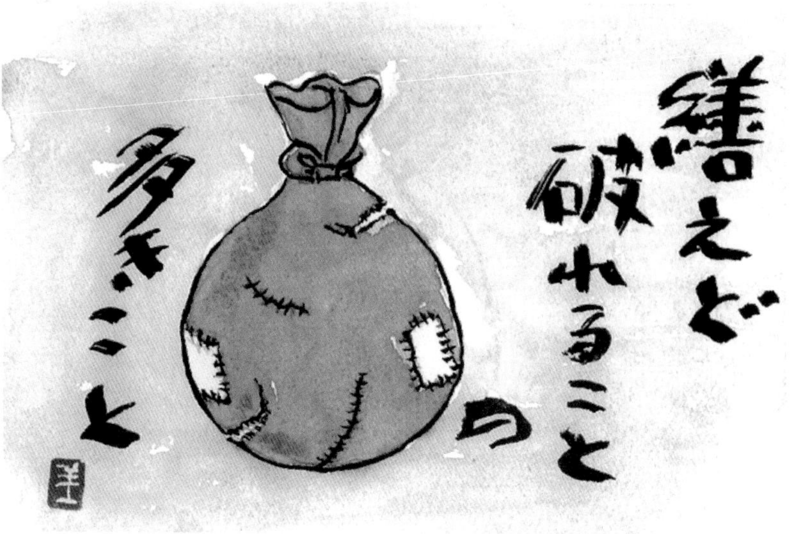
繕えど
破れること
多きこと

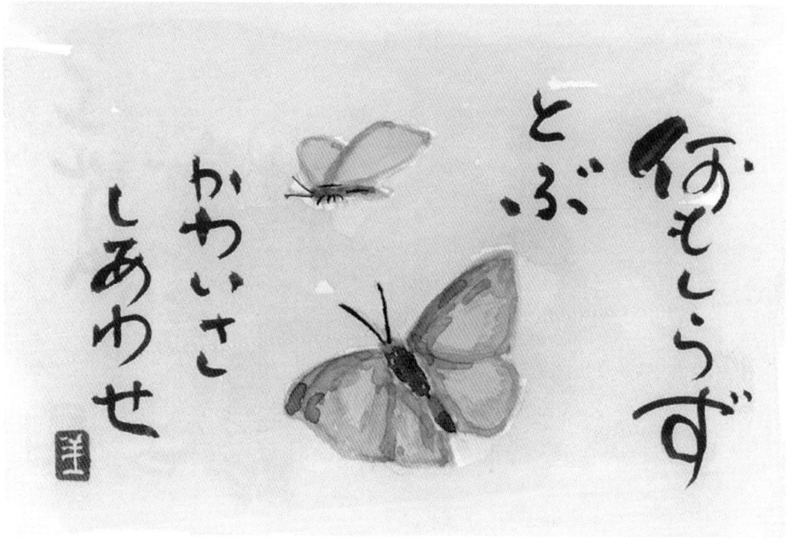
何もしらず
とぶ
かわいさ
しあわせ

世渡り
上手
どう
かゝわり
合う

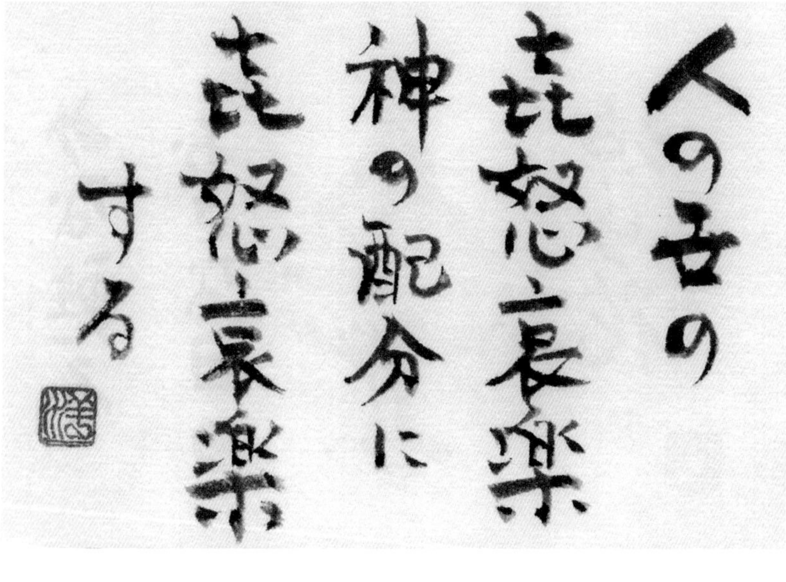
人の世の
喜怒哀楽
神の配分に
喜怒哀楽
する

4月27日

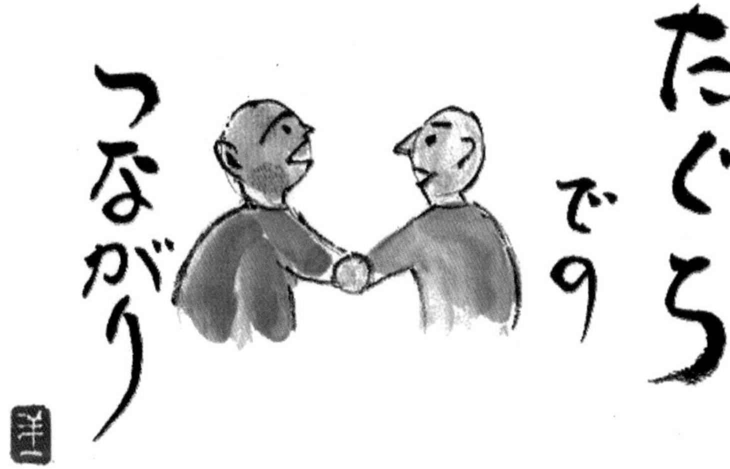
だぐら
での
つながり
羊一

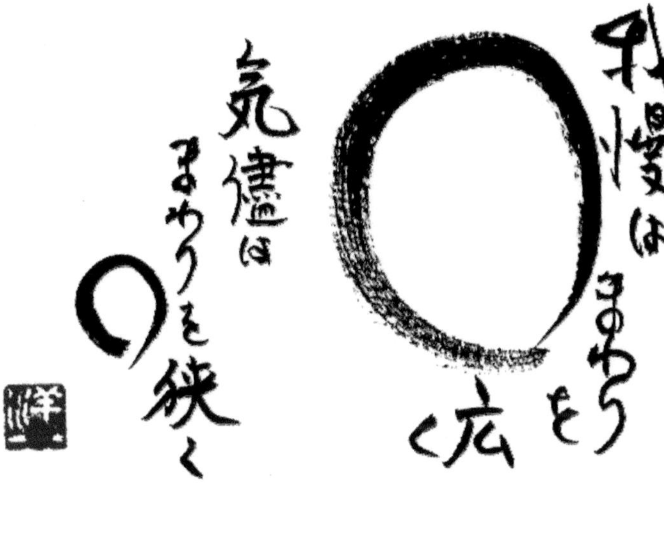
我慢は
まわりを
広く
気儘は
まわりを狭く
洋一

どんなに
高く登っても
全部は
見えない

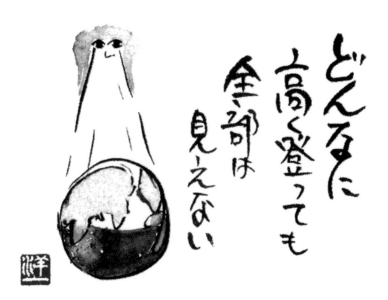

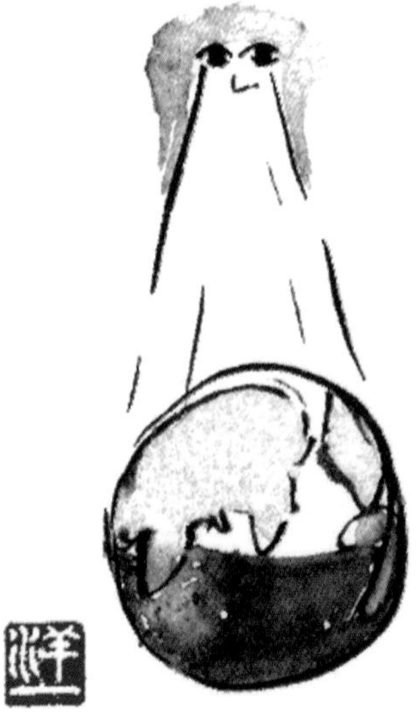

打算で
下げた
頭は
わかって
しまう

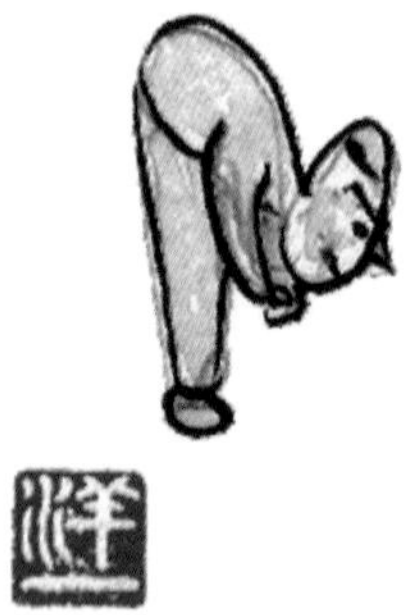

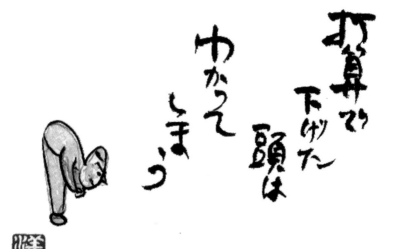

4 月 29 日

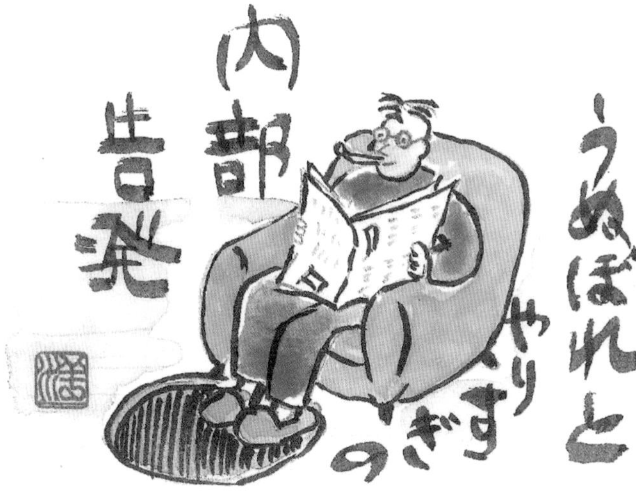
勢力のうぬぼれと
やりすぎの
内部告発

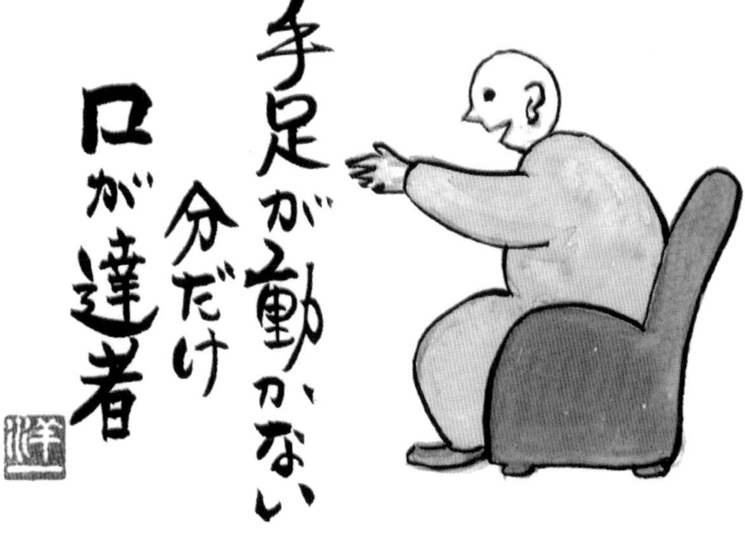
手足が動かない
分だけ
口が達者

4月30日

落差を
こゝで納めて
静かに流れ
両崖の姿を
映す

5月

5月1日

5月2日

ほゝにキズ
深いところを
さぐられる

なつかしや
はだし
くすぐる
ゆるき土

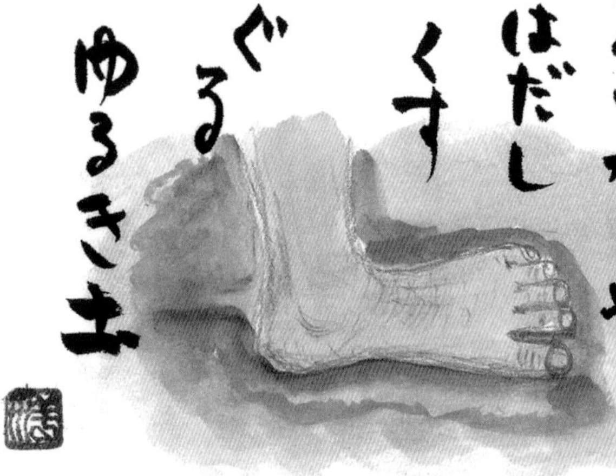

5月3日

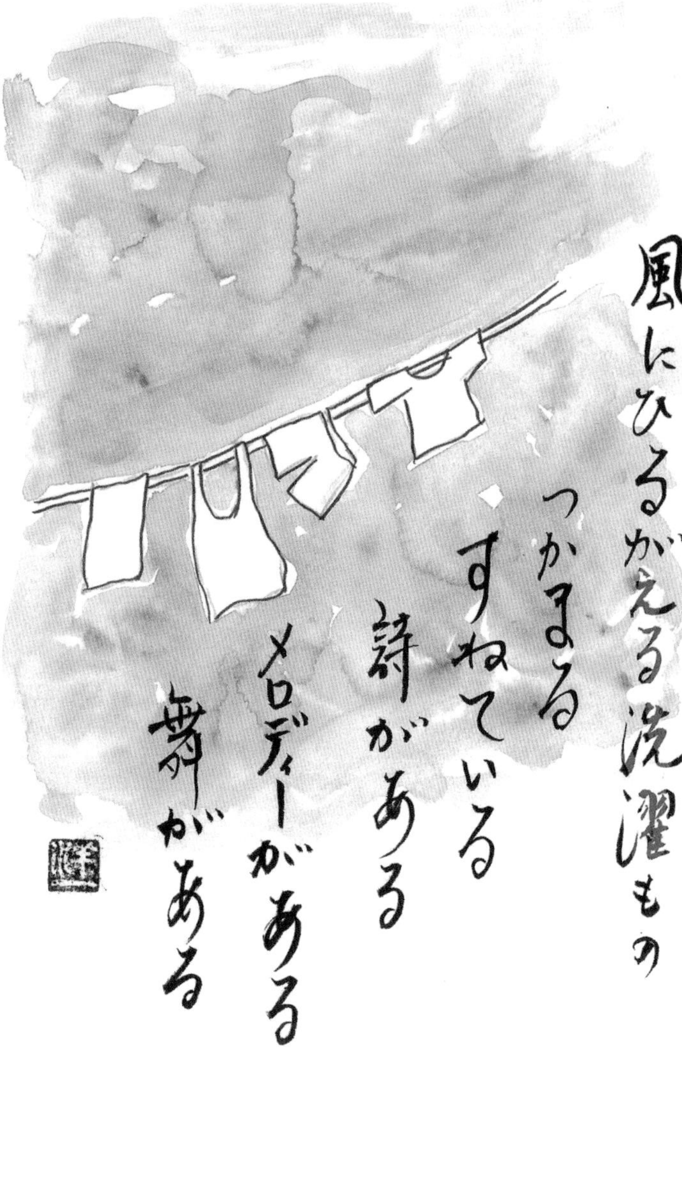
風にひるがえる洗濯もの
つかまる
すねている
詩がある
メロディーがある
舞がある

5月4日

それぞれ刻む
うつりゆく
車窓をみる
時々暗くなる
自分の顔が写る
トンネルをぬけると
めくらむ広がり
時間に負けず
私も走る
胸新しく
鼓動している

Hours tick by.

The window shows
passing scenes.
It sometimes darkens
and mirrors my face.
Coming out of a tunnel
dazzling light spreads.
I also run
contending with time.
My heart is beating with
a new rhythm.

5月5日

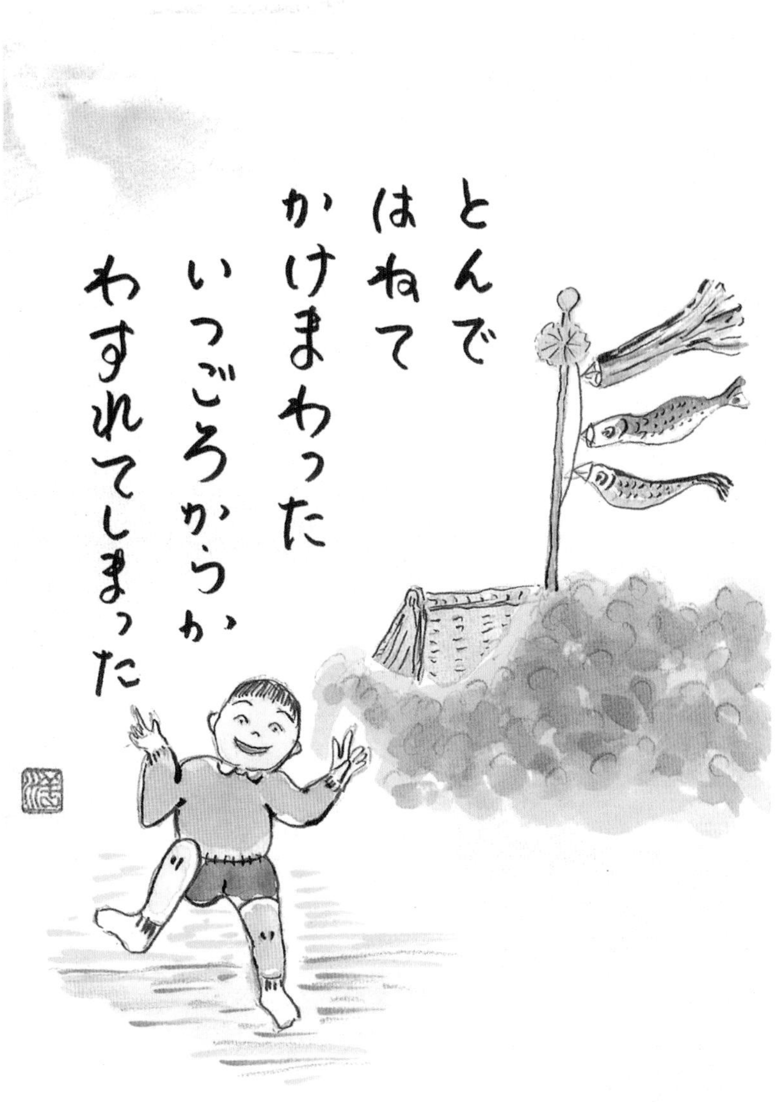
とんで
はねて
かけまわった
いつごろからか
わすれてしまった

ゲーム機を
放ってよろこぶ
かたぐるま
連休のあと
ほっと淋しい

5月7日

5月8日

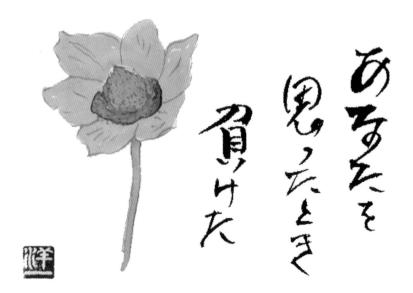

あなたを
思ったとき
負けた

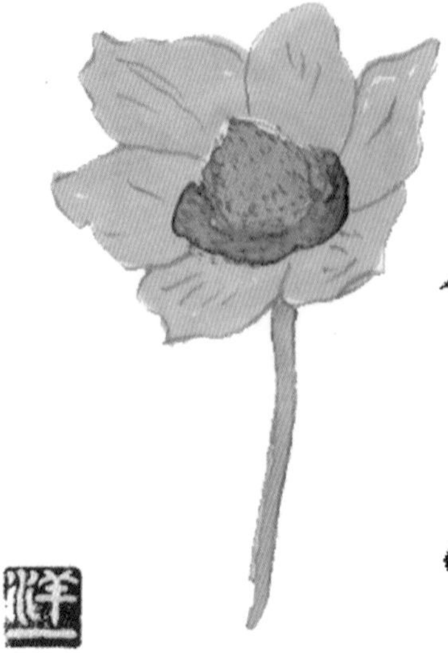

糸を持って
追かけたら
縋《すが》れる
かしら

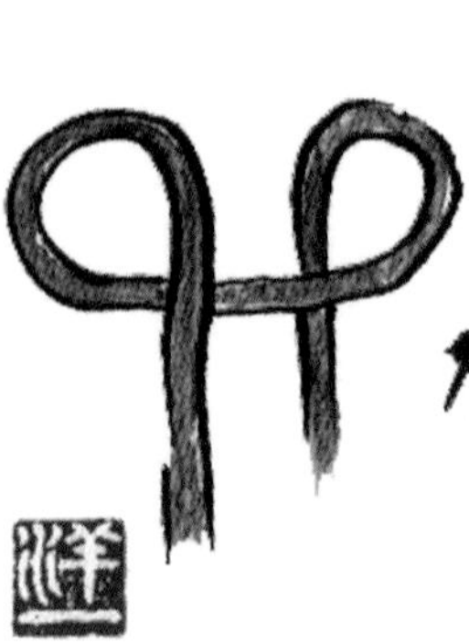

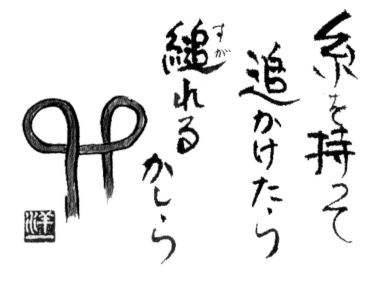

5月9日

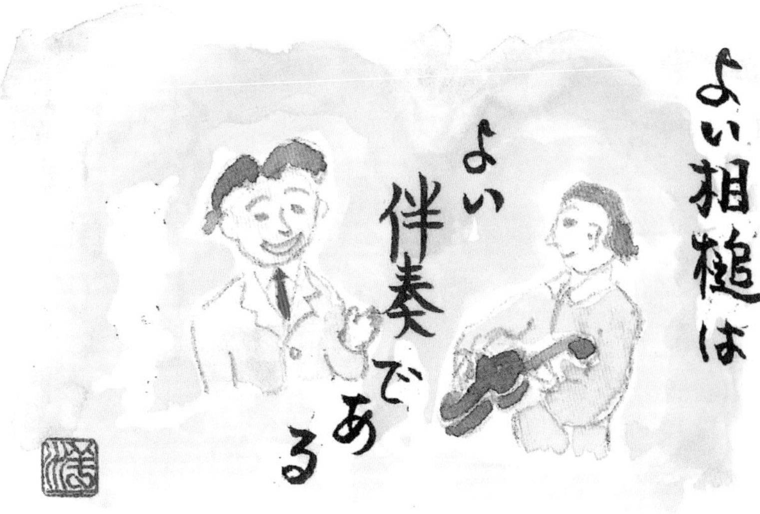
よい相槌は
よい伴奏である

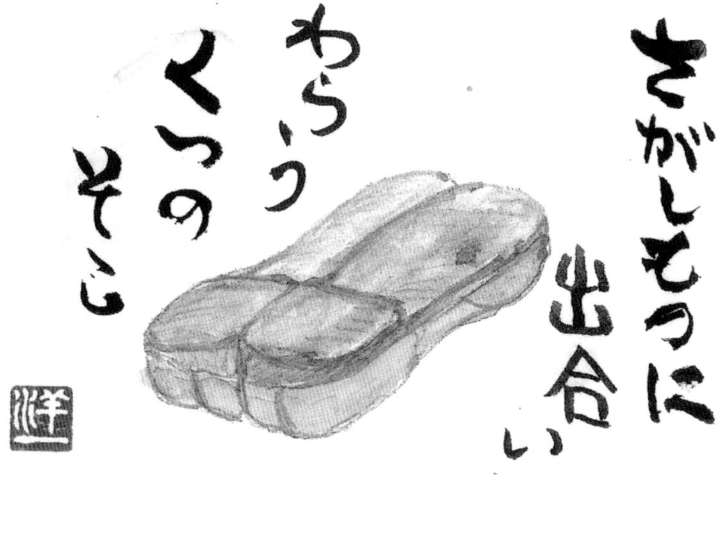
さがしものに出合い
わらう
くつのそこ

最良の方に
氣に
入られる
ために
花は咲く

5月11日

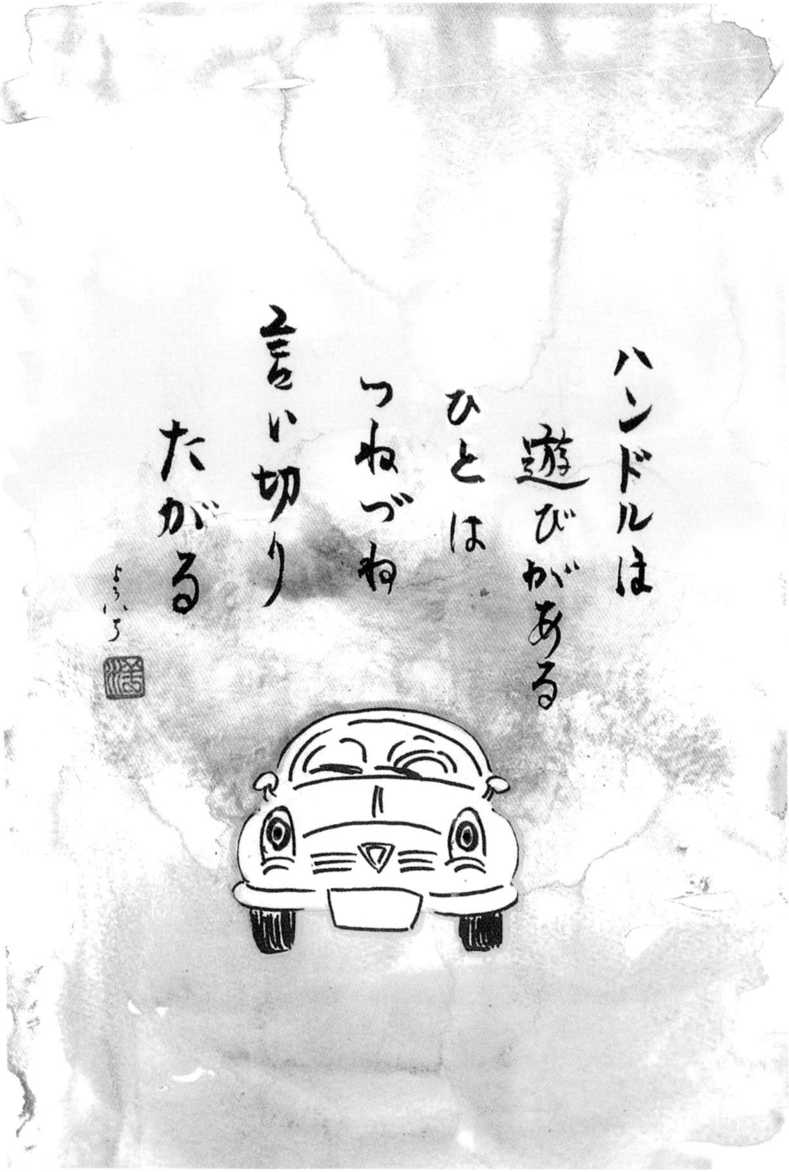
ハンドルは
遊びがある
ひとは
つねづね
言い切り
たがる

5月12日

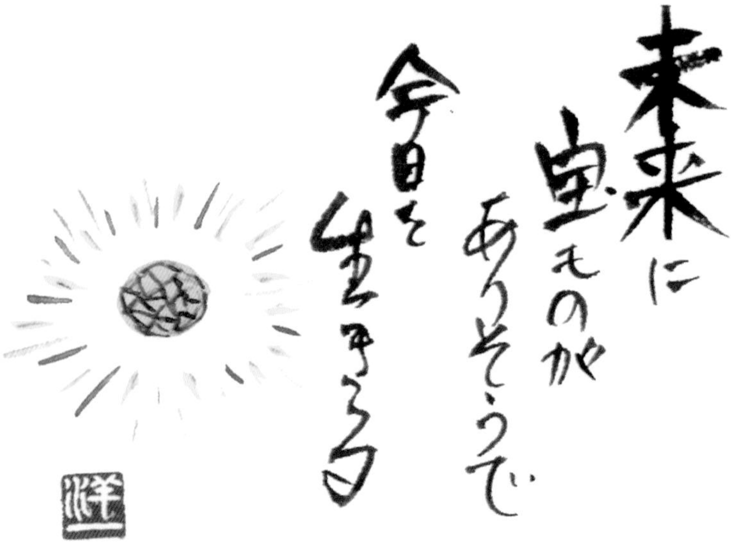
未来に
宝ものが
ありそうで
今日を
生きる

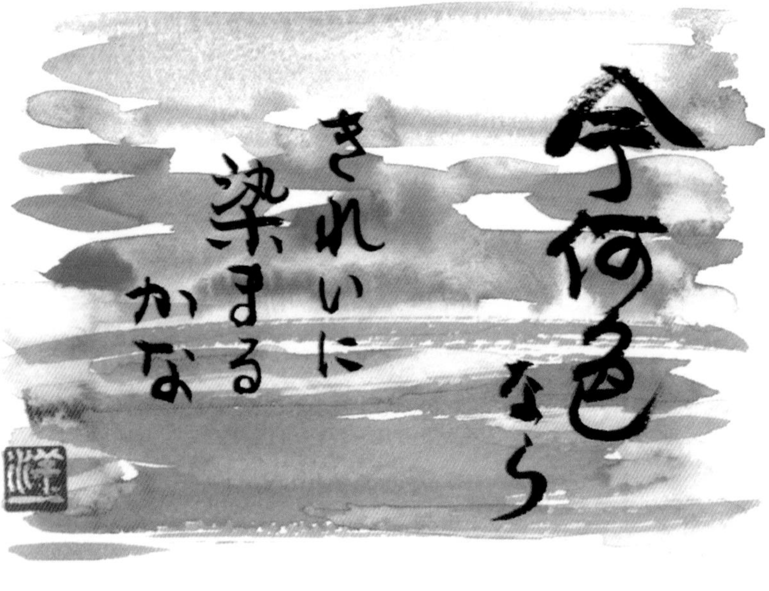
今何色なら
きれいに
染まる
かな

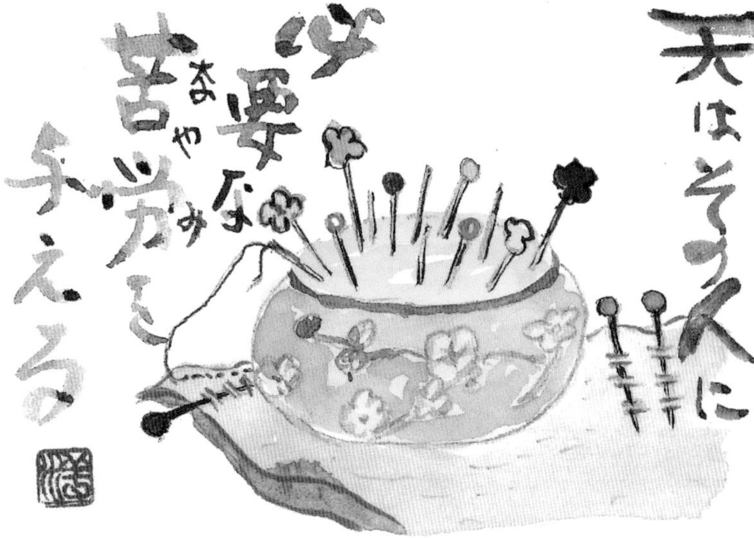
天はその人に
必要な
苦労を
おなやみ
与える

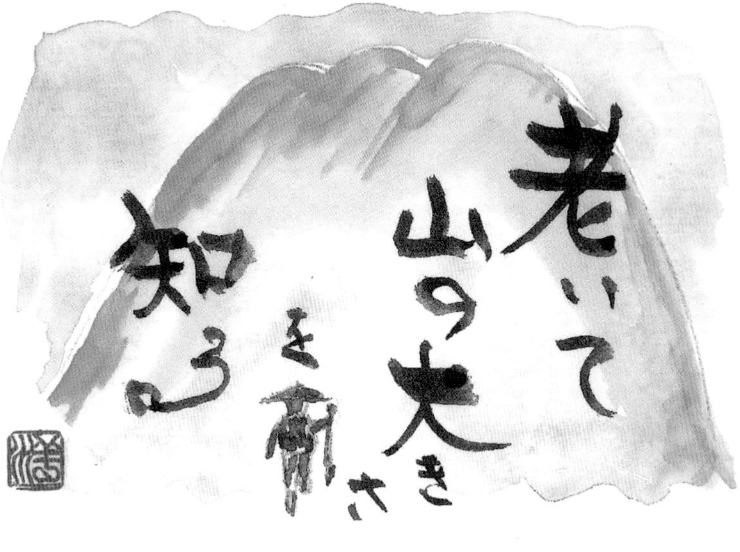
老いて
山の大きさ
を
知る

5月14日

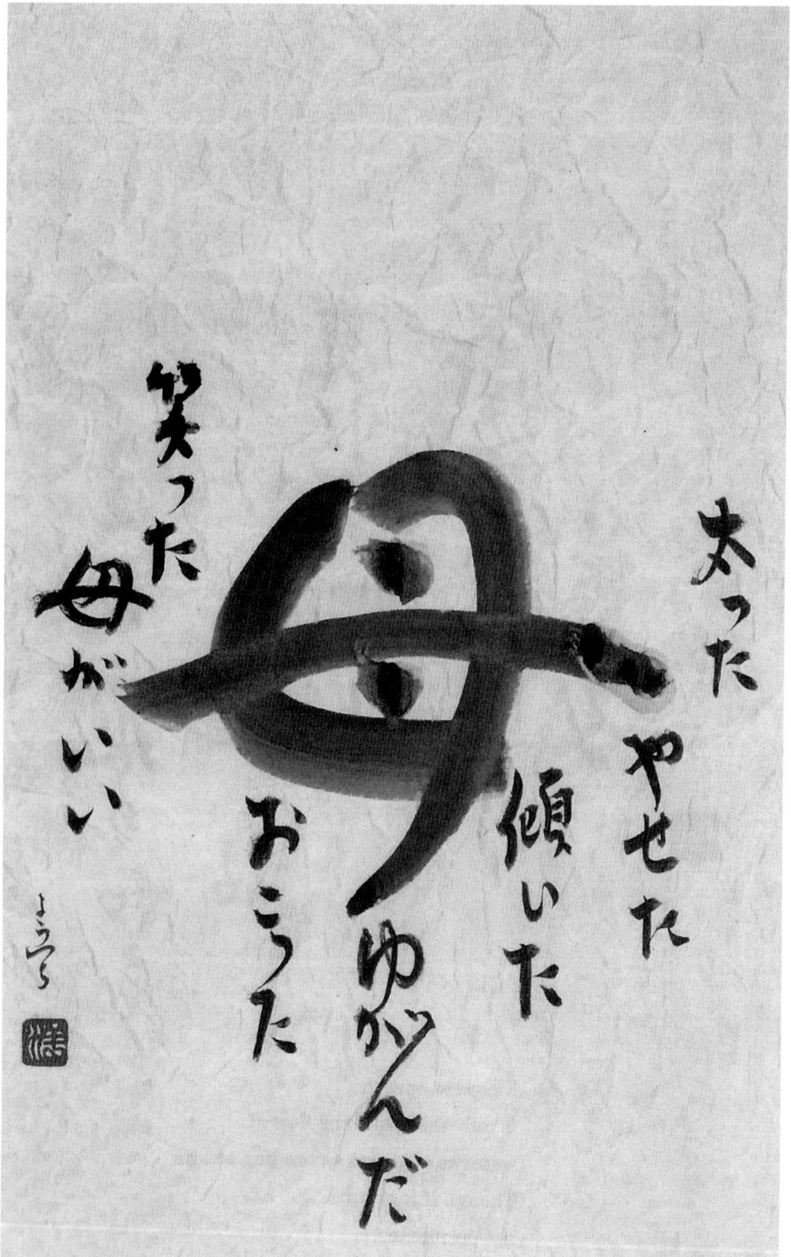
太った
やせた
傾いた
ゆがんだ
おこった
母
笑った
母がいい

5月15日

汚されても
罵られても
騙されても
真っ赤な嘘をつかれても
青空と負けない
愛で受け止め
あなたのこころに咲く
恋花で在りたい

柳家小さん
永眠
平成十四年五月十六日朝
つまんねえなあ〜

岩にきざむには堅い
水に流すには重い

5月17日

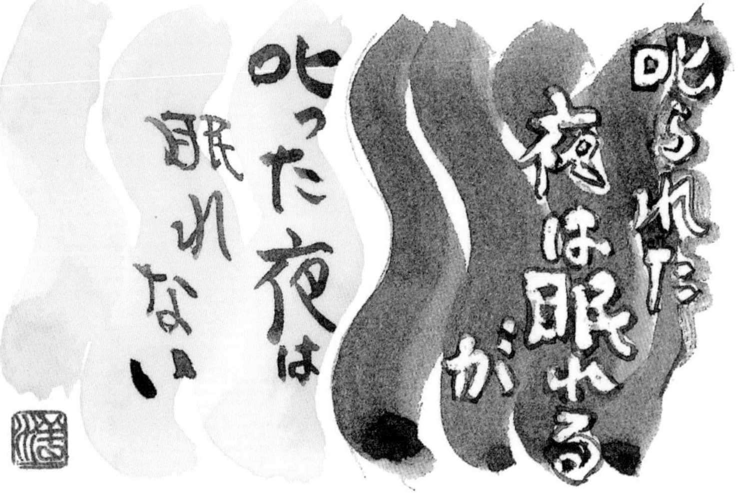
叱られた
夜は眠れるが
叱った夜は
眠れない

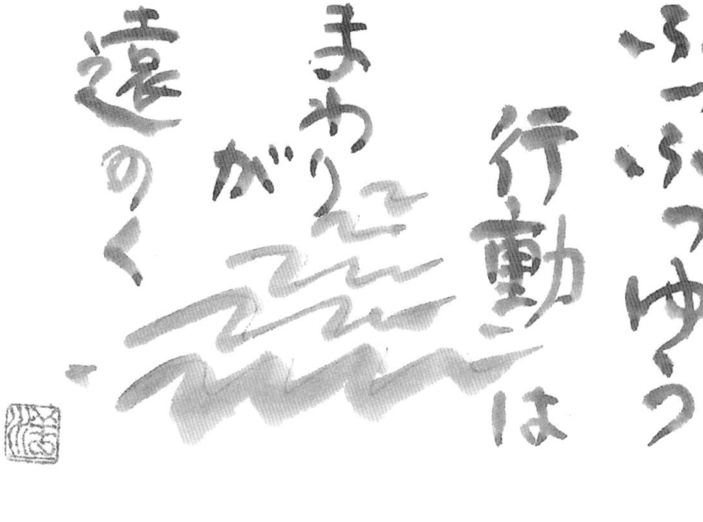
ぶつぶつ
行動は
まわりが
遠のく

5月 18日

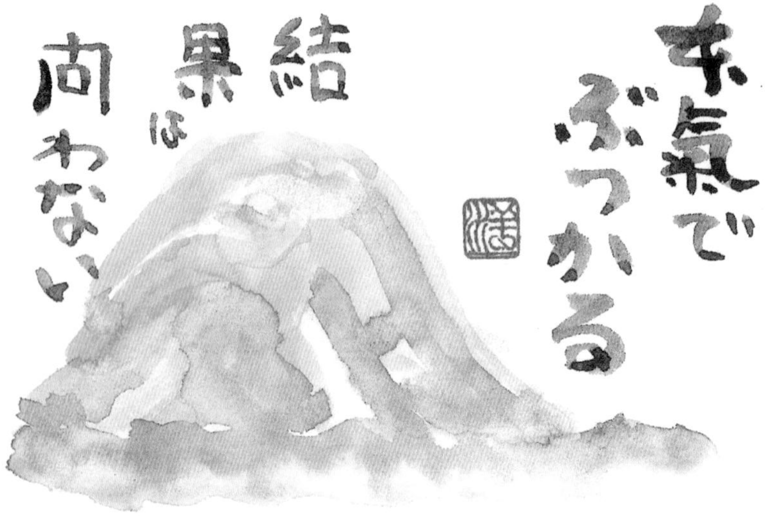
本氣でぶつかる
結果は問わない

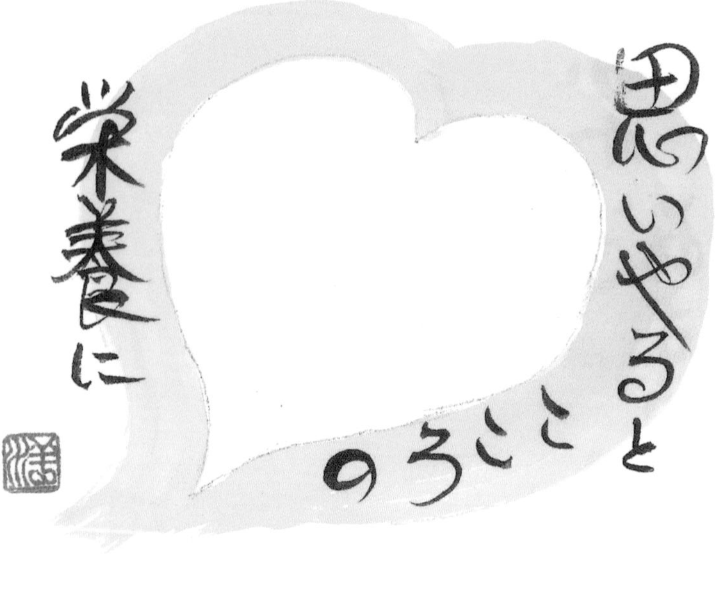
思いやると
こころの
栄養に

5 月 19 日

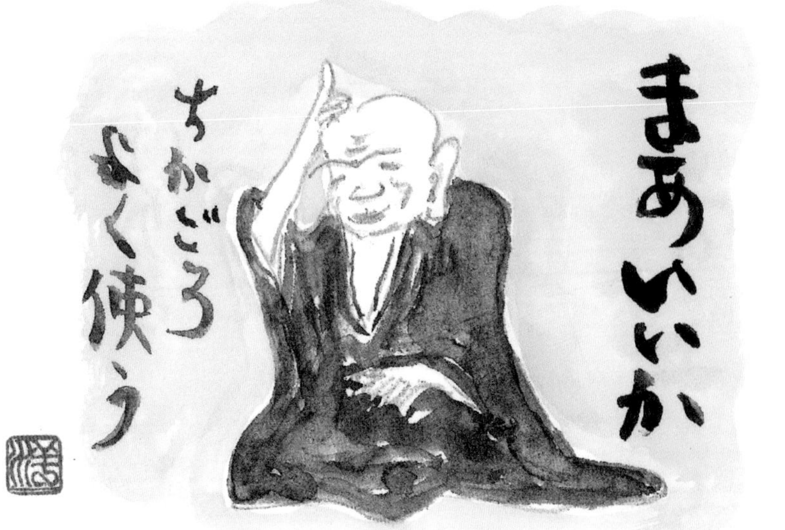
まあいいか
ちかごろよく使う

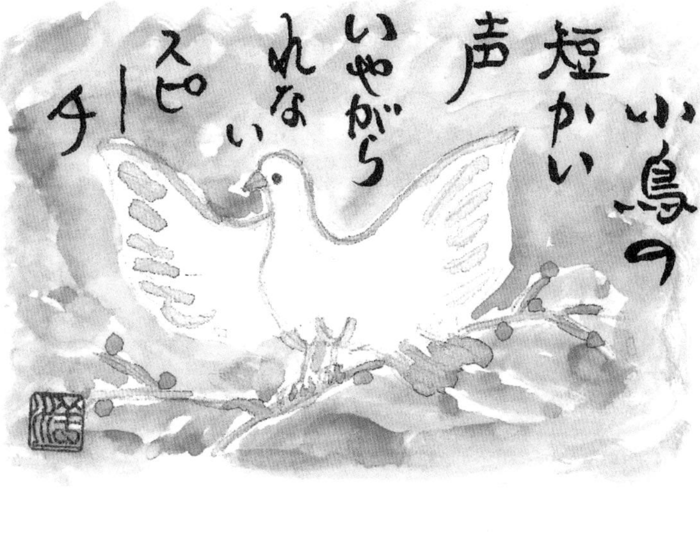
小鳥の短かい声
いやがられないスピーチ

5月20日

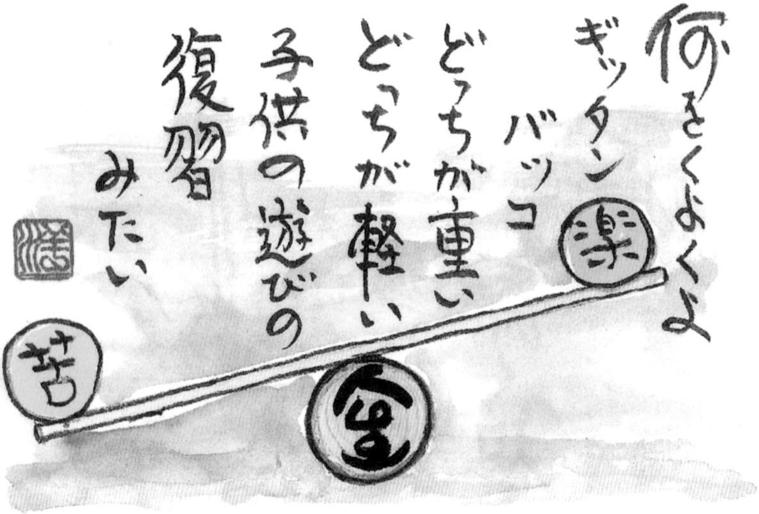
何をくよくよ
ギッタン
バッコ
どっちが重い
どっちが軽い
子供の遊びの
復習
みたい
楽
苦

自分の気持
は
他人の気持

5月21日

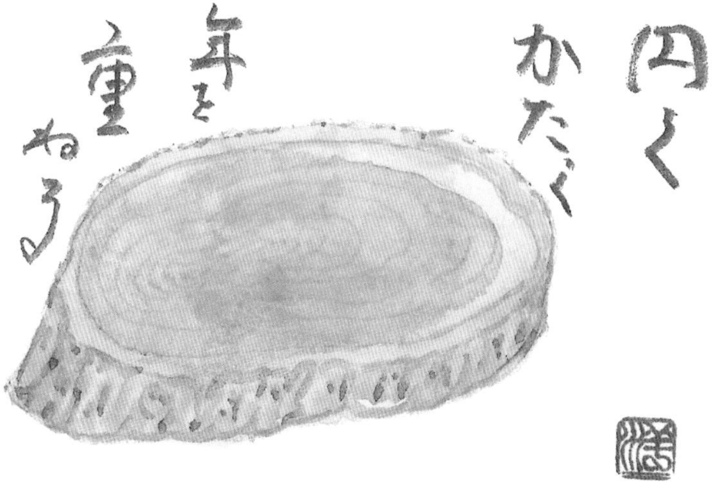
円く
かたく
年を
重ねる

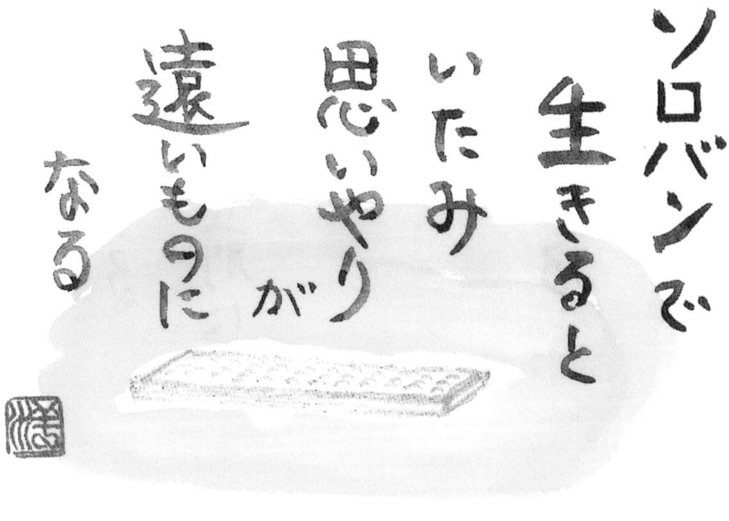
ソロバンで
生きると
いたみ
思いやり
が
遠いものに
なる

5月22日

5月23日

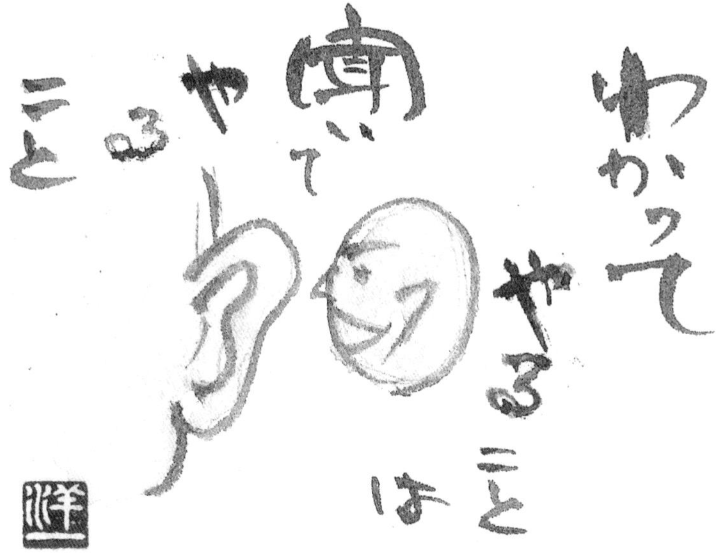
わかって
やること
は
聞いて
やる
こと

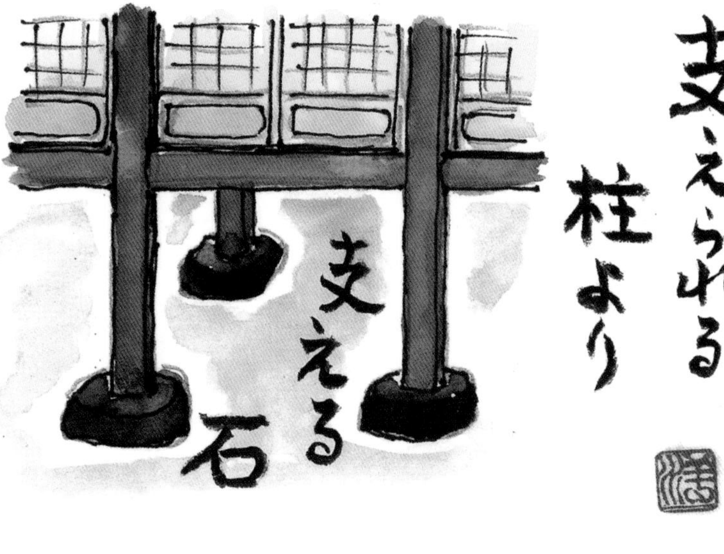
支えられる
柱より
支える
石

ちっと一服
鼓動が
急がないように
洋一

感
動
激
謝
三感一体
合掌
洋一

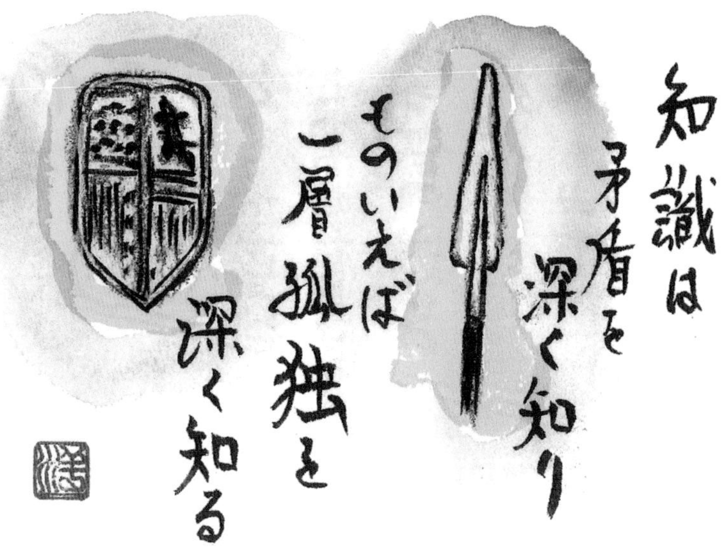
知識は
矛盾を
深く知り
ものいえば
一層孤独を
深く知る

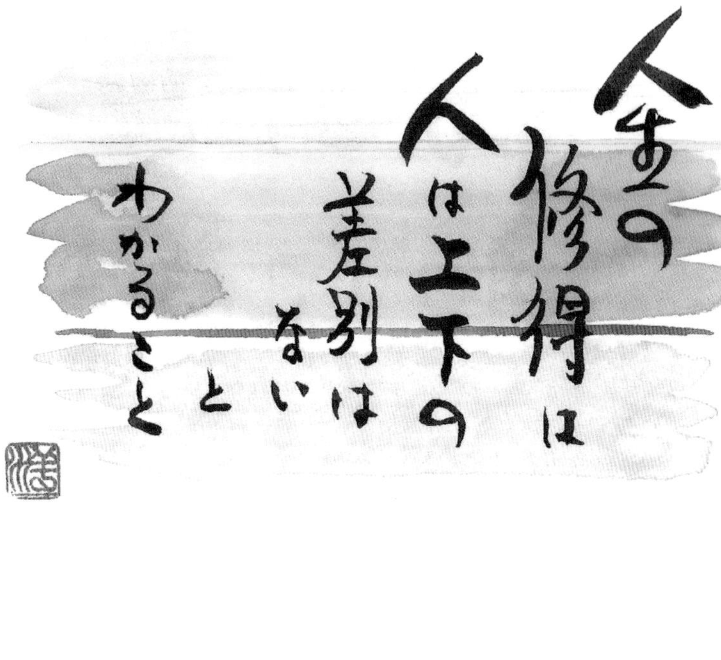
人生の
修得は
人は上下の
差別は
ない
と
わかること

5月26日

ふっくらと
たよりない茎
不安な足元
重たく盛りあがる

雨の日も風の日も
暑い日も
秘めるもの包みきれず
はじけふくらむ
咲きつづける

倒れそうになったら
誰れか抱えて

5月27日

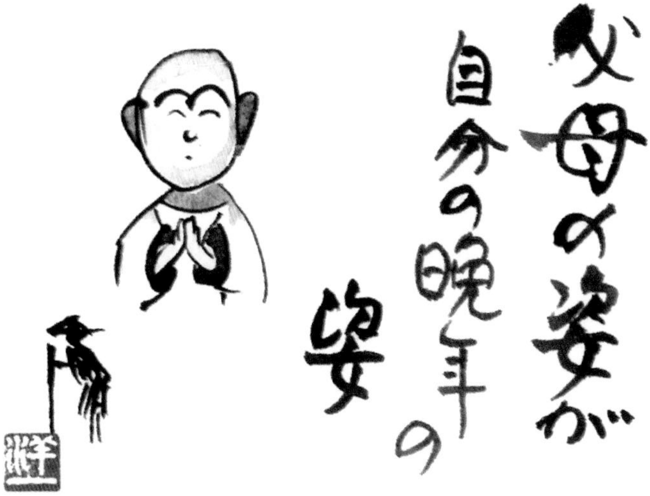
父母の姿が
自分の晩年の
姿

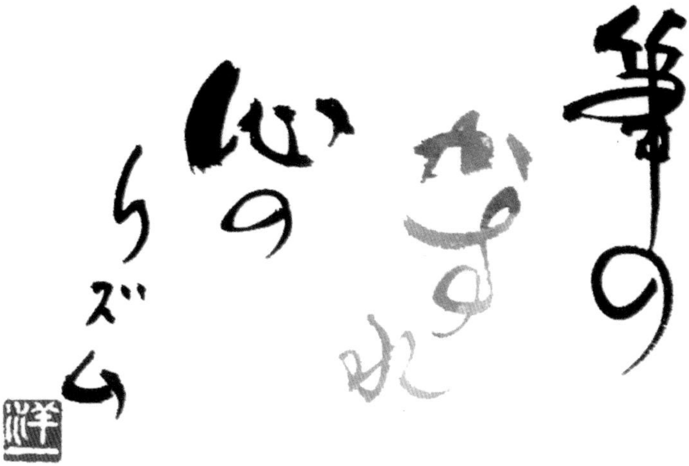
筆の
かすれ
心の
リズム

あこがれ
もう
もどれ
ない

走っても
走らなく
とも
明日は
くる

5月29日

その一口が
ぶたに
なる

掃き捨てる
いやな
ことば

掃き
捨てる

5月30日

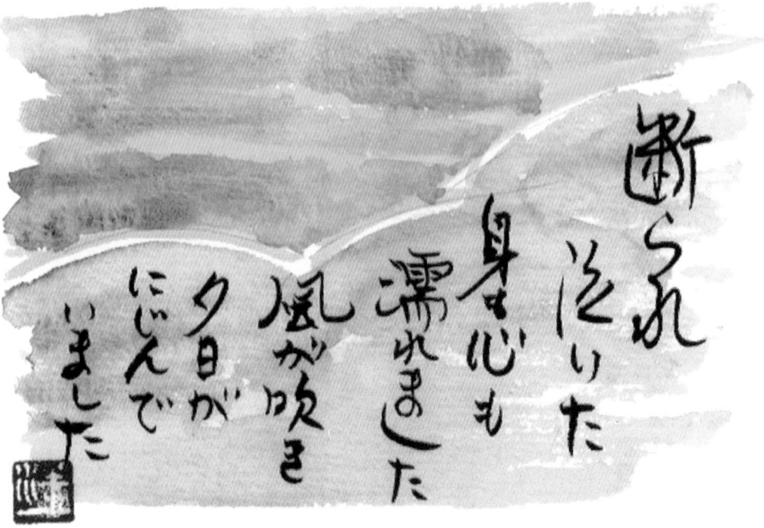
断られ
泣いた
身も心も
濡れました
風が吹き
夕日が
にじんで
いました

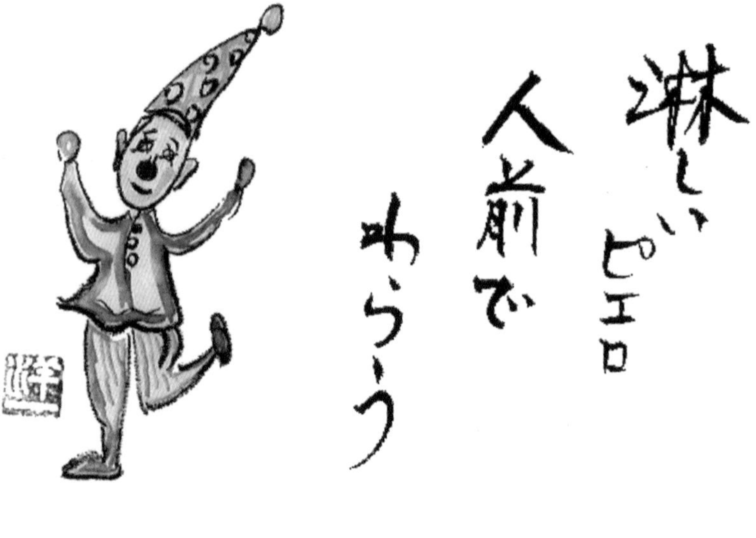
寂しいピエロ
人前で
わらう

5 月 31 日

6月

6月1日

人々に会って
笑顔
ほっと
うれ
しい

花
小さければ
小さいほど
かわいい

ことば
いっぱい
ほしい
いらない
ことば
いらない
あのひとに
あげる
ことば
あたゝめ
すこし
ください

かた足の
日々よ
つまづかない
のが
不思議

忠告は
詫びる
氣持で

力あまって
手におえない

6月5日

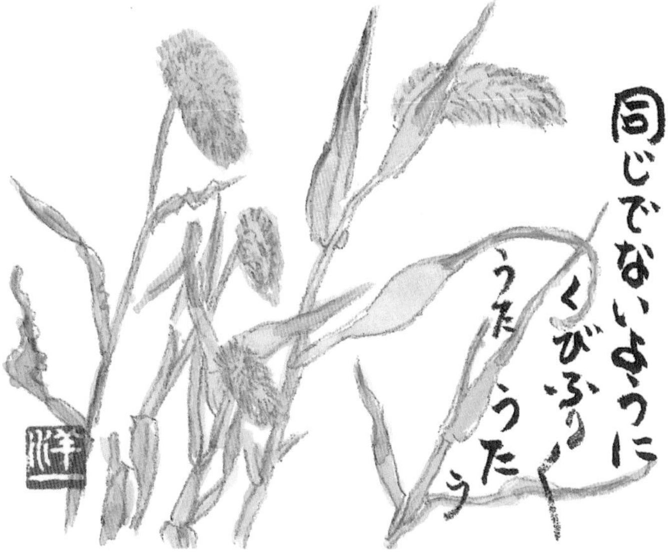
同じもの
同じでないように
くびふり
うた
うたう

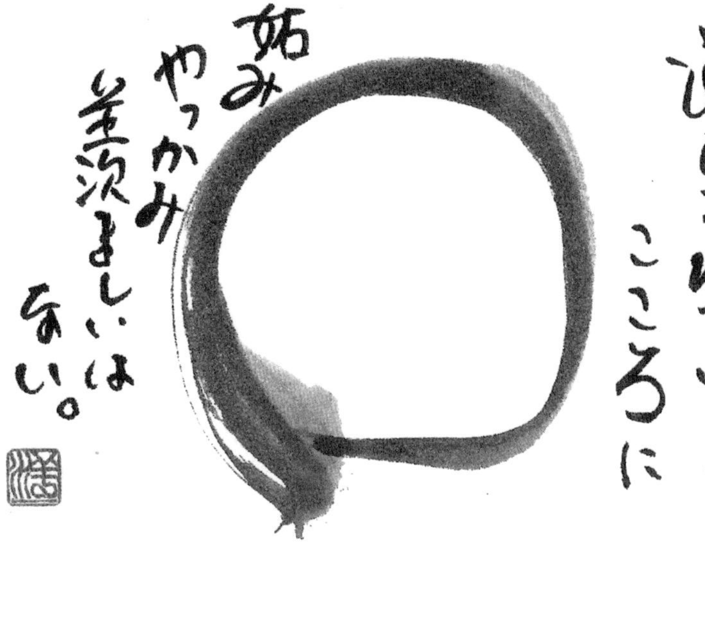
満たされている
こころに
妬み
やっかみ
羨ましいは
ない。

6月6日

葉をぬいで
こぶし凛々
何を待つ

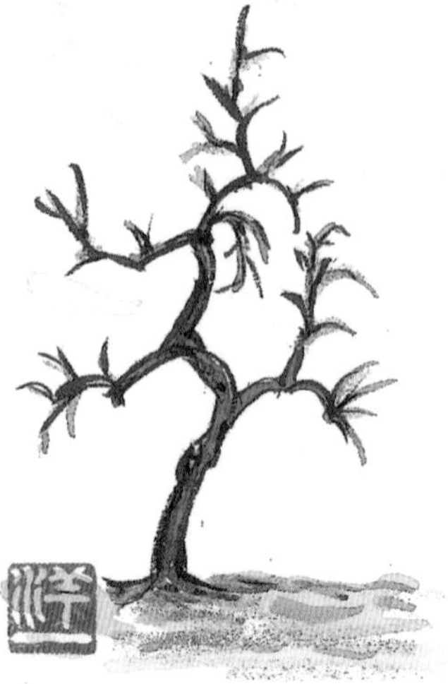

傘で
ふせげぬ
心に降る
雨

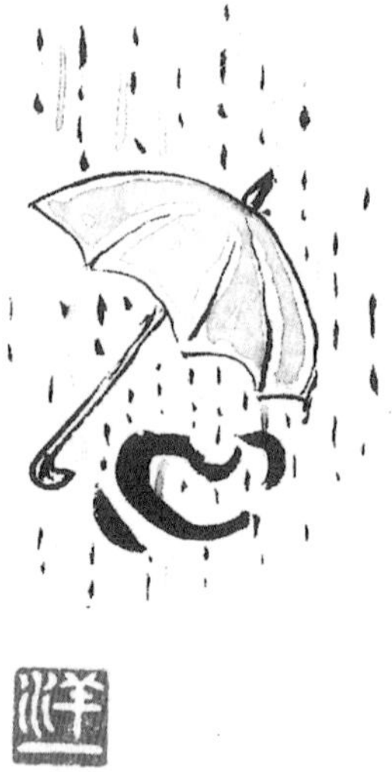

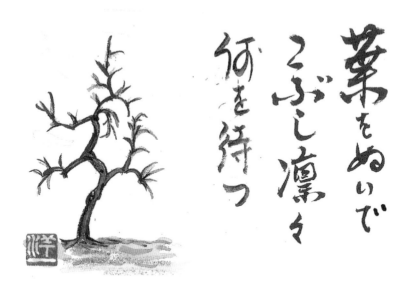

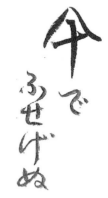

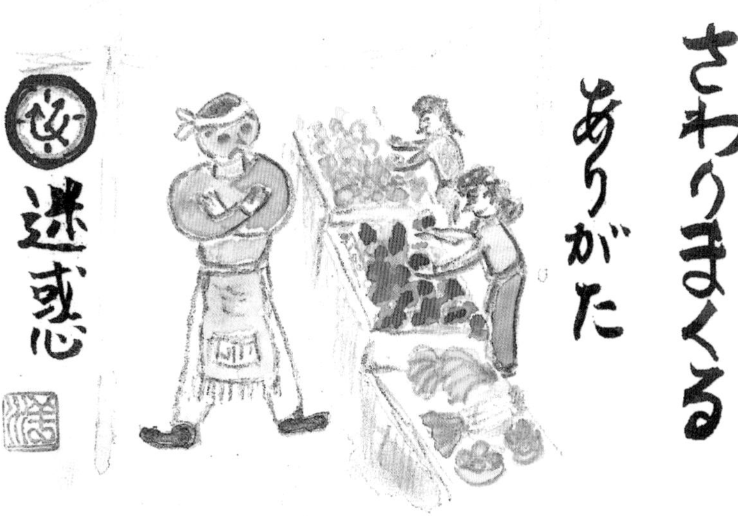

トンボの羽
尾を切ったり
蝉の片眼をつぶし
空に逃がす
少年の日の遊び
いま、
してませんよ、ね

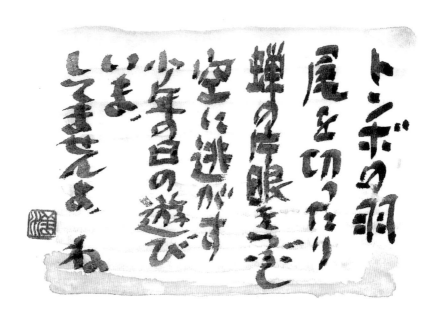

若さ

「わかっているよ」
は老いの始まり
「何だろう？」
好奇心が
若さだ

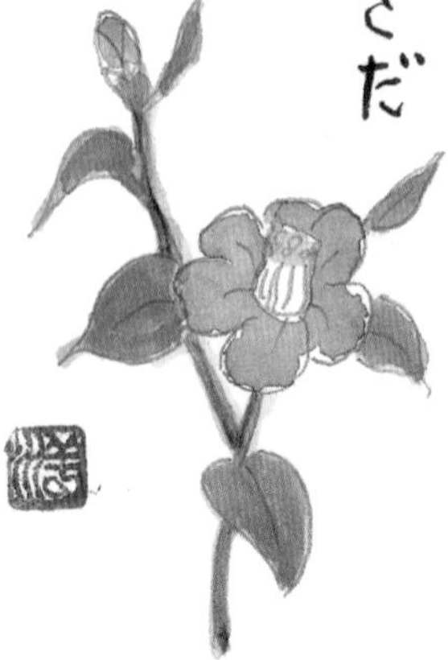

熟れるまで

待つ

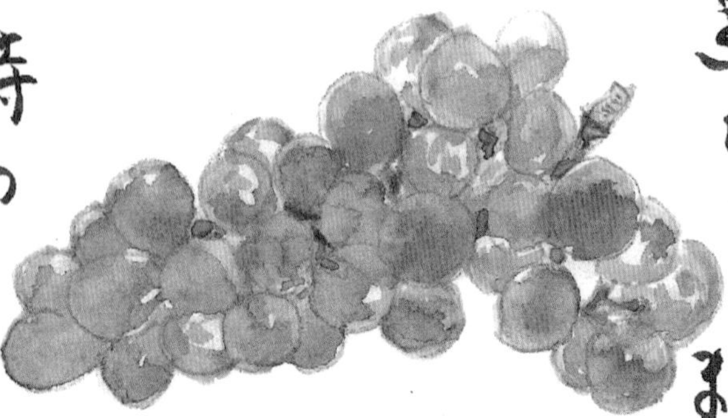

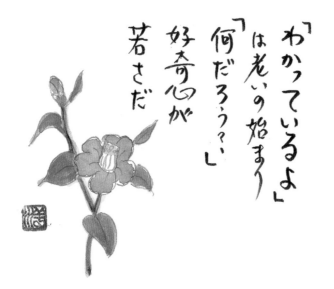

6月9日

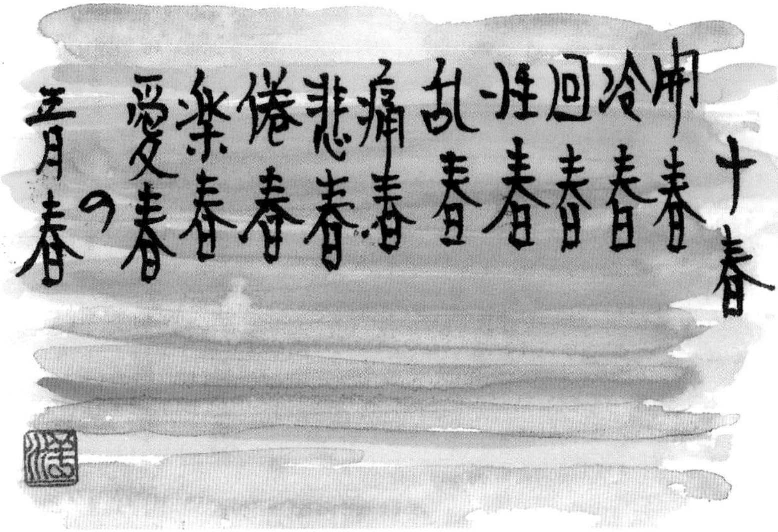
十春
用春
冷春
回春
性春
乱春
痛春
悲春
倦春
楽春
愛の春
青春

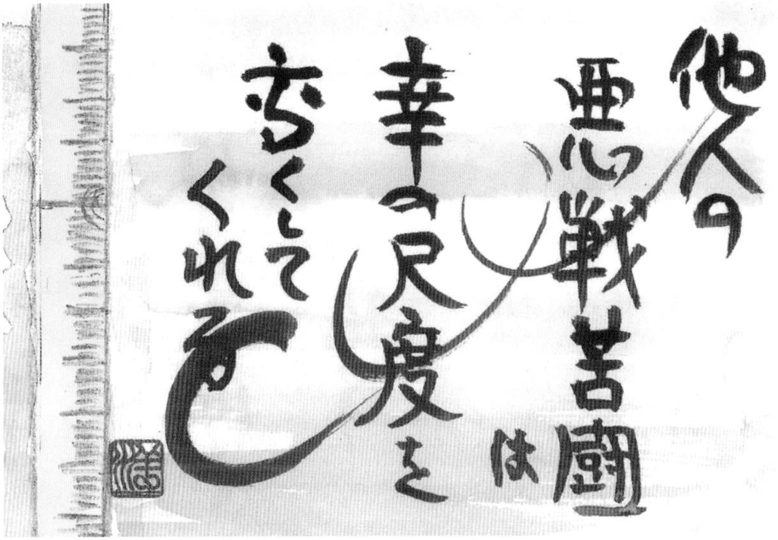
他人の
悪戦苦闘は
幸の尺度を
高くして
くれる

励まされ
今日の荷物
の
どっ
こい
しょ

嫉妬は
秘密を
多くさせ
る

6月11日

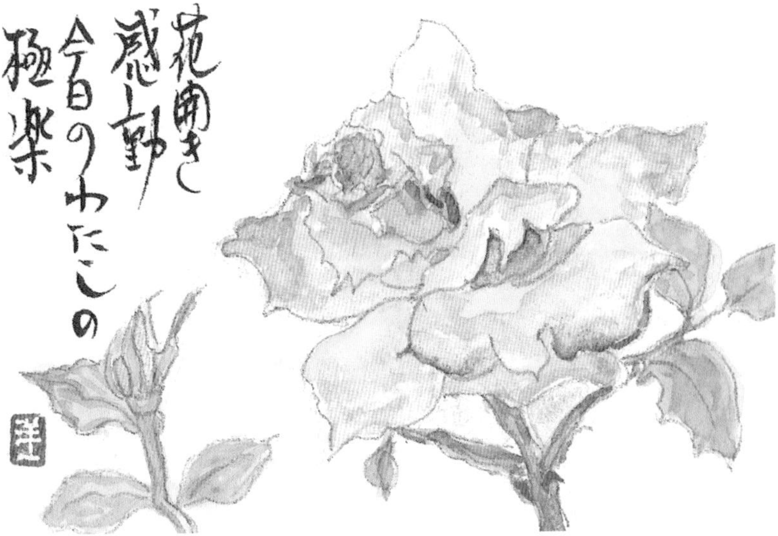
花開き
感動
今日のわたしの
極楽

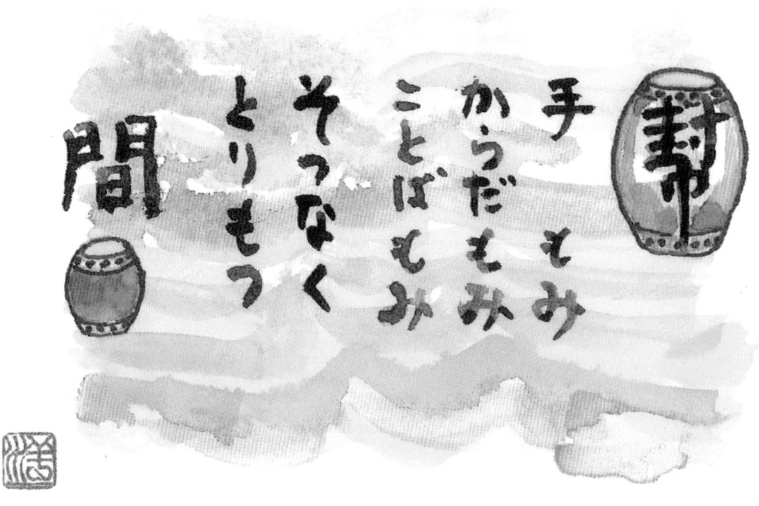
手もみ
からだもみ
ことばもみ
そつなく
とりもつ
間

6月12日

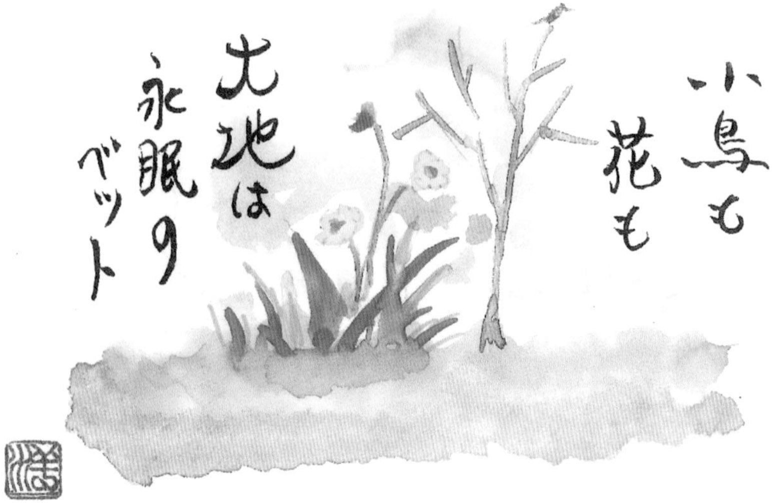
小鳥も
花も
大地は
永眠のベッド

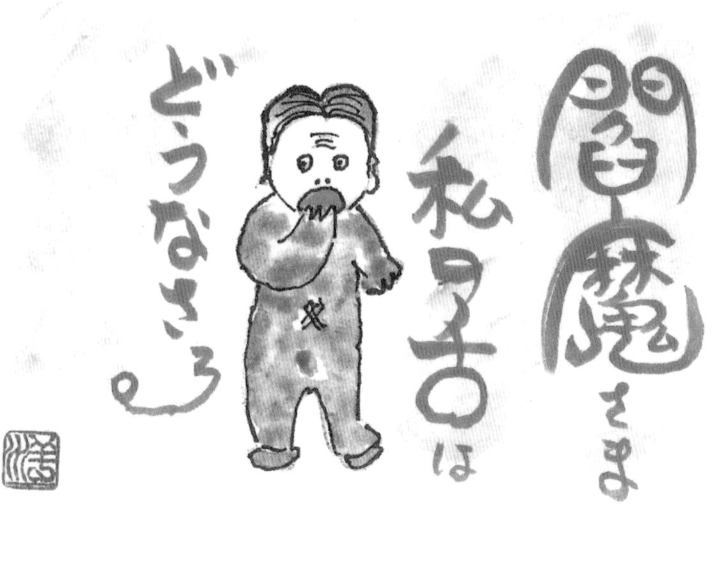
閻魔さま
私の舌は
どうなさる

6月13日

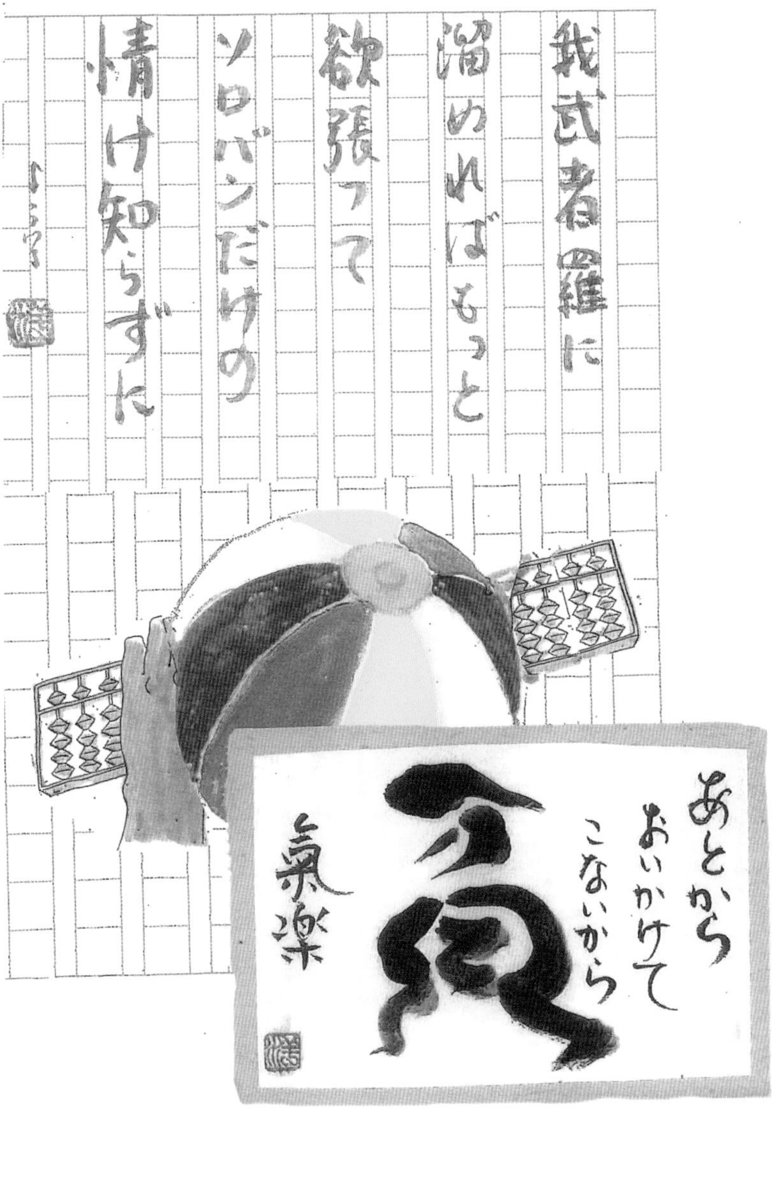
我武者羅に
溜めればもっと
欲張って
ソロバンだけの
情け知らずに
あとから
おいかけて
こないから
氣楽

「素」
声帯模写
心までなるとこ
ここ芸渡り術か

6月15日

巷では
誰れかが
誰れかを
笑い
ごっこ

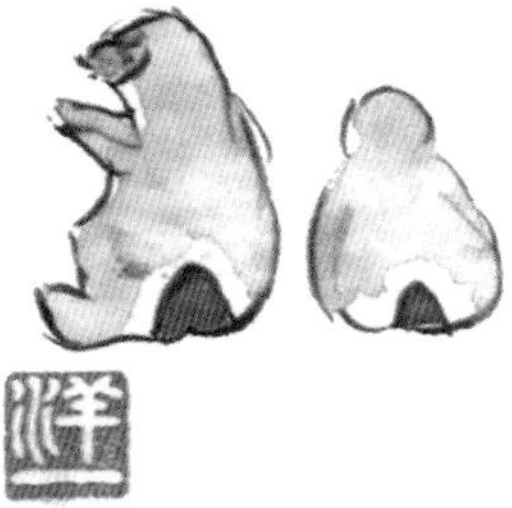

一方だけの
はなしは
誤解の
もと

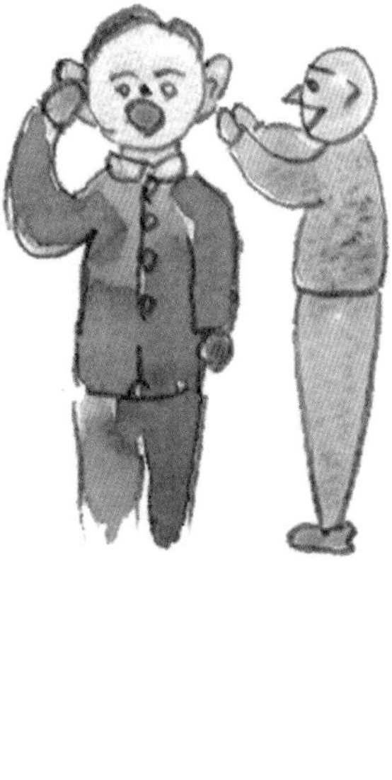

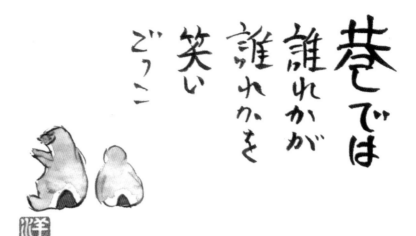

6月16日

6 月 17 日

右足が沈まぬ
うちに
左足を
左足が沈まぬ
うちに
右足を
海でもあるける
机の上

最終点の
話を
しないうちが
歩き安い

勝とう
勝とうは
負けの
モト

咲き方も
散り方も
それぞれのはる

6月19日

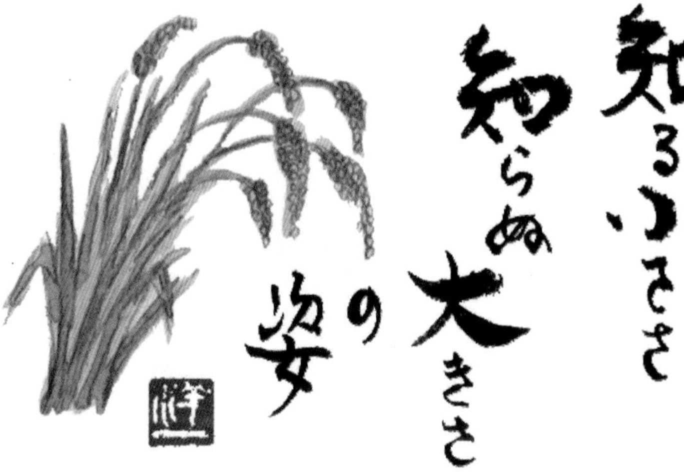
知る小ささ
知らぬ大きさ
の姿

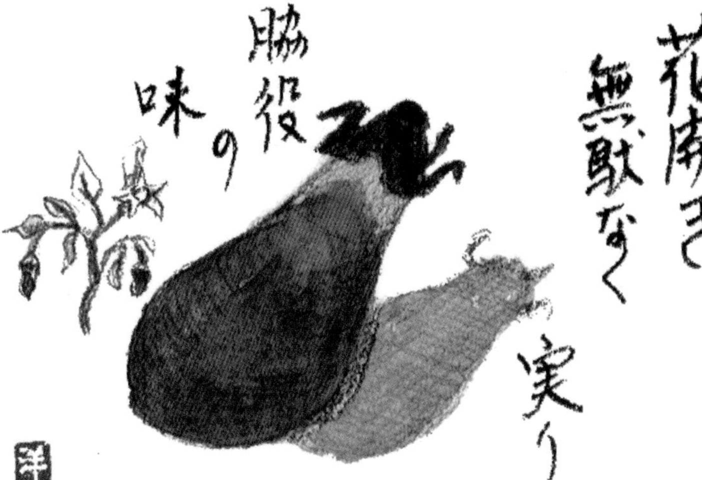
花開きて
無駄なく
実り
脇役
の
味

知っていて
聞き手に
まわる
むずかしさ

自分が大切
だから
中味は
柔軟

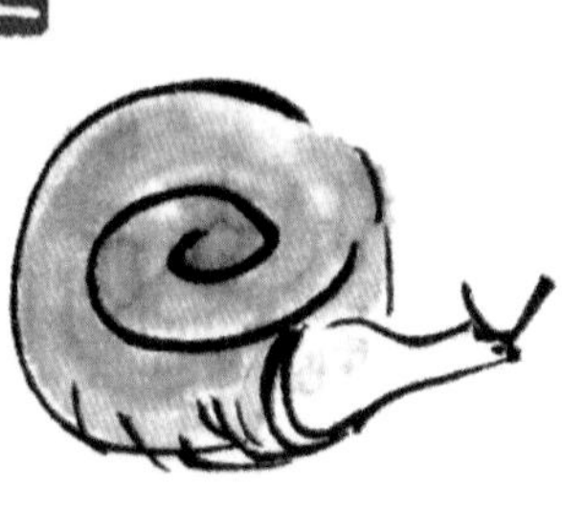

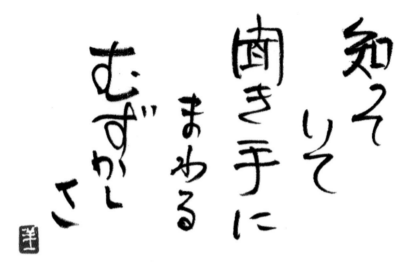

6 月 21 日

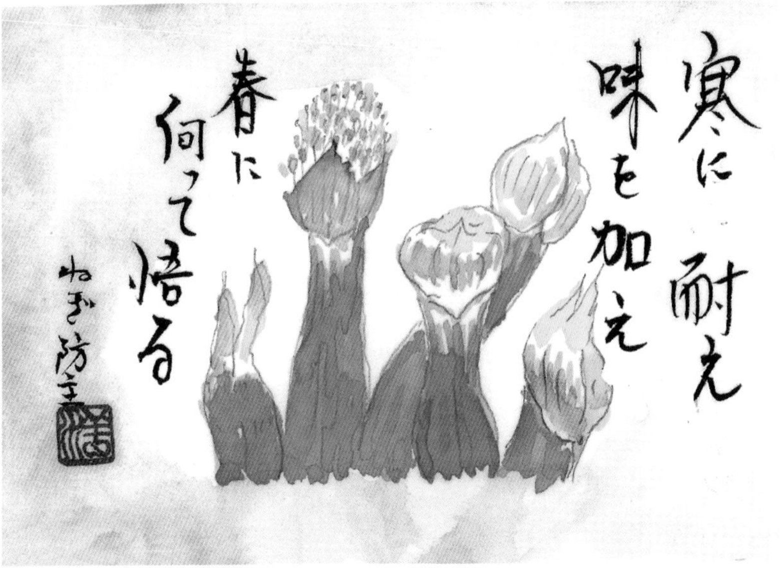
寒に耐え
味を加え
春に
向って悟る
ねぎ坊主

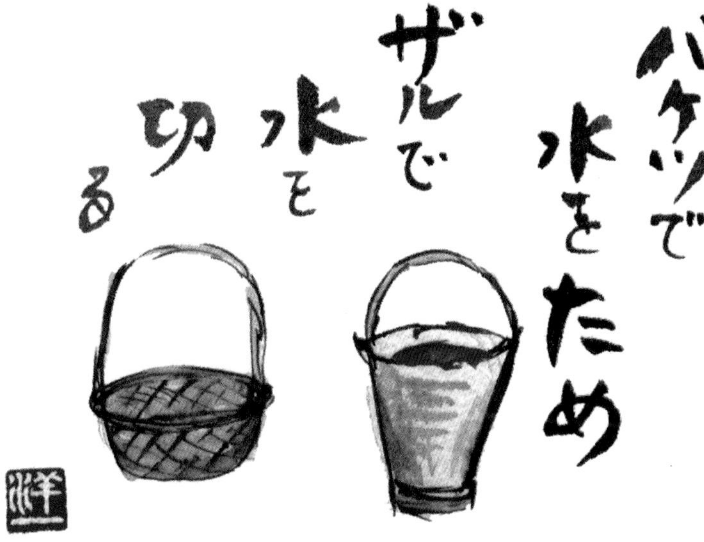
バケツで
水をため
ザルで
水を
切る

6月22日

手近
なのに
あとまわし
れ
いつも
する

洋一

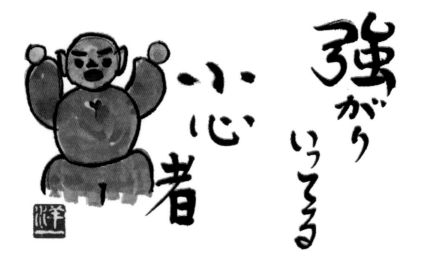

強がり
いってる
小心者

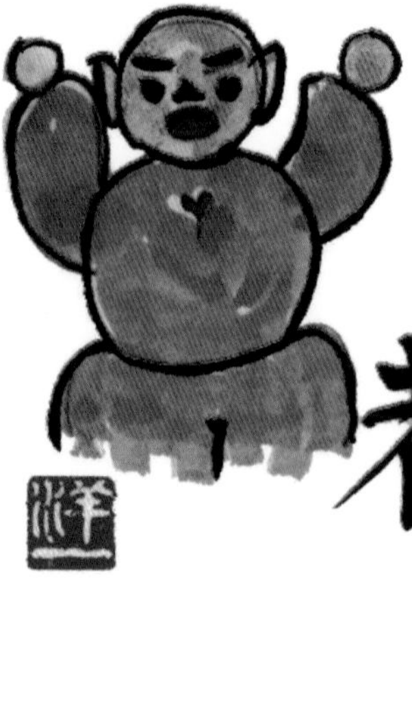

洋一

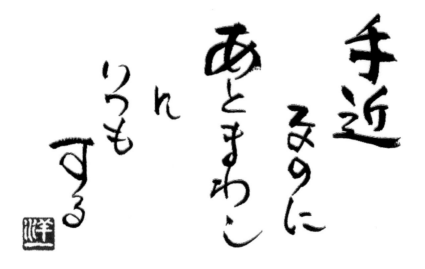

6月23日

すべて
失って
ありがとう
を
残す

悲しみ
重すぎて
心の蓋が
開かない

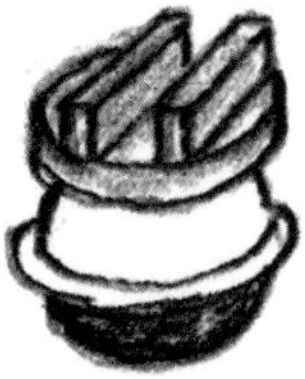

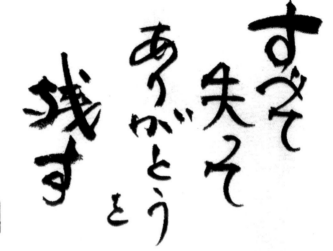

6月24日

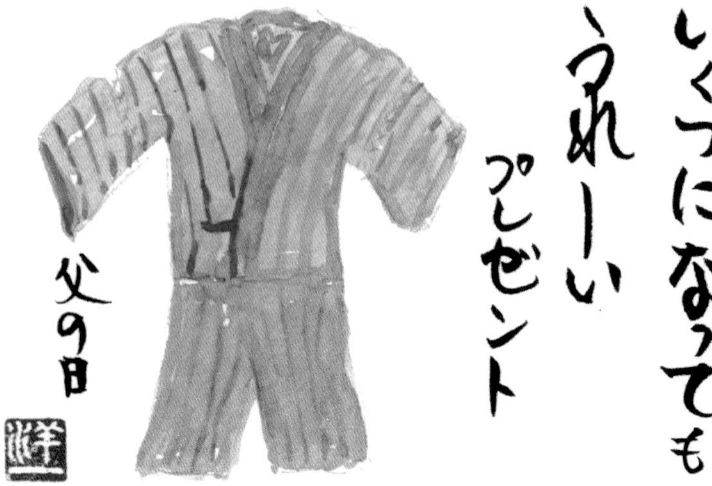
いくつになっても
うれしーい
プレゼント
父の日

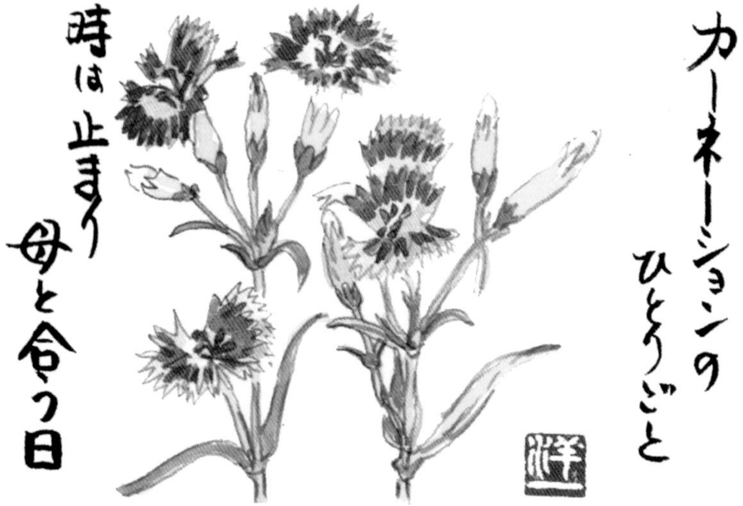
カーネーションの
ひとりごと
時は止まり
母と会う日

て
嘘ついて
嘘いって
騙して
汗拭いて
夢中で
遊んで
痛くて
懐かしくて
淋しくって
そして
生きるって
何んだって

女房の一言
家の運命を
決める

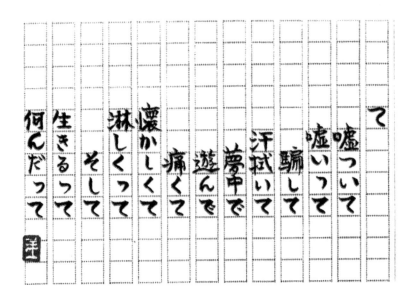

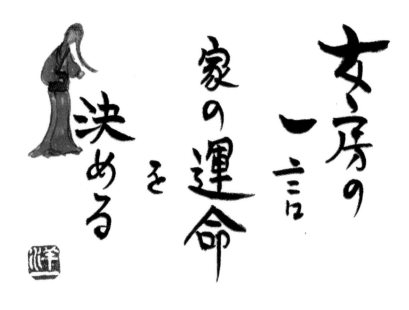

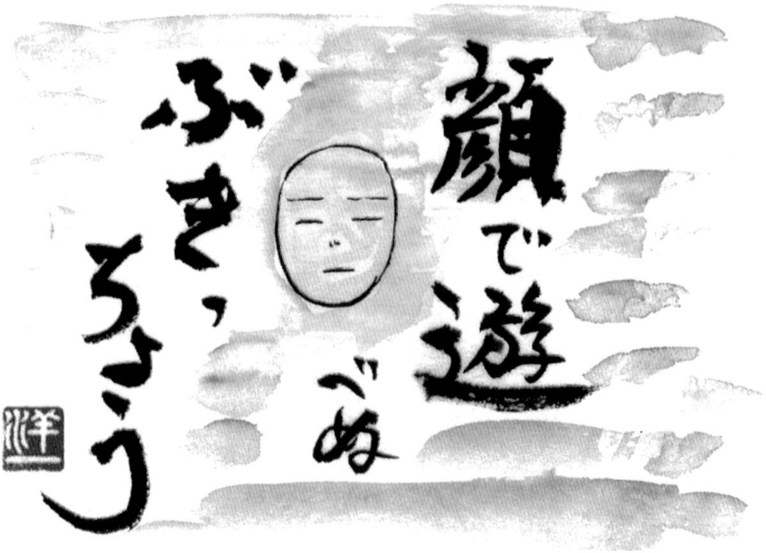
顔で遊べぬ
ぶきっちょう

支配されない
ところで
こんなに
自由

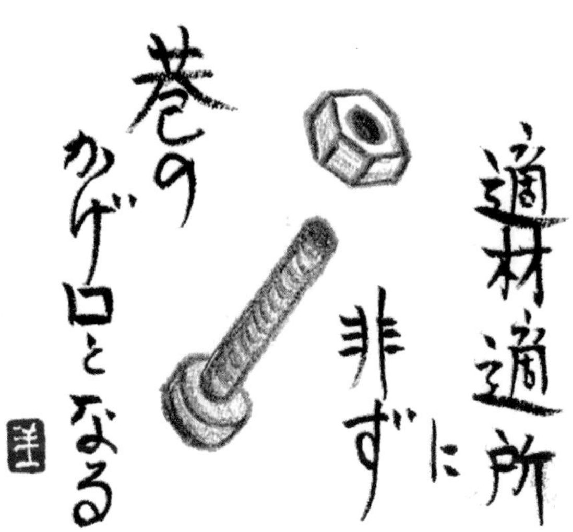
世の中は
すべてが
適材適所
に
非ず
巷の
かげ口となる

人の悪口
のりたがる
褒めることは
難しい
得と損の
攻めぎ合い
徳の顔出す
すきがない

6月28日

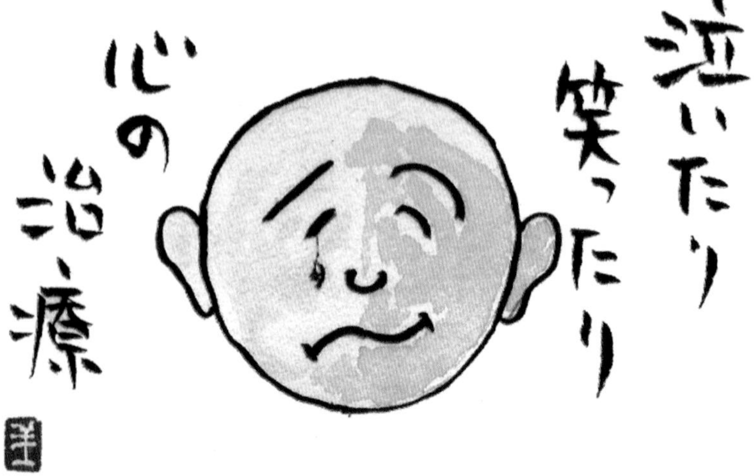
泣いたり
笑ったり
心の
治療

ずい分
泣いてきたが
やさしく
なれない
泣き方に
上手
下手が
あるのかな
モミジイチゴ

くもり
ガラスに
雨とかく
……
涙に
かわる……

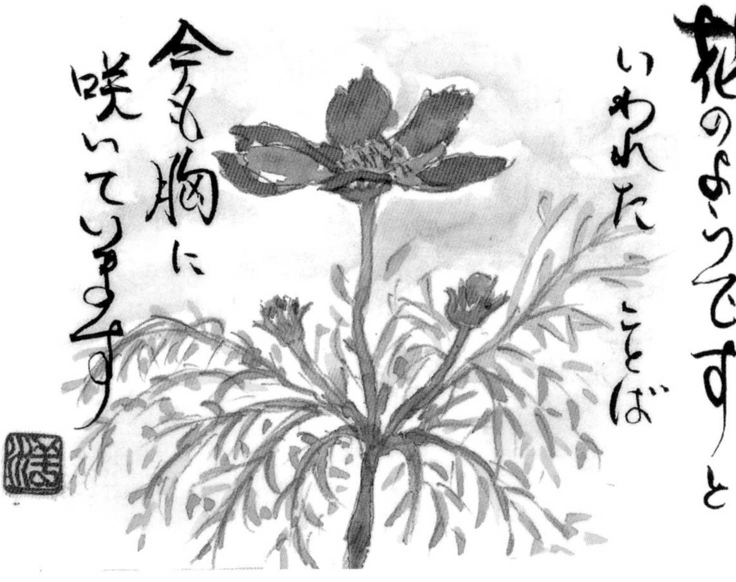
花のようです と
いわれた ことば
今も胸に
咲いています

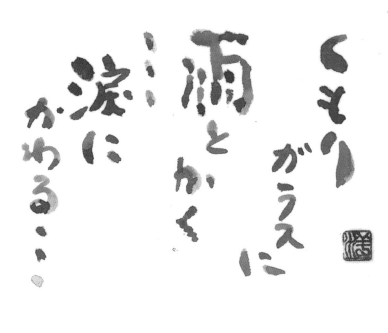

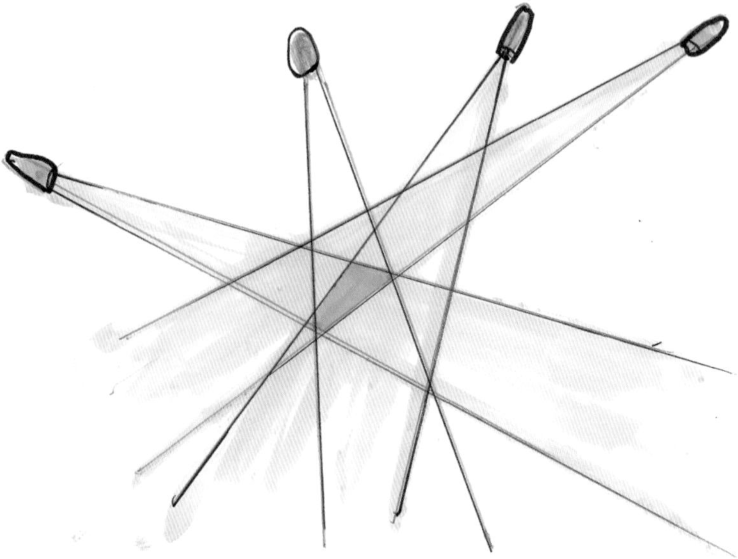

＋《たす》 －《ひく》 ×《かける》 ÷《わる》

たすけあう
ひきうける
こえをかける
わかちあう

よういち

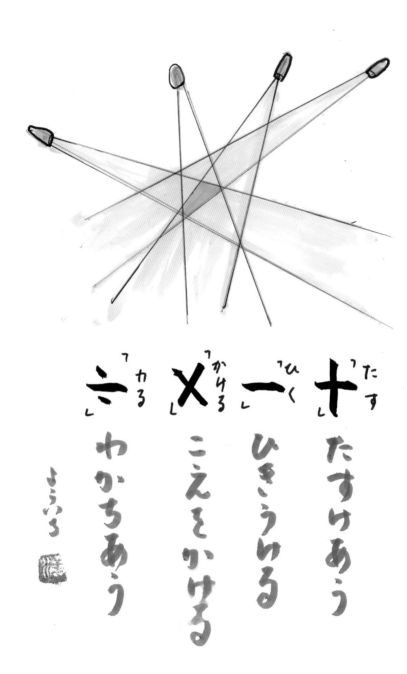

7月

7月1日

7月2日

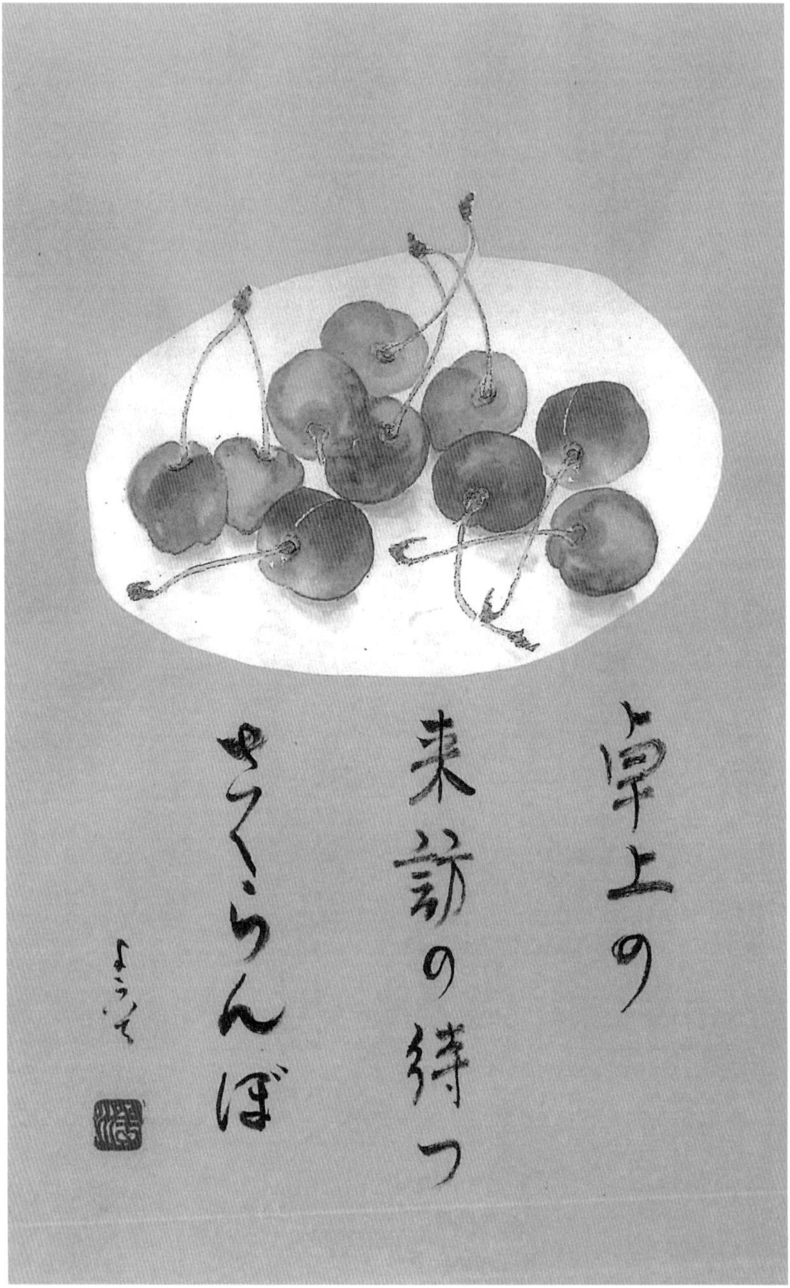

7月3日

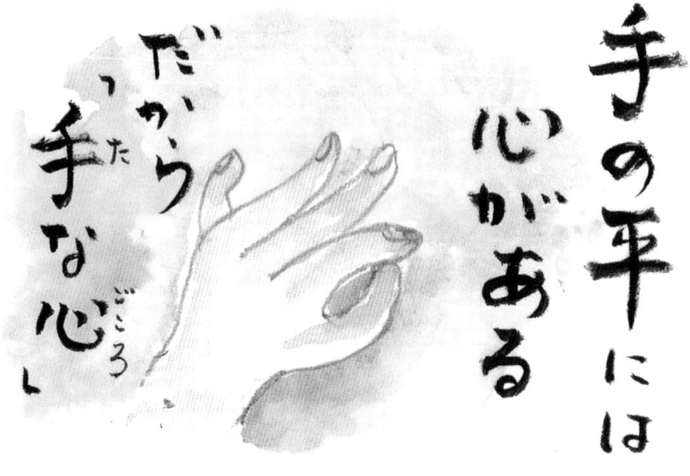
手の平には
心がある
だから
手《た》な心《ごころ》

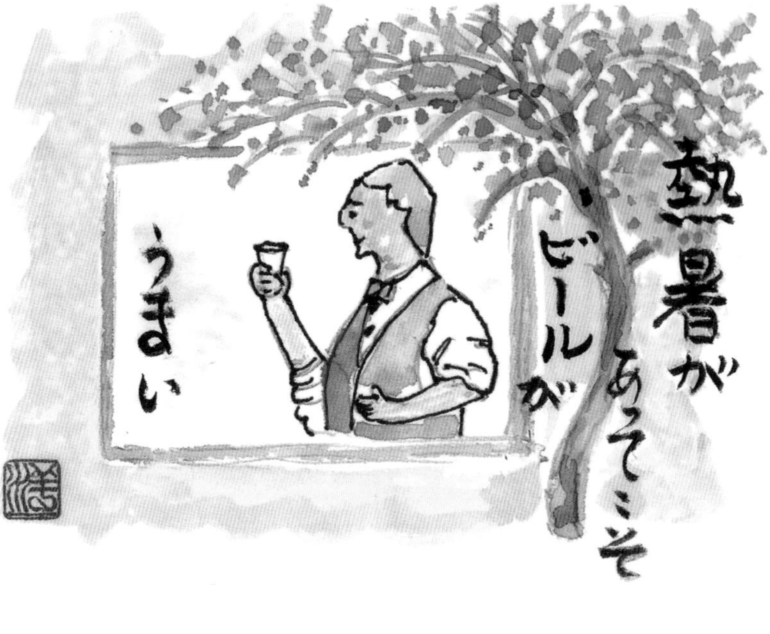
熱暑が
あってこそ
ビールが
うまい

7月4日

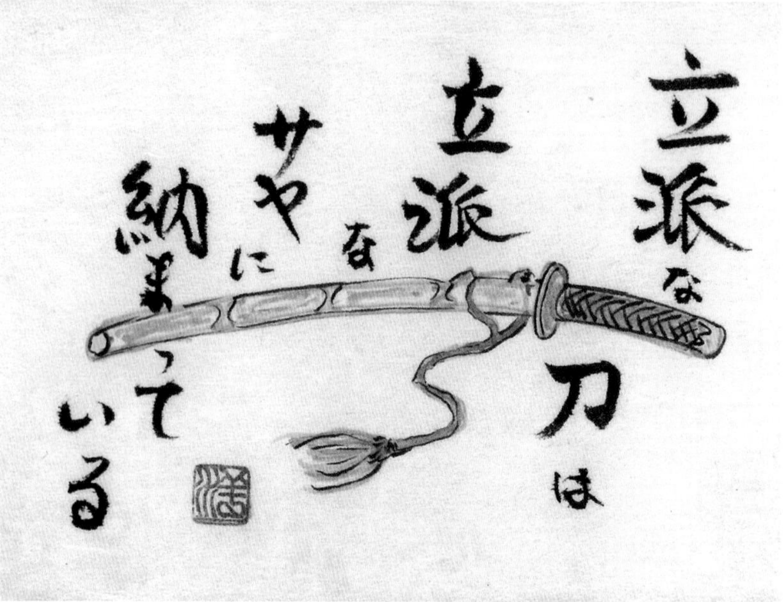
立派な
刀は
立派な
サヤに
納まって
いる

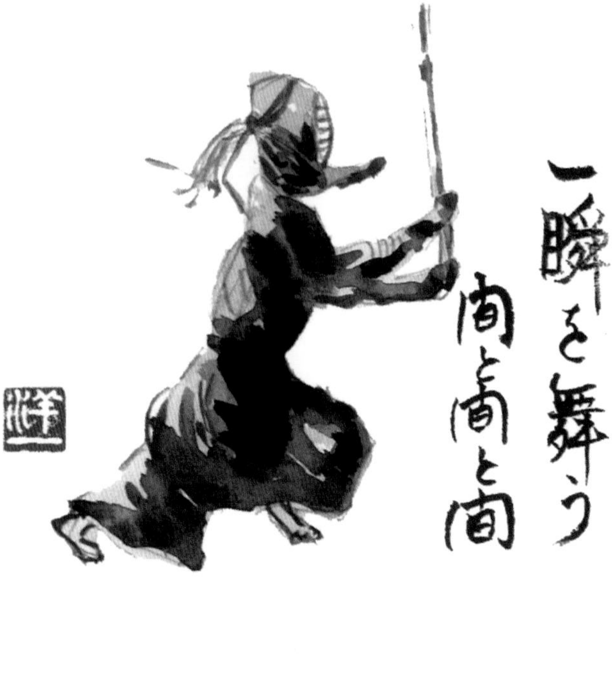
太刀静か
一瞬を舞う
間と間と間

7月5日

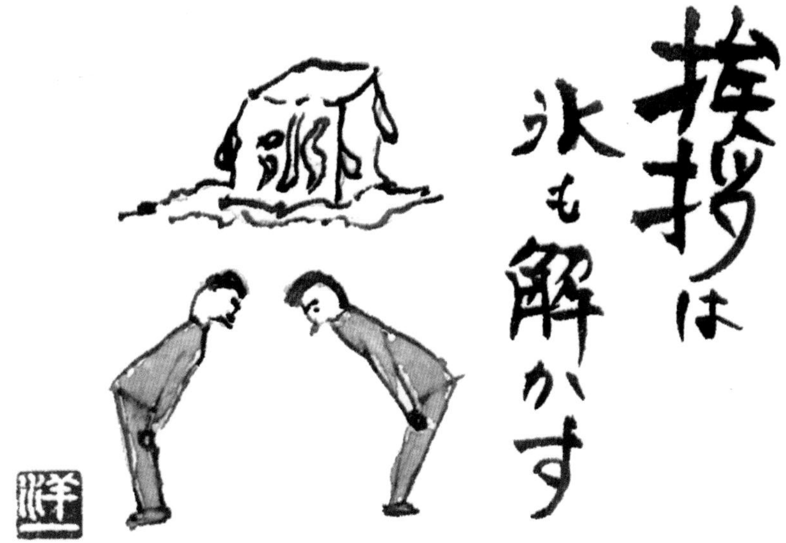
挨拶は
氷も解かす

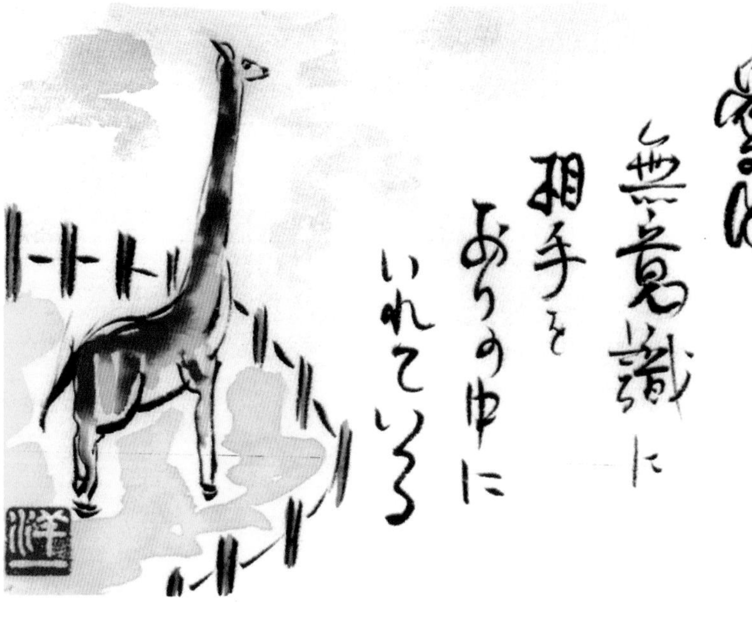
愛は
無意識に
相手を
心の中に
いれている

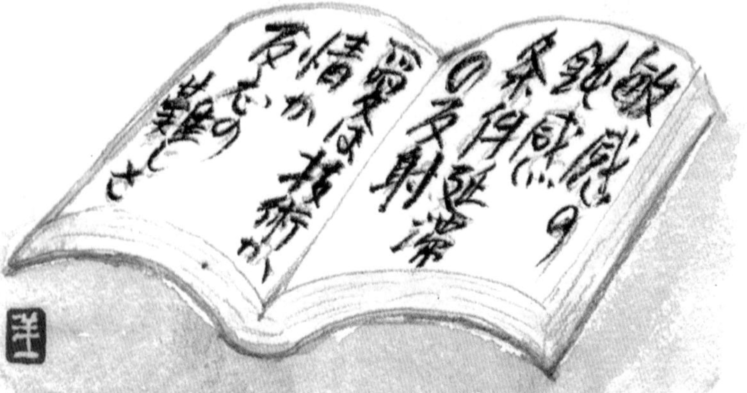

人の
よろこびを
心から
よろこび
たい
？

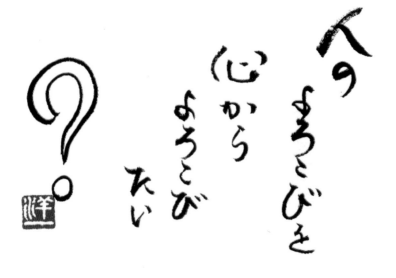

7月7日

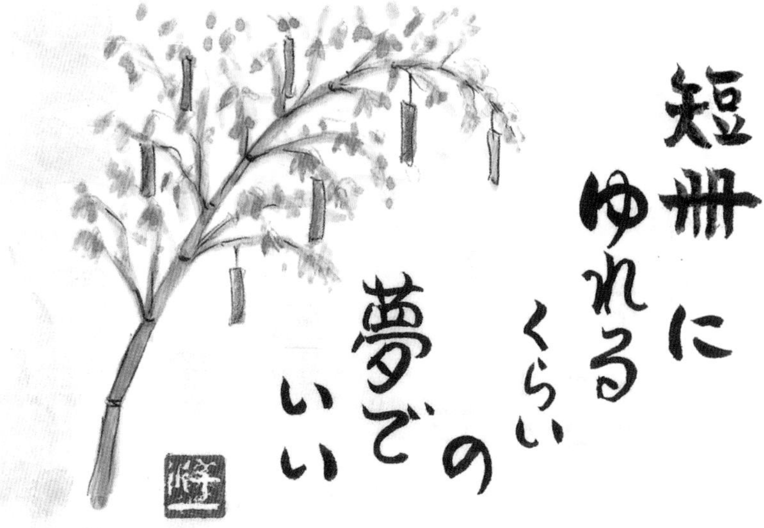
短冊に
ゆれる
くらい
の
夢で
いい

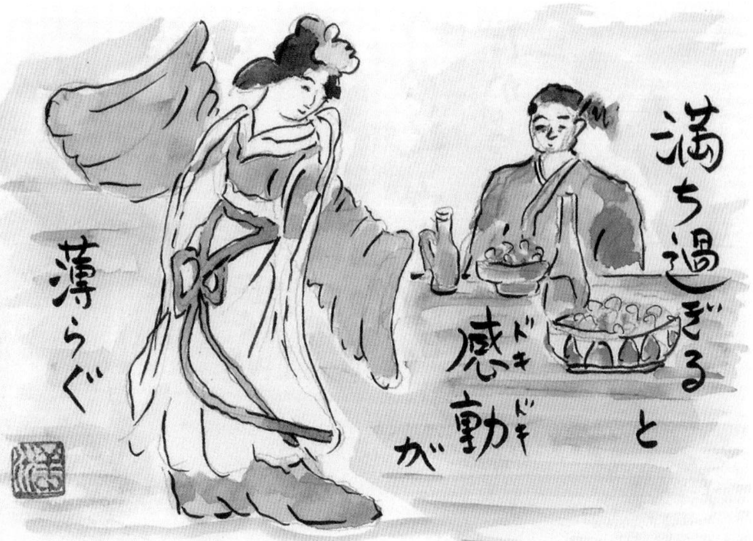
満ち過ぎると
感動《ドキドキ》が
薄らぐ

わかる
ひとは
わからない
ひとが
わから
ない

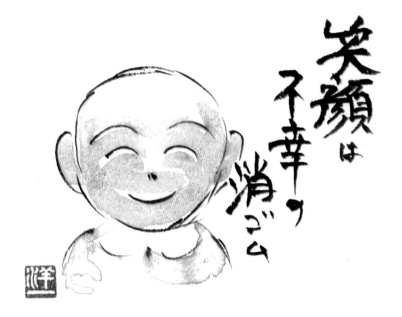

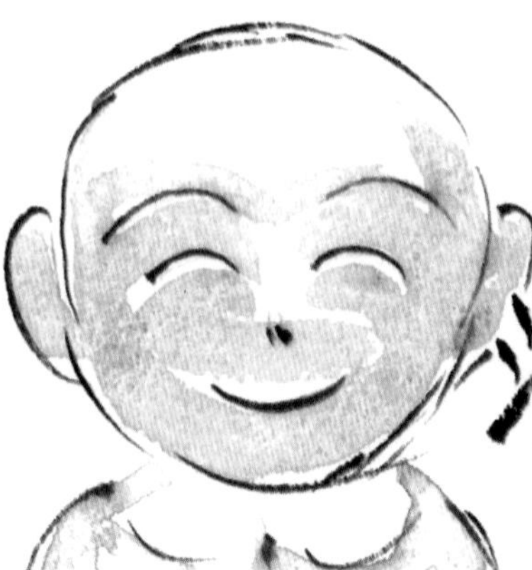

笑顔は
不幸の
消ゴム

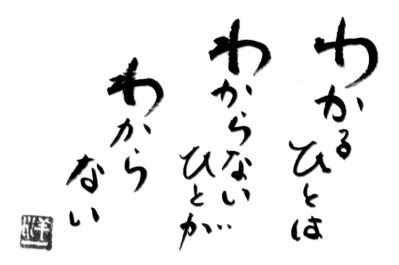

7月9日

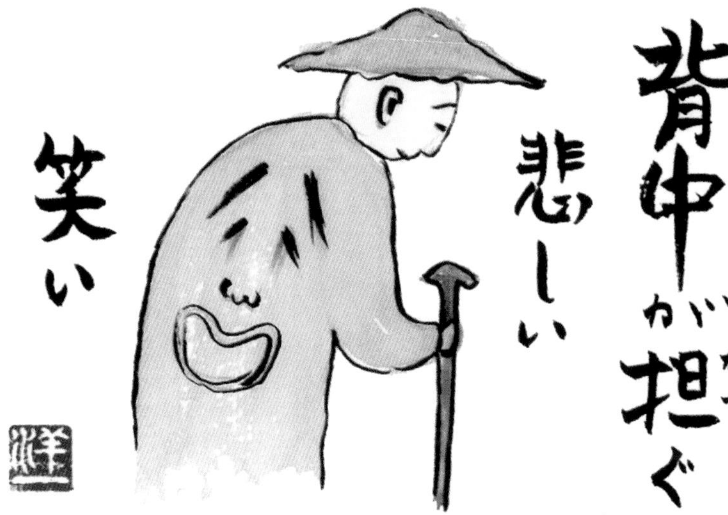
背中が担《かつ》ぐ
悲しい
笑い

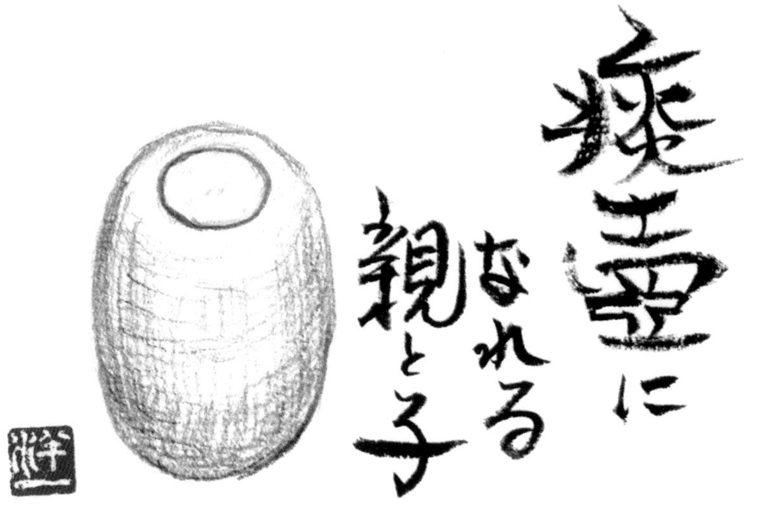
痰壺に
なれる
親と子

7月10日

ウラとは何だ
オモテとは何だ
都合のいいほうが
オモテなのか

7月11日

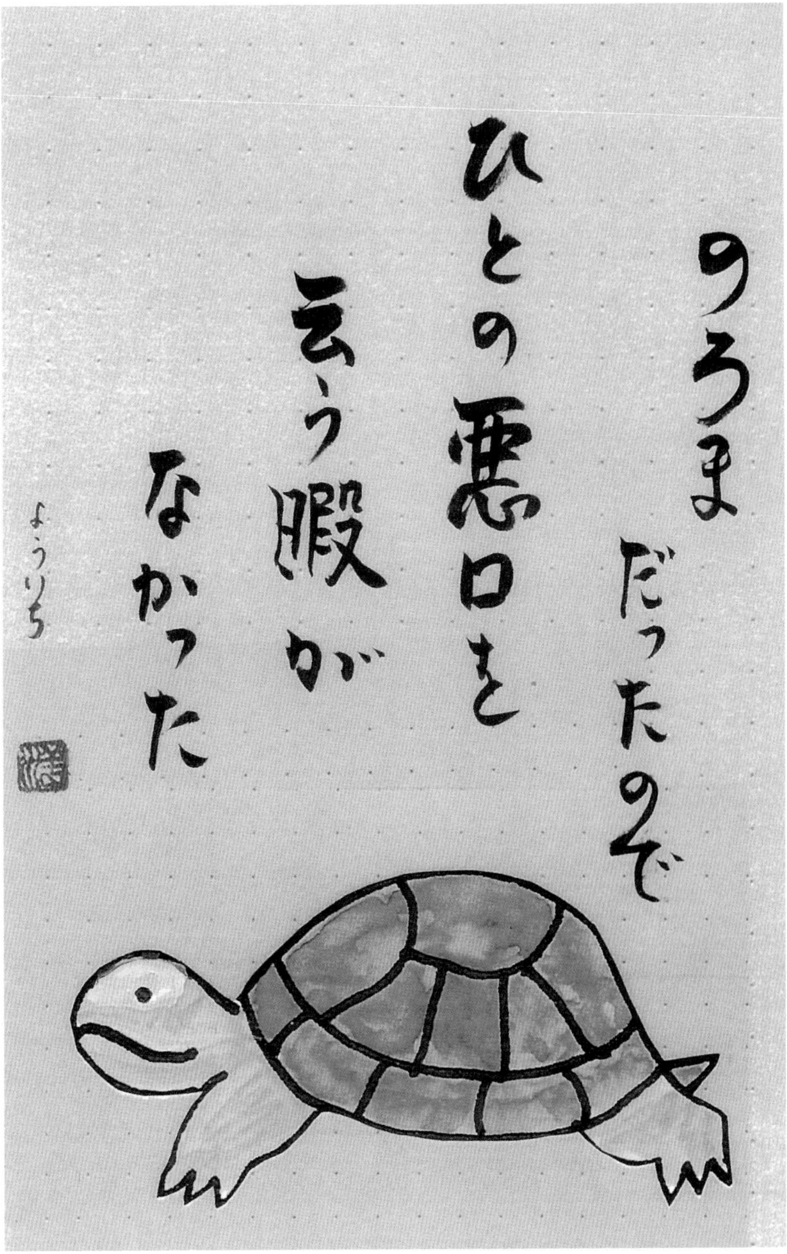
のろま
だったので
ひとの悪口を
云う暇が
なかった

7月12日

氣付いた
とき
あなたの
ことばが
そばに
あった

黄色い風が吹く
と
朋がほしくなる

7月13日

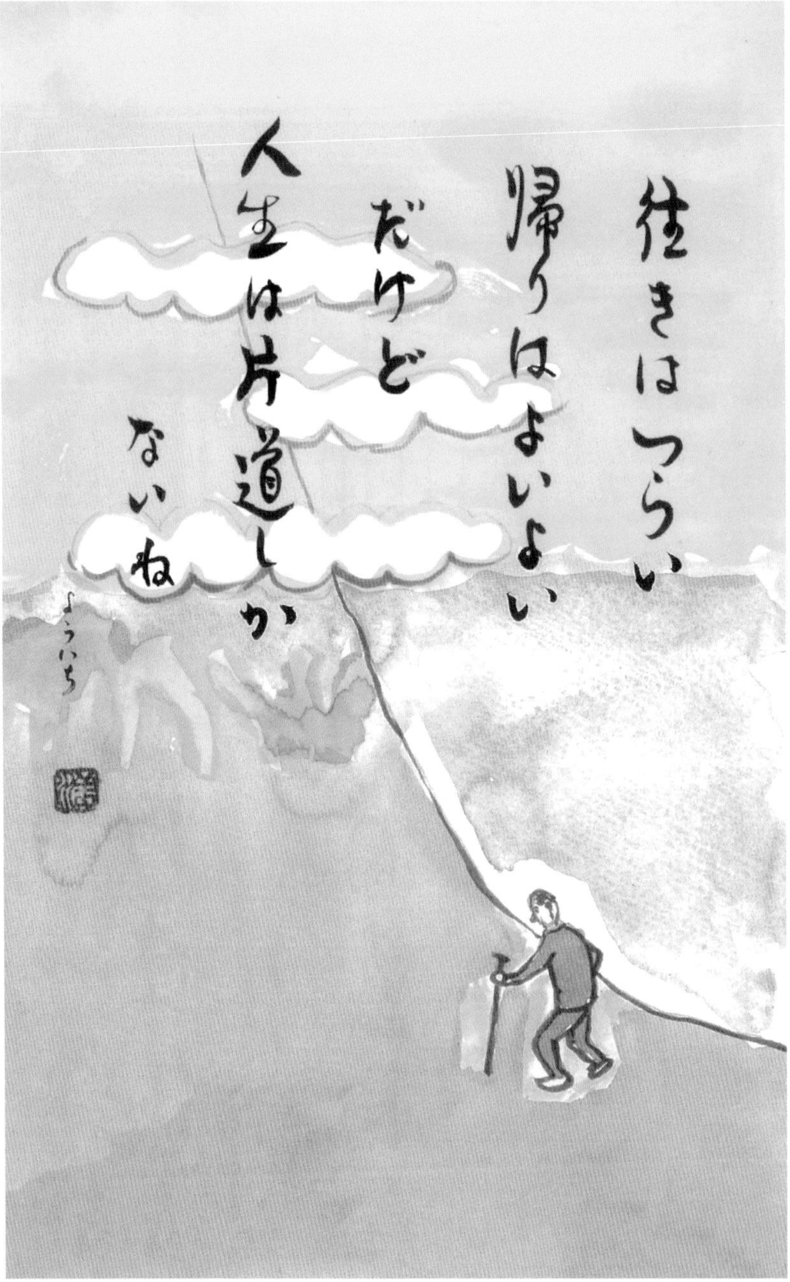
往きはつらい
帰りはよいよい
だけど
人生は片道しか
ないね
ようはち

十人が
ヨーイ・ドン
五番で
ゴール・イン
一所懸命に
走りました

このくるしみ
いつに
なったら
わらえる
か

瞳をうるおす
しょぱい涙の水
世界で一番
小さな海
この海で
新しい出発が
始まる

7月16日

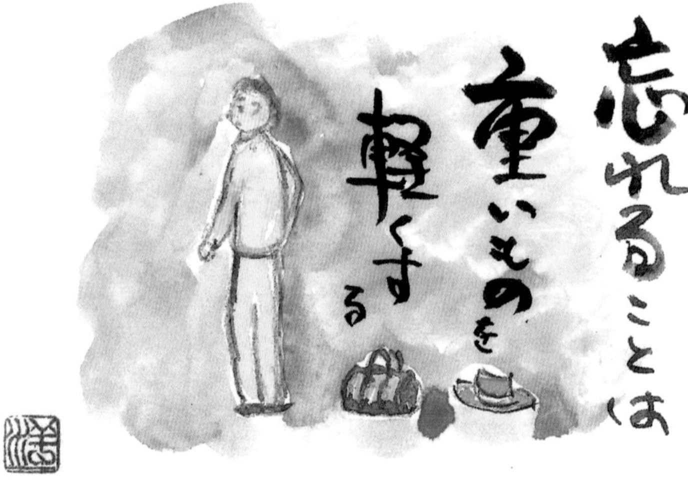
忘れることは
重いものを
軽くする

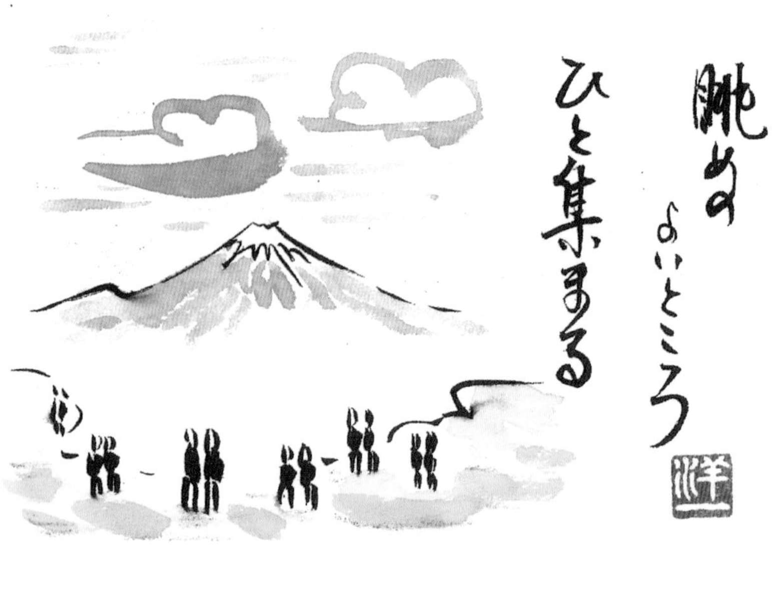
眺めよいところ
ひと集まる

7月17日

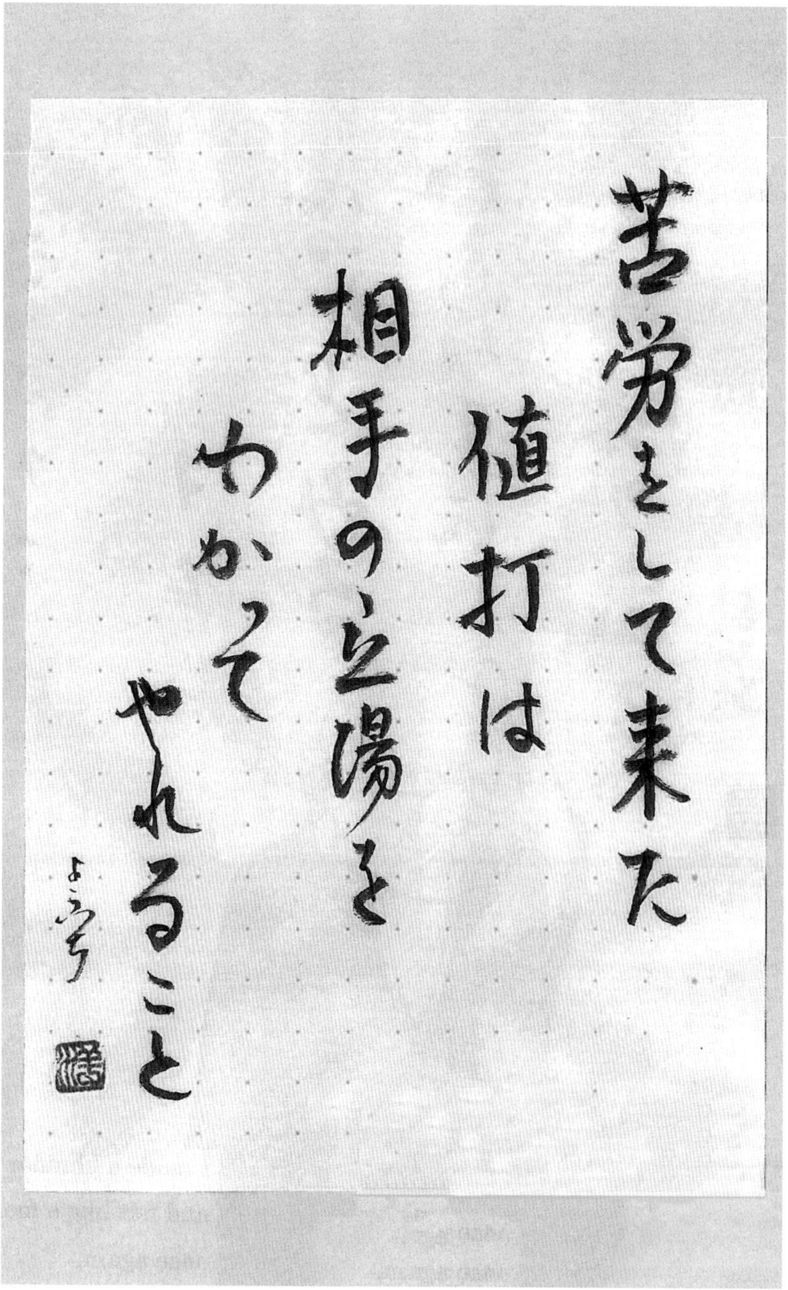
苦労をして来た
値打は
相手の立場を
わかって
やれること

7月18日

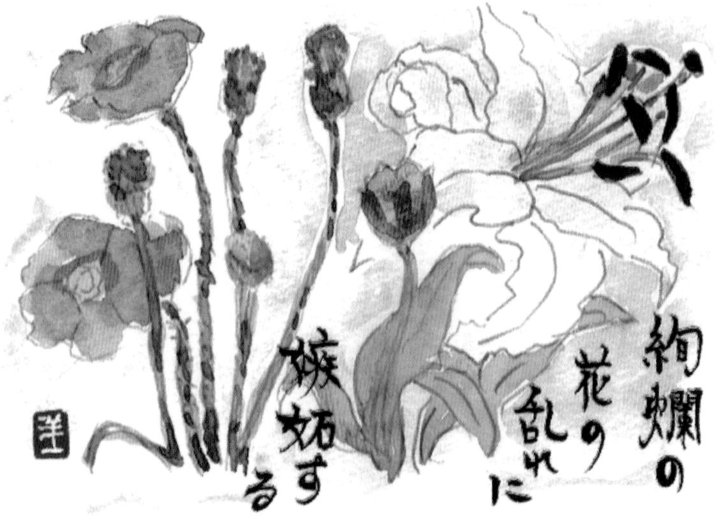
絢爛の
花の乱れに
嫉妬する

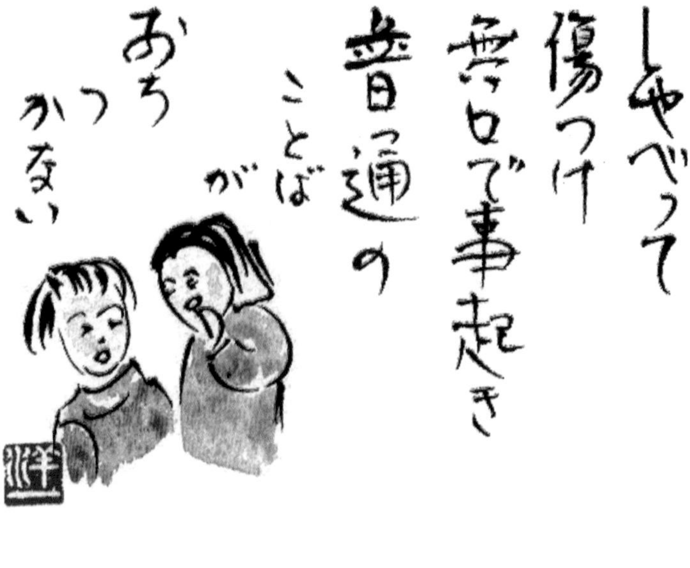
しゃべって
傷つけ
悪口で事起き
普通の
ことば
が
おちつかない

7月19日

のびのびと自由に生きる
「好きなことやったらええ」
知らず知らず
枠の中

よういち

7月20日

知っていると
しゃべり
たく
なる

知らないと
聞きたくなる

本当は
知らないこと
ばっかりなのに

7 月 21 日

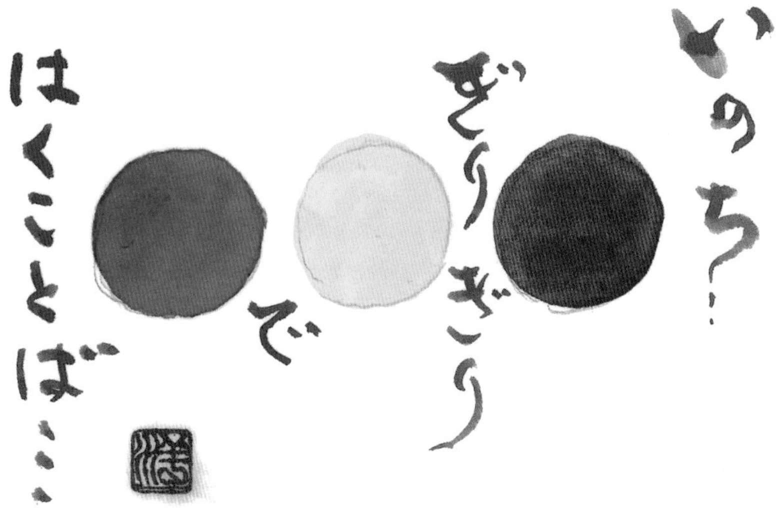
いのち‥
ぎりぎり
で
はくことば…

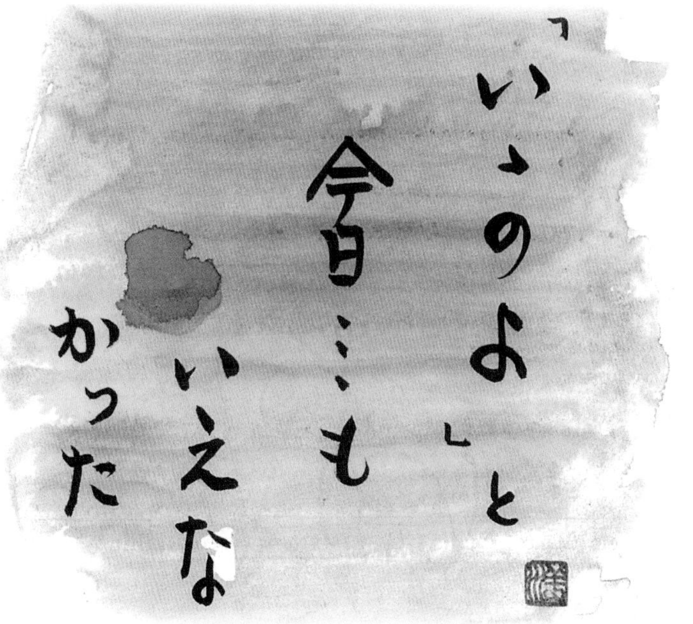
「いゝのよ」と
今日…も
いえな
かった

剪定
された
仲間が
土の中で
応援
している

大地は
底が
ぬけ
ない

7月23日

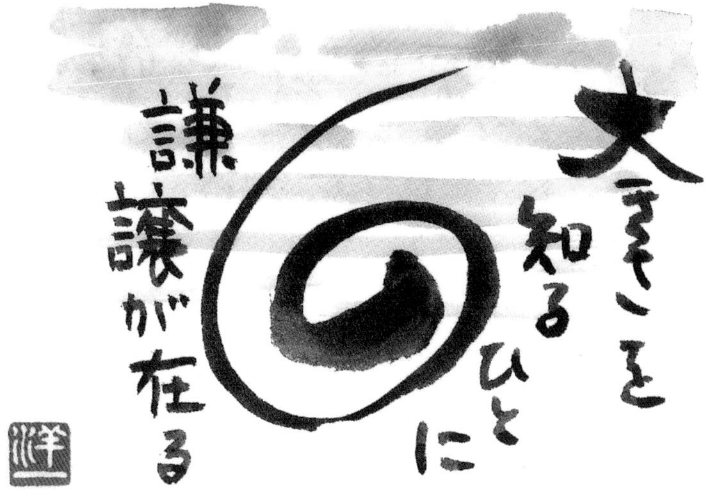
大きさを知るひとに
謙譲が在る

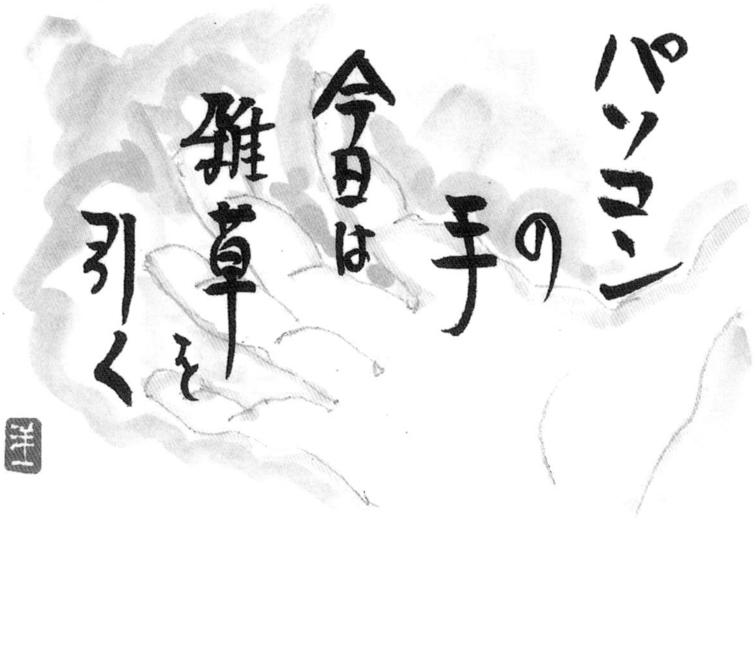
パソコンの手
今日は雑草を引く

7月24日

過ぎた
日々
ふりかえ
れば
みんな
かえしてくれと
叫びたい

約束
やぶって
思いっきり
泣いた

7月25日

不満は
満足の
母である

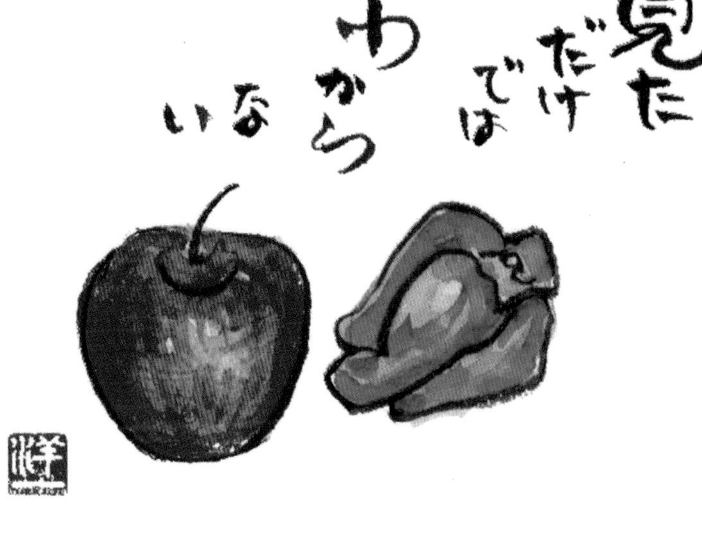

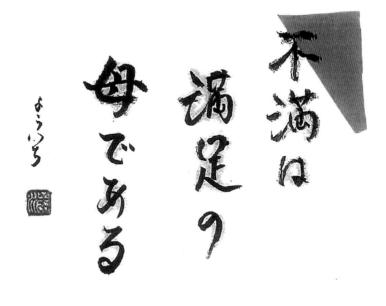

7月26日

夢のふくらむ
演歌の花
いつまでも
散らない花で
いてほしい

7 月 27 日

かつての
あなたの　メモ
捨てず
今も
大切　に

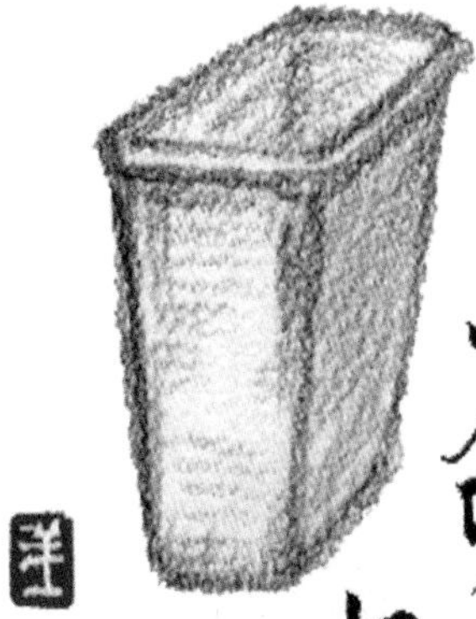

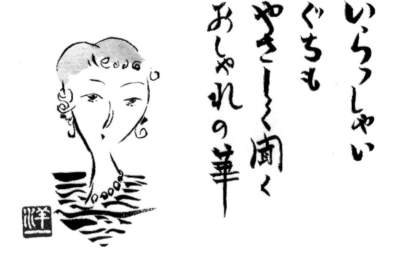

いらっしゃい
ぐちも
やさし〜く聞く
おしゃれの華

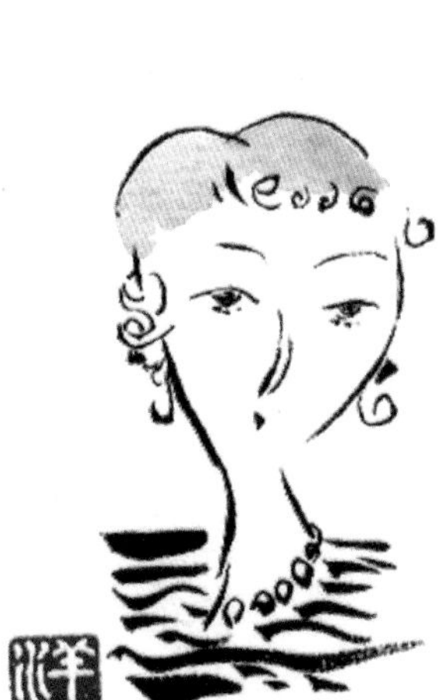

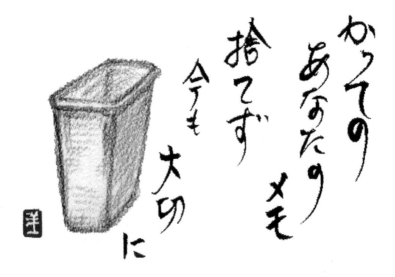

ほろよいて
君の紅酒
ぬすみたり

男人《ひい》
女人《ふう》と
三人《みぃ》はいらない

おわら風の盆
—越中八尾の事—

7月29日

暗い方へ
向うから
灯が
ほしい

どんな
役でも
人生のドラマ
は
あなたが
主役

7月30日

とても
ダンディーとはほど遠い
不格好な足どり
自分にそっくり
「ふうー」と笑った

年くって
洋梨を食う
用無しの味
よういち

8月

8月1日

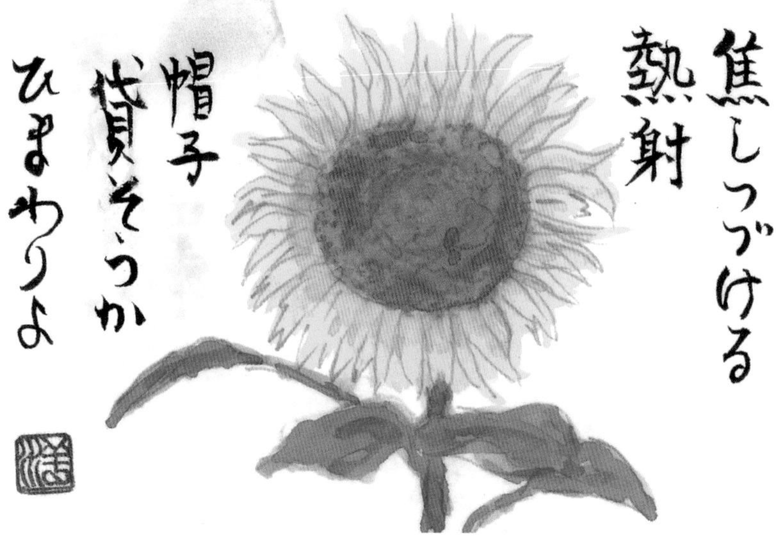
焦しつづける
熱射
帽子
貸そうか
ひまわりよ

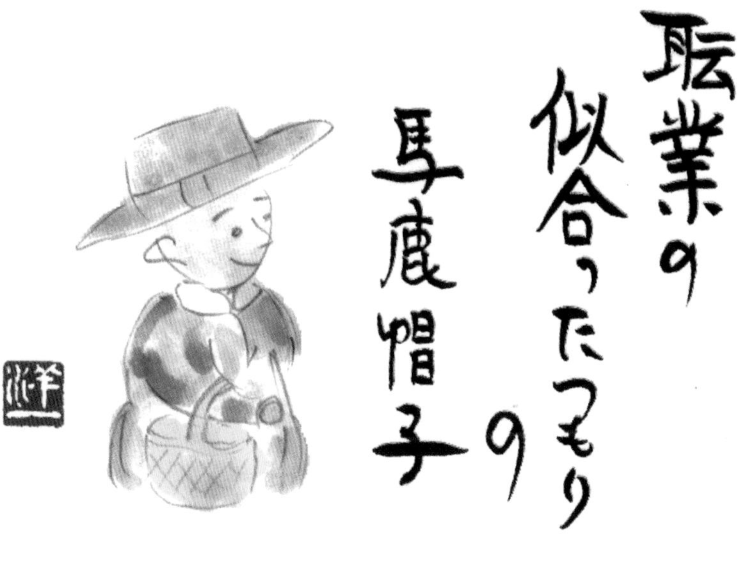
農業の
似合ったつもり
の
帽子

8月2日

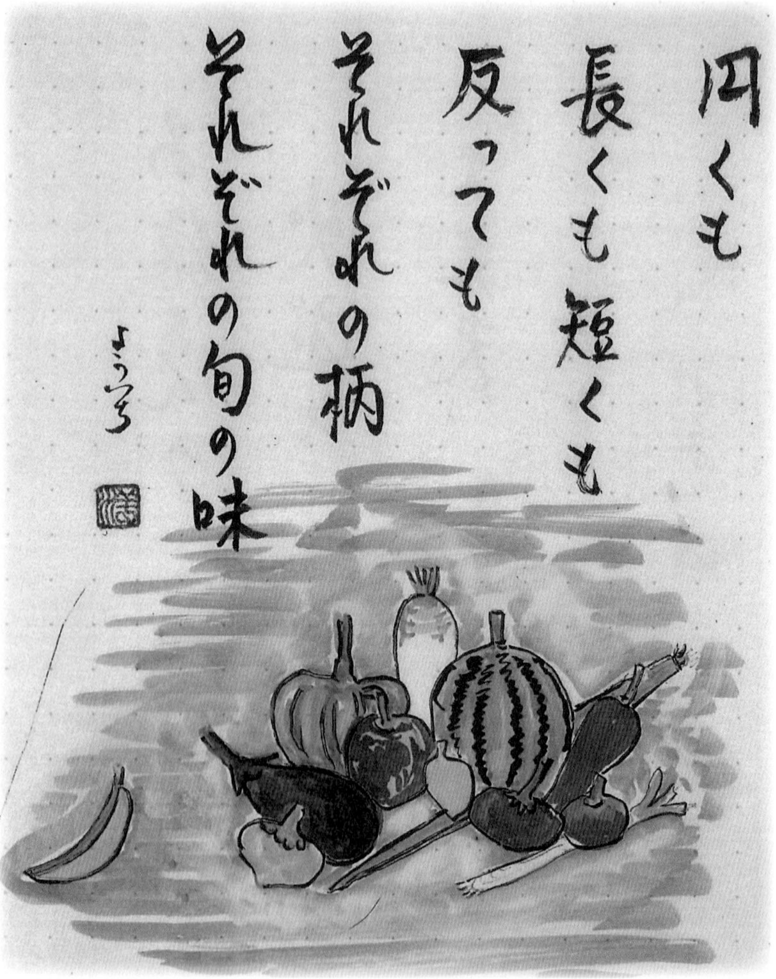
円くも
長くも短くも
反っても
それぞれの柄
それぞれの旬の味

8月3日

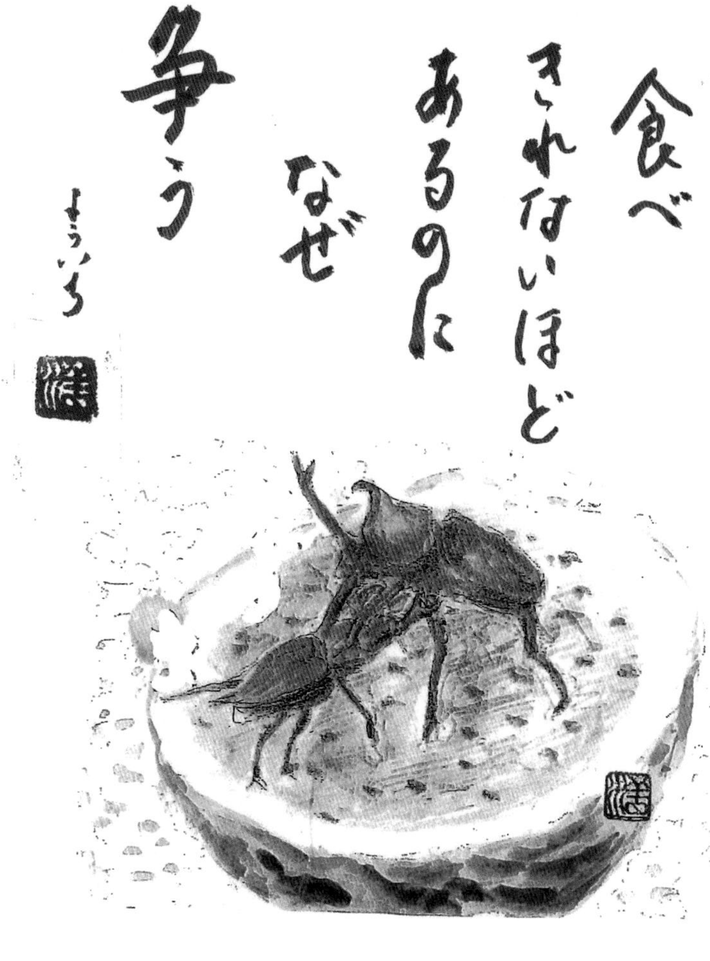

蝶と花
理想の絆
洋

浮かした
風船
落とさぬ
ように
洋

8月5日

羽がなくては
トンボは飛べない
夢がなくては
人は
生きられない

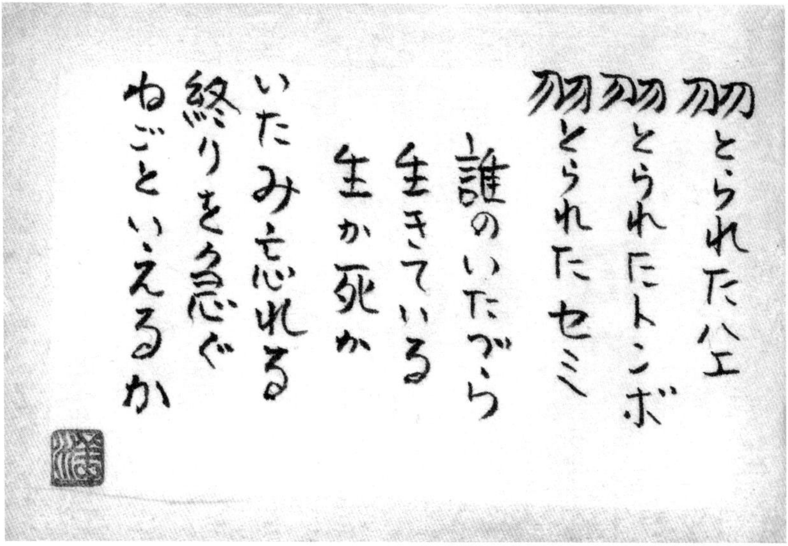
羽とられたハエ
羽とられたトンボ
羽とられたセミ
誰のいたづら
生きている
生か死か
いたみ忘れる
終りを急ぐ
ねごといえるか

8月6日

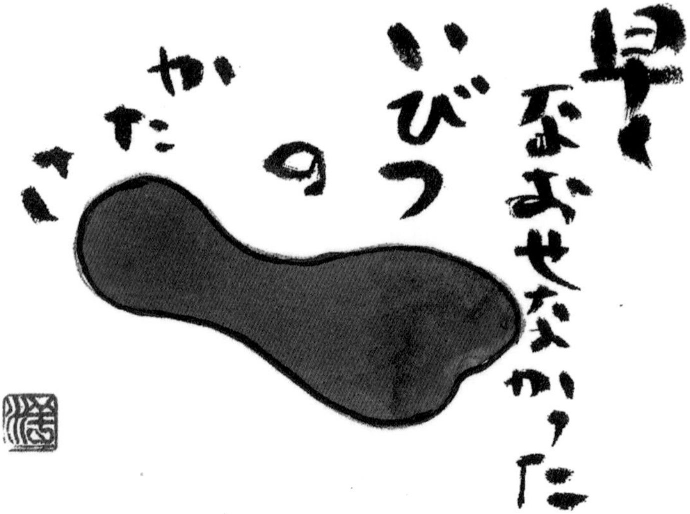

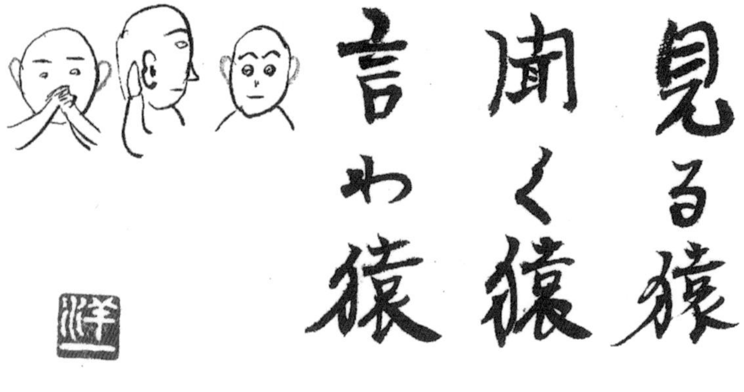

8月7日

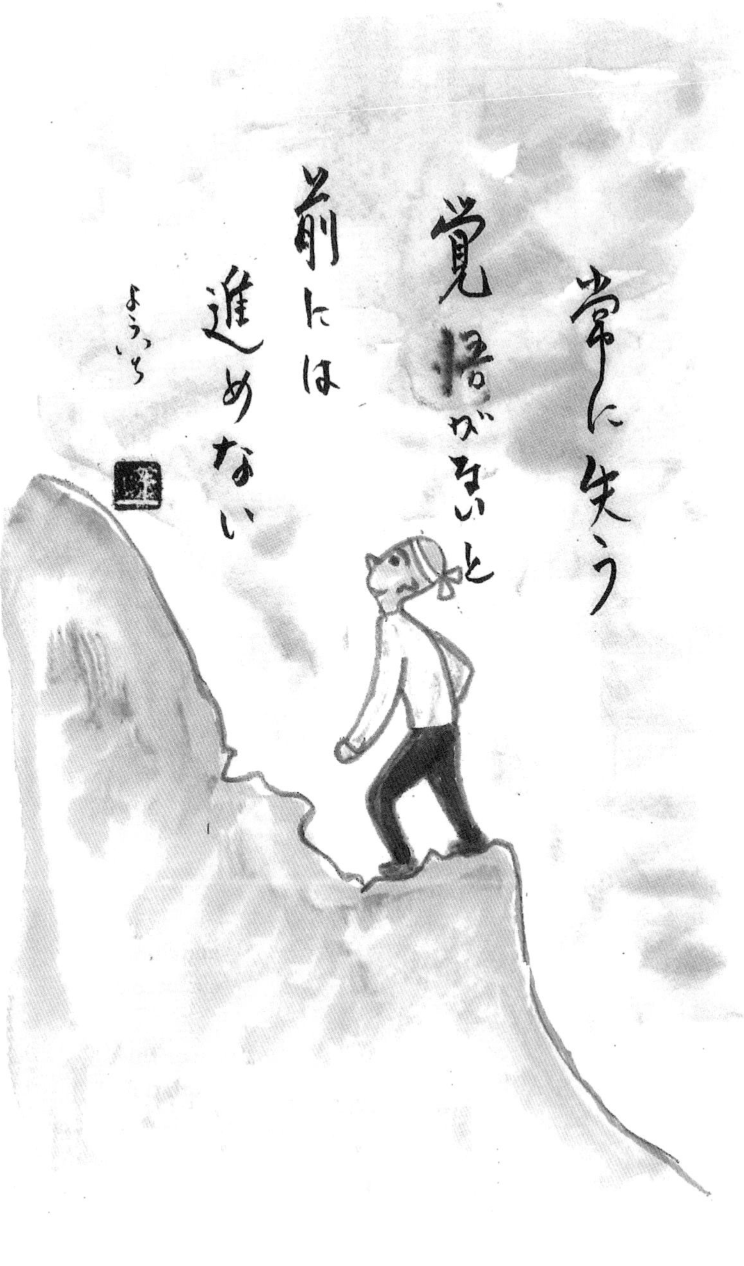
常に失う
覚悟がないと
前には
進めない
よういち

痒み
背中を掻くと
そこいらじゅう痒くなる
手の届かぬところ
まで痒くなる
掻くのはほどほどに
世渡りはむづかしいものだ

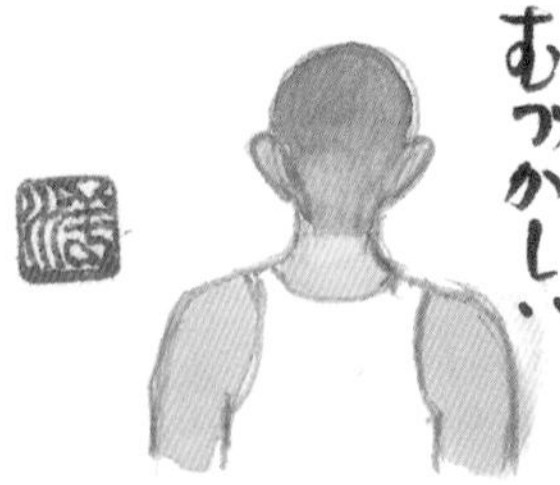

8月9日

ニワトリの嘆き
炎暑の夏も
木枯らしの冬も
コッコ コッコと鳴きながら
一生懸命卵を生み
生むそばから取られ
それでもまた生み続ける
ああ 神さま！
よ

缶を振る
カラカラカラ
ドロップの音
まだある
甘い記憶

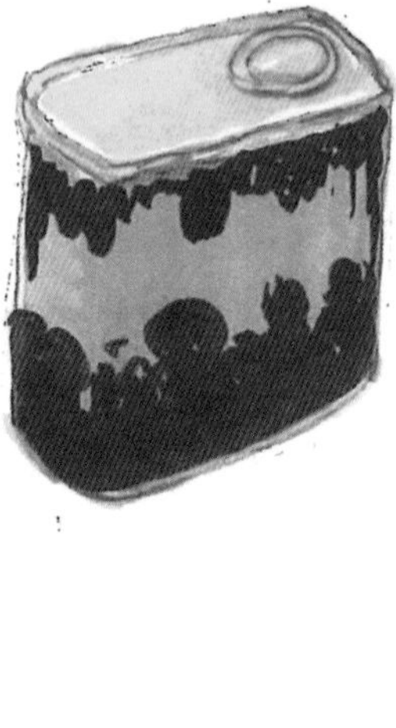

8 月 11 日

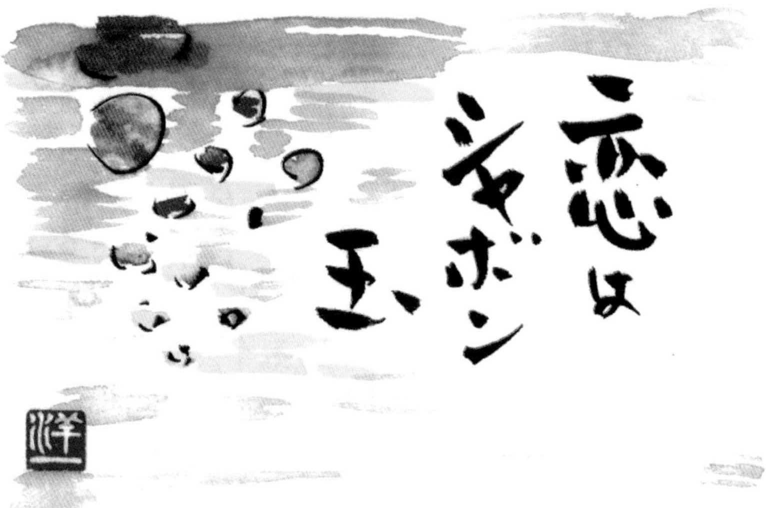

8月12日

理性と理性の
男と女の
すれちがい
本能と本能の
オスとメスの
からみあい

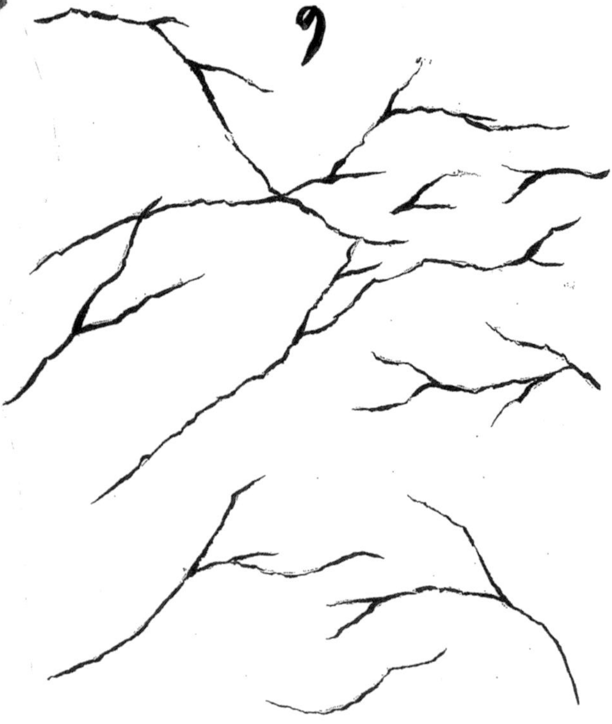

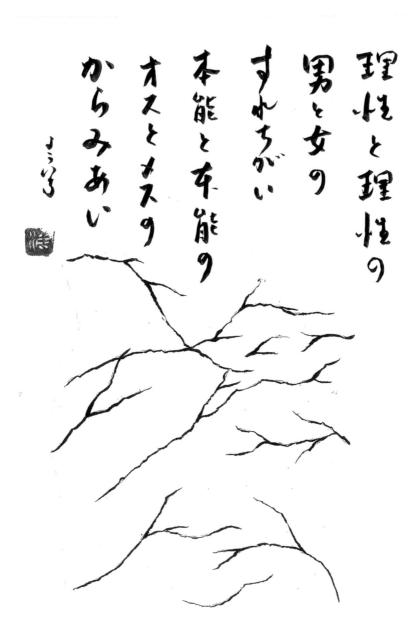

8月13日

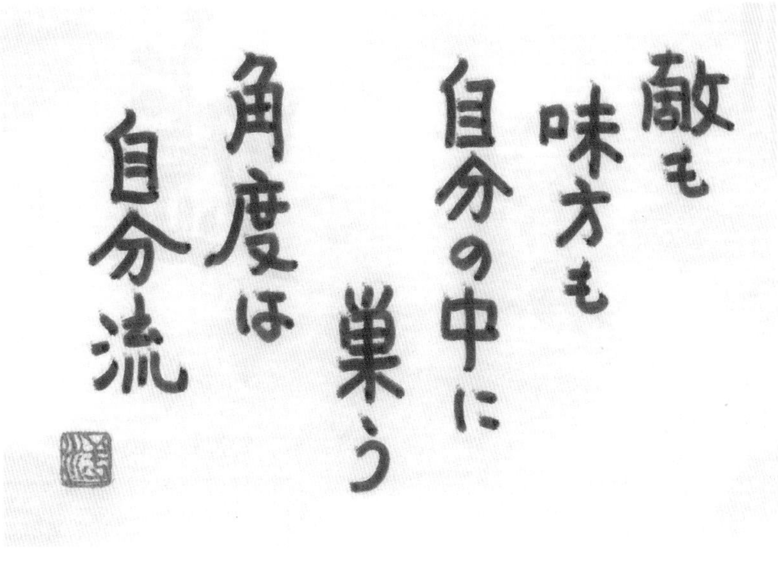

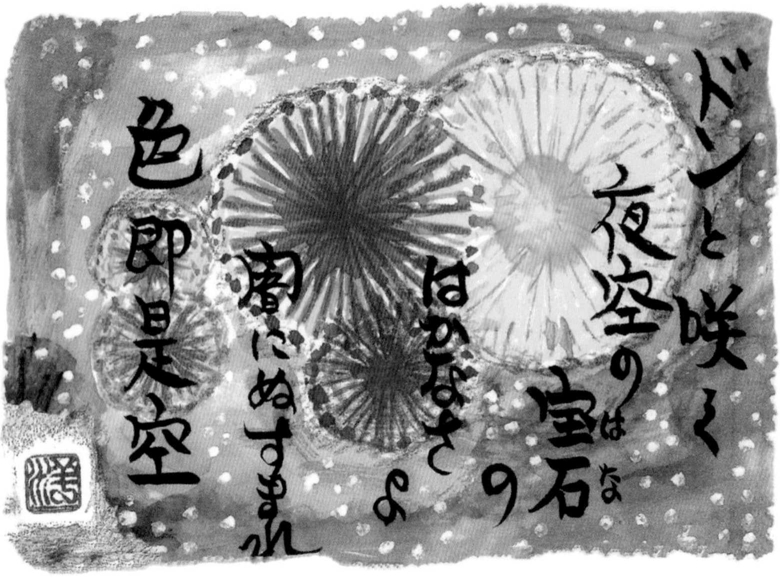
ドンと咲く
夜空の宝石《はな》の
はかなさよ
闇にぬすまれ
色即是空

一輪ざし
一輪で
ささえ、、

8 月 15 日

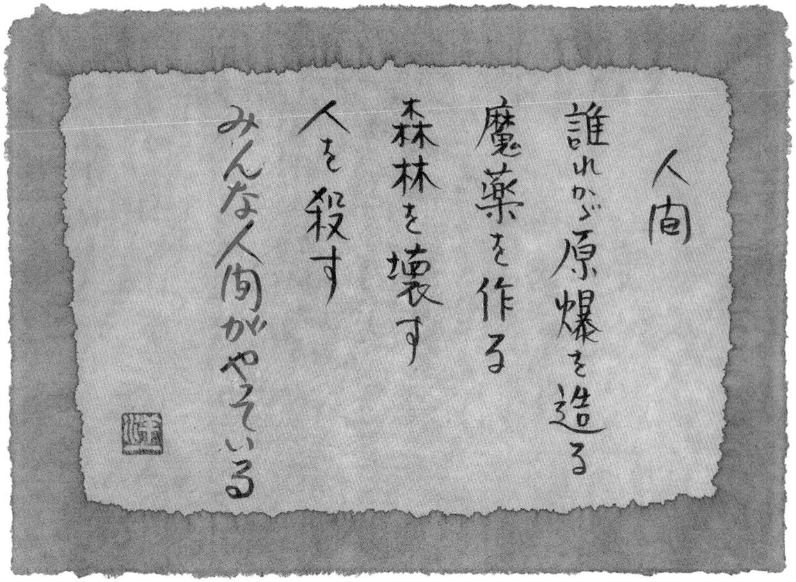
人間
誰れかが原爆を造る
魔薬を作る
森林を壊す
人を殺す
みんな人間がやっている

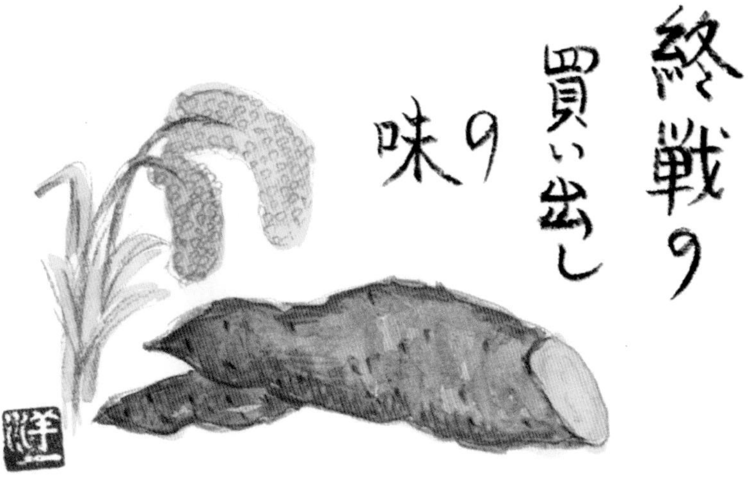
終戦の
買い出しの
味

盆帰る
久遠の旅の
音匂う

ようじ
洋

盆の香や
子供の頃に
甘え来い

ようじ
洋

8 月 17 日

8月18日

いつも好い人で
いたいと
思ったとき
改革も進歩も
止まる

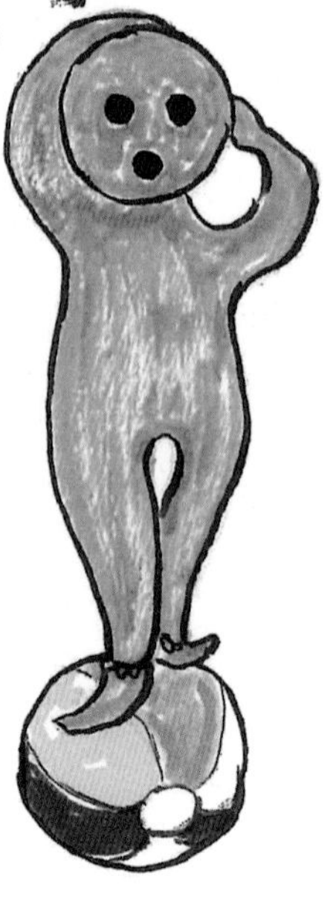

8月19日

軽いみこし
重いみこし
どちらに
肩を
入れますか

蚊のおかげ
夫の顔に
ビンタ
はる

よういち

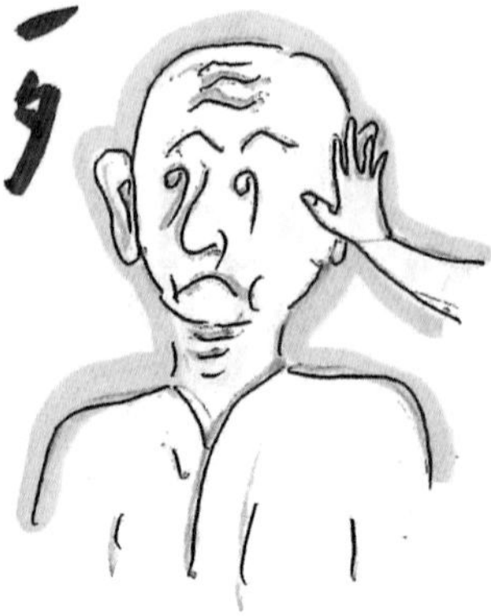

蚊

小さくうなる
注射針の軟着
搾取の早業
叩けば自分自身に
代償は
膨らむ痒み

8 月 21 日

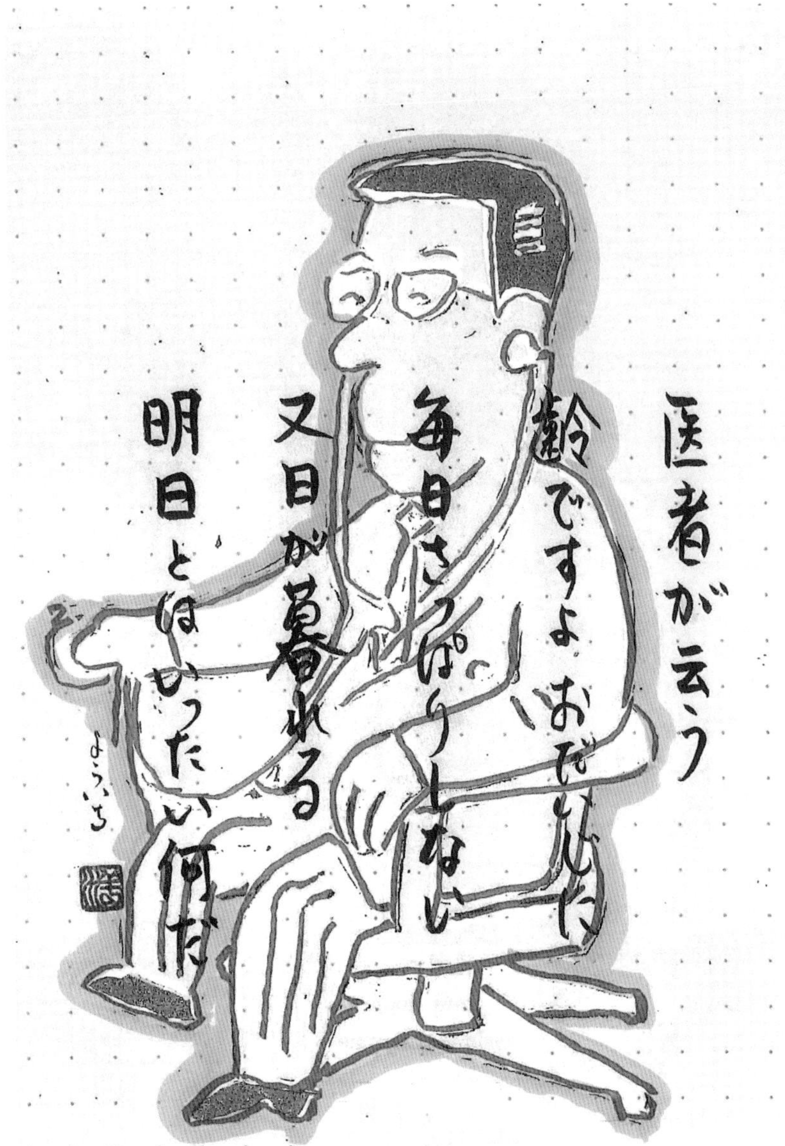
医者が云う
齢ですよ おだいじに
毎日さっぱりしない
又日が暮れる
明日とはいったい何だ
よういち

書いて消し
書いて消し
青いと
書いて消し
熟していると
書いて消し
愛していると
書いて消し
悲しいよと
書いて消す

ようけち

8 月 23 日

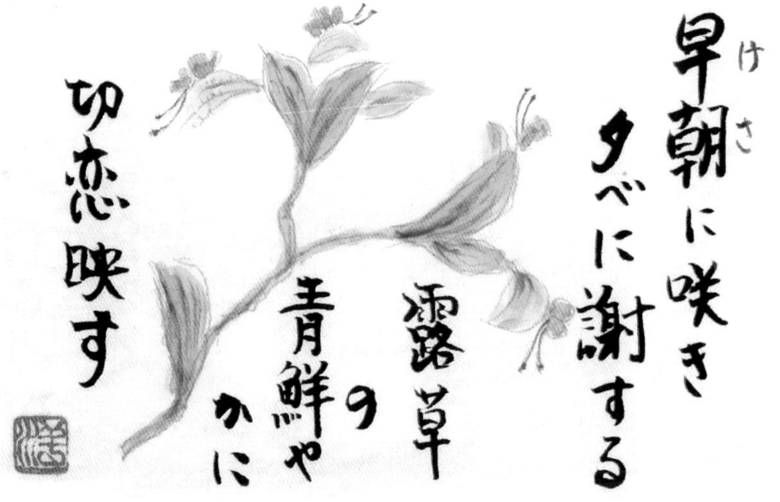
早朝《けさ》に咲き
夕べに謝する
露草の
青鮮やかに
切恋映す

挽夏
空がある
海がある
岬がある
船がある
あのひとがいない
寄せる波がある
引く波がある
くだける波がある
足元を濡らす波がある
あのひとはいない
かもめが舞う
戻せない昨日
めくるページ
記す今日があるのに
あのひとはいない

8月24日

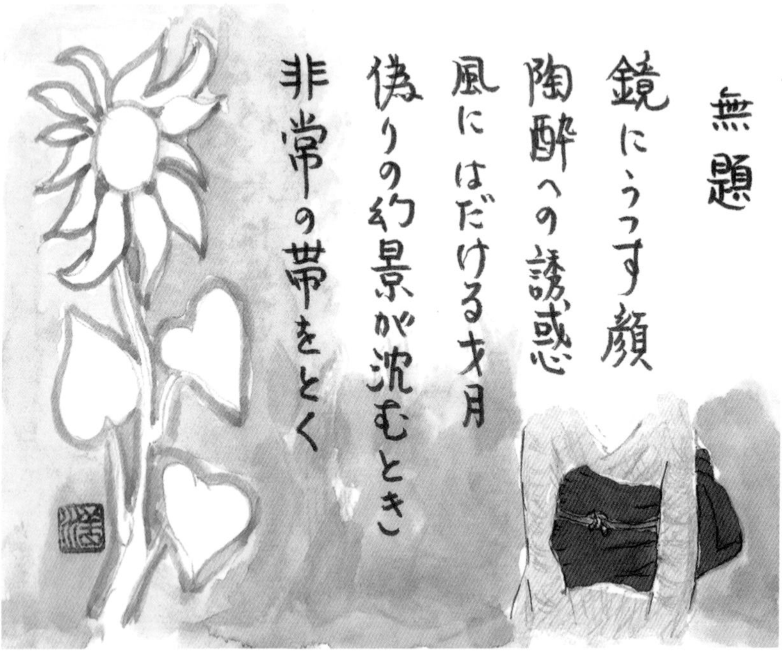
無題
鏡にうつす顔
陶酔への誘惑
風に はだける文月
偽りの幻景が沈むとき
非常の帯をとく

8 月 25 日

しるす

おりおりのこと
したためる
計りしれぬ思い
綴る足蹟み
一篇の痴詩

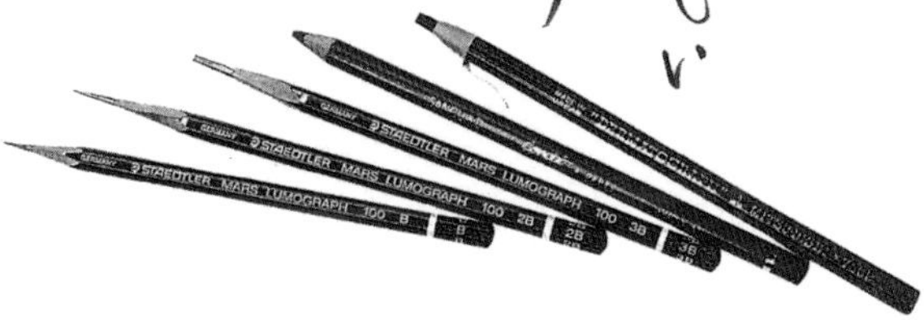

境

境論の性
主張の得
譲歩の損
戦争と平和
言動の難

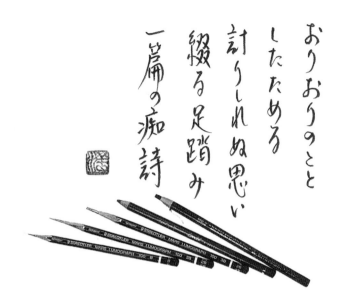

8 月 26 日

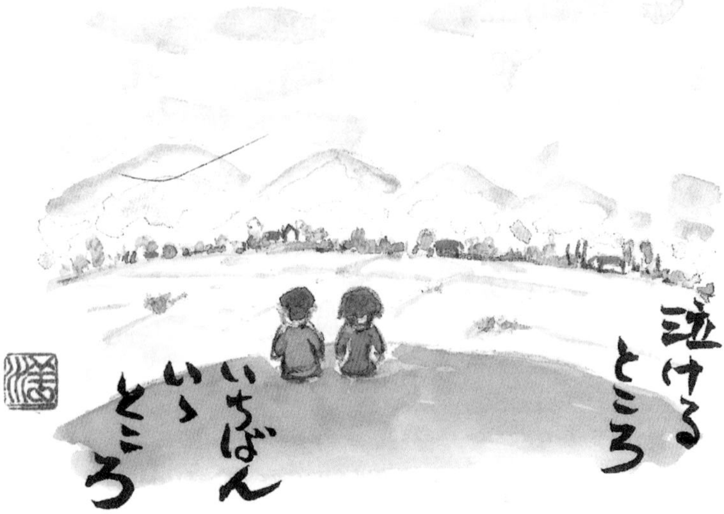
泣けるところ
いちばんいいところ

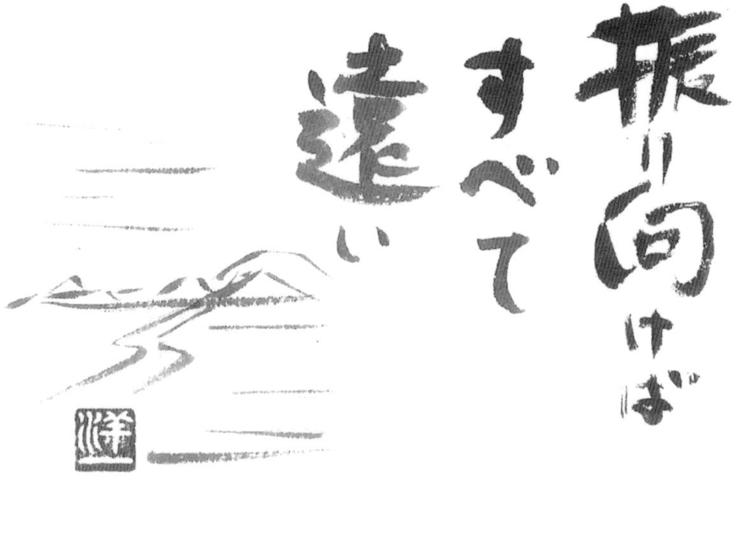
振り向けば
すべて
遠い

8 月 27 日

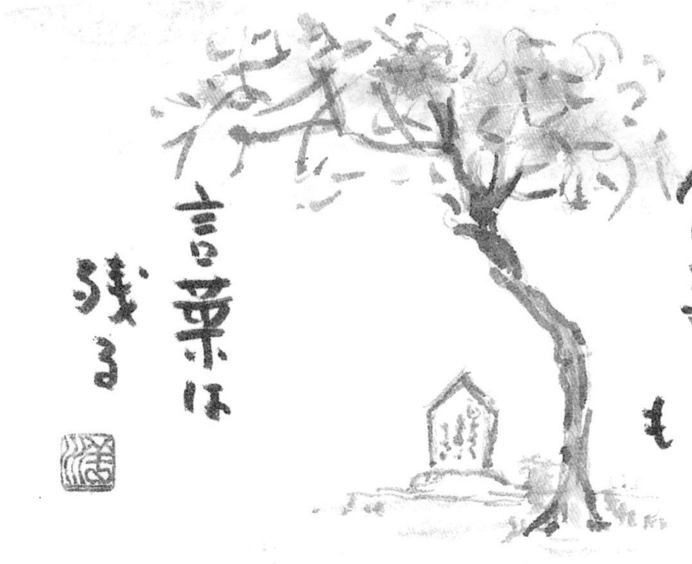
人は死んでも
言葉は
残る

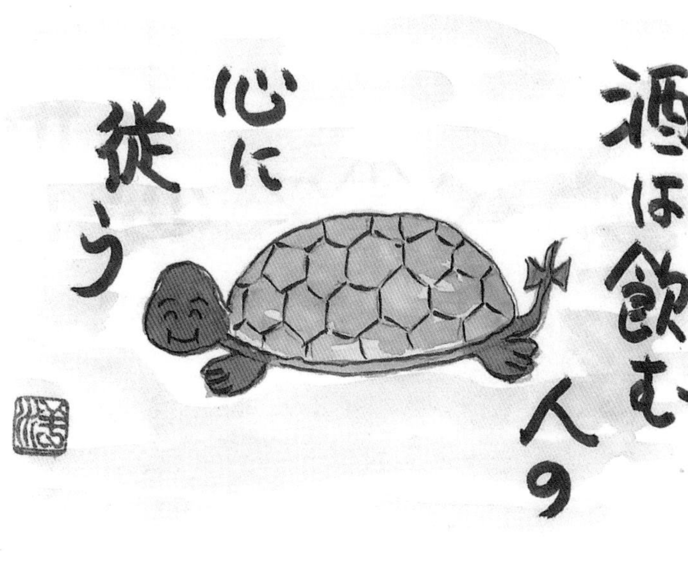
酒は飲む人の
心に
従う

8月28日

怒った
自分が
いやになり
自分を
どこかへ
捨てちゃいたい

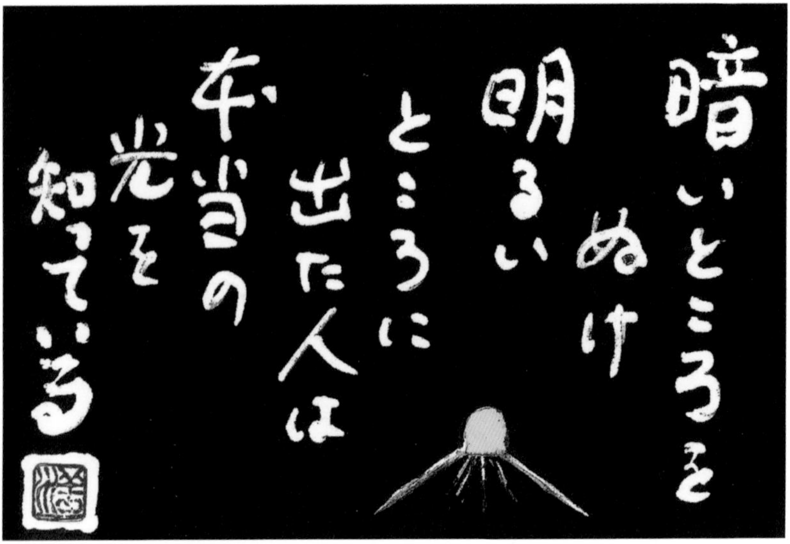
暗いところを
ぬけ
明るい
ところに
出た人は
本当の
光を
知っている

8 月 29 日

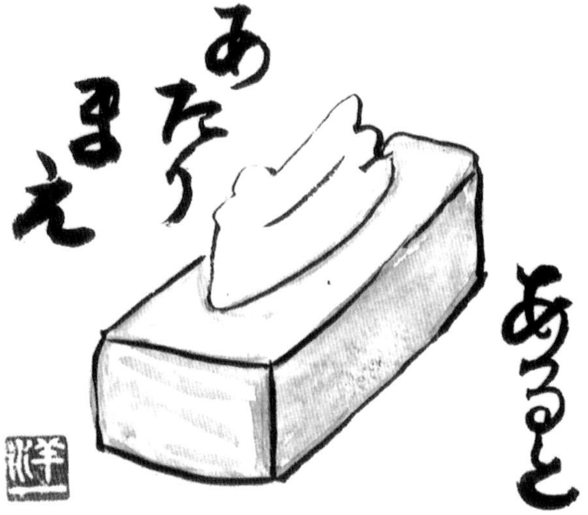
いつも
そばに
あると
あたりまえ
洋

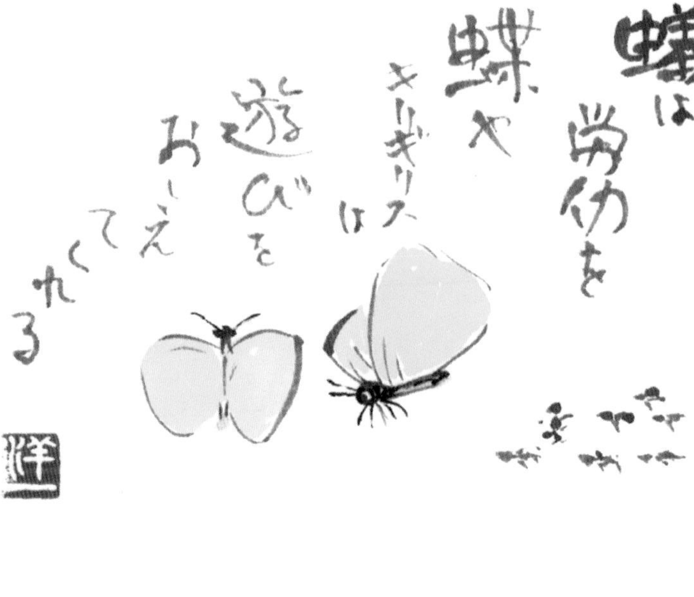
蟻は
労働を
蝶や
キリギリスは
遊びを
おしえて
くれる
洋

8 月 30 日

8月31日

9月

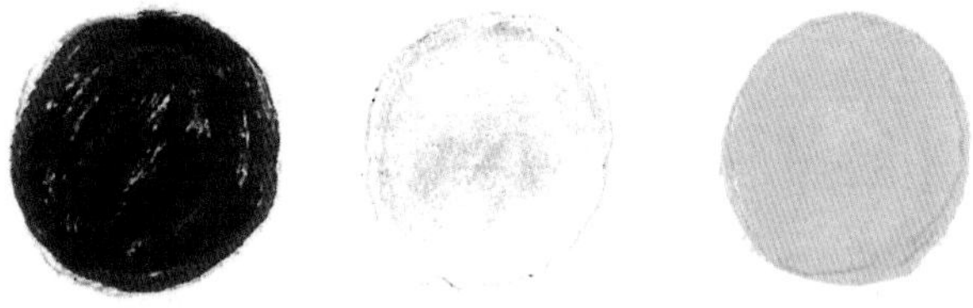

銀は金より良いと書く
銅は金と同じと書く
金は金で黙ってる
やはり
沈黙は金か

よういち

9月2日

雑踏の流れる嬢《いと》の

おみなえし

9月3日

結将棋
枡目の上の
大宇宙

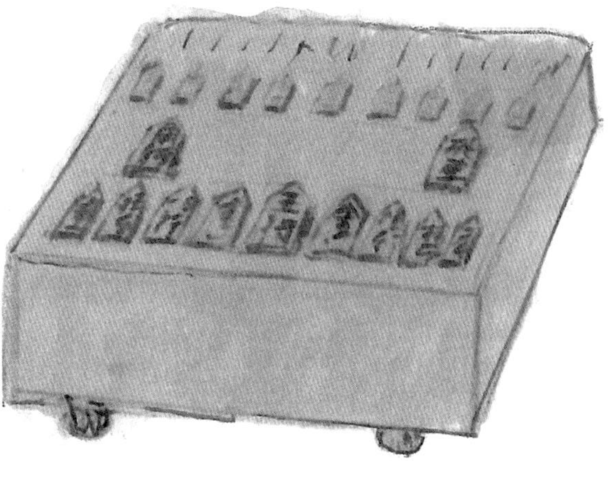

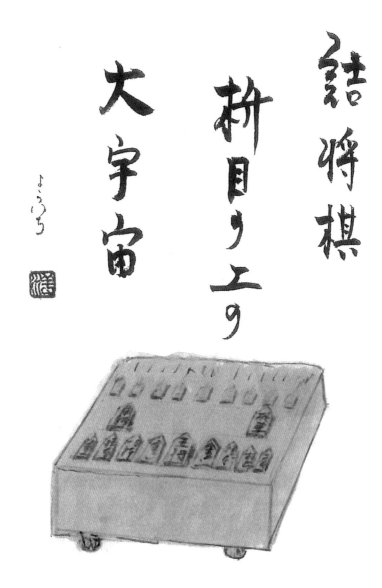

9月4日

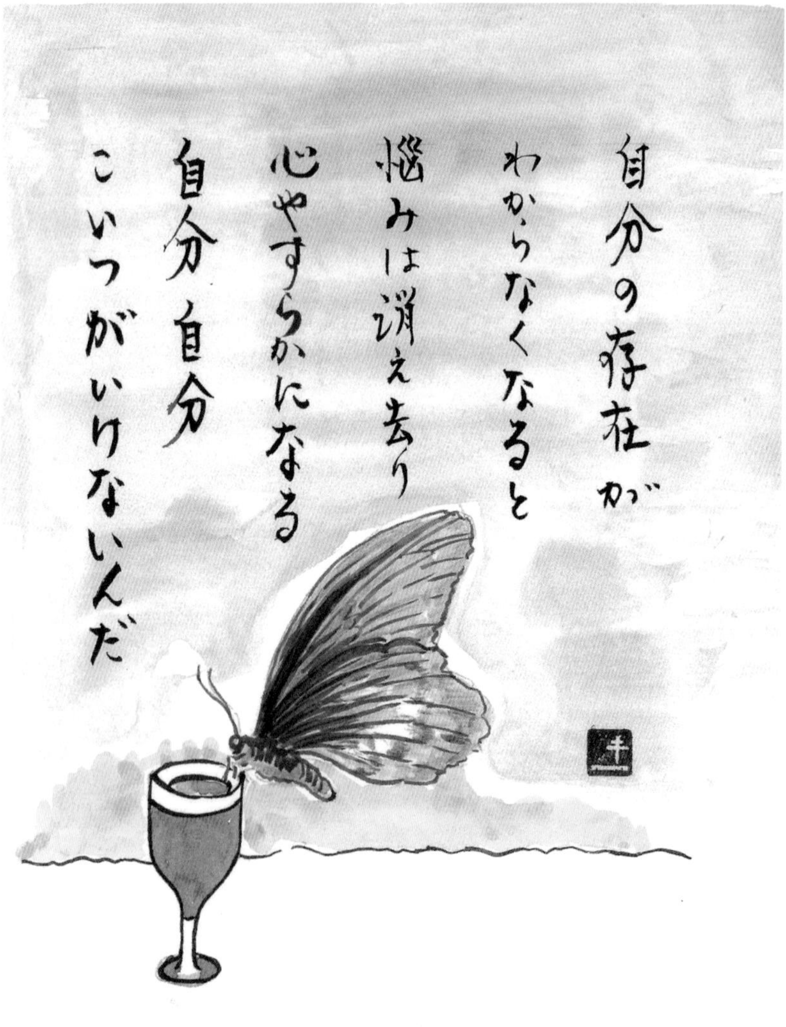
自分の存在が
わからなくなると
悩みは消え去り
心やすらかになる
自分 自分
こいつがいけないんだ

9月5日

汚れている物や金
自分には
有難いもの
他人になると
汚れは
許せない

9月6日

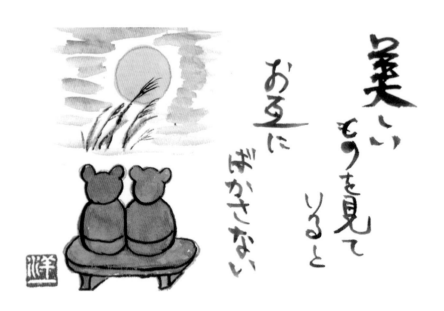

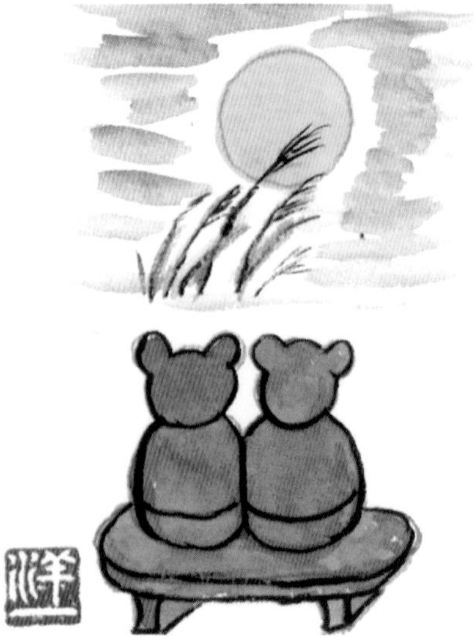

美しいものを見ているとお互いにばかさない

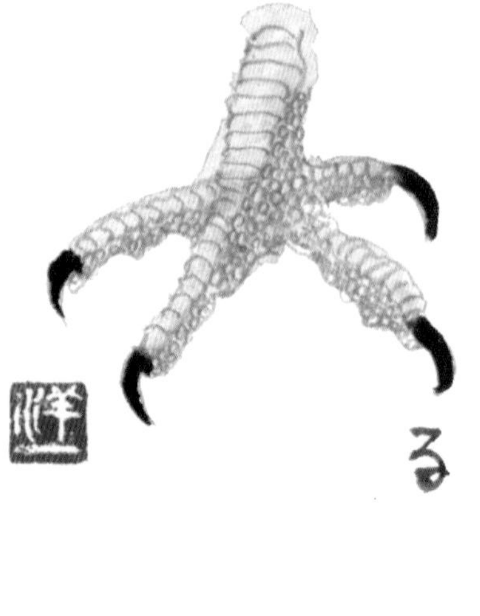

満たされていないとまわりをかさかさにする

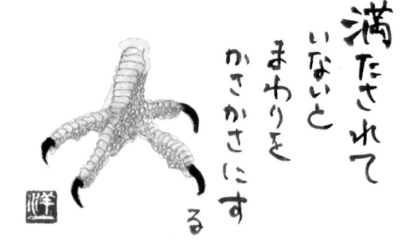

9月7日

大人の
涙は
垢を
流し
童
心にそどる

男《お》どきがいて
女《め》どきがいる
どれも これも
ほんものさがせぬ
鬼ごっこ

9月8日

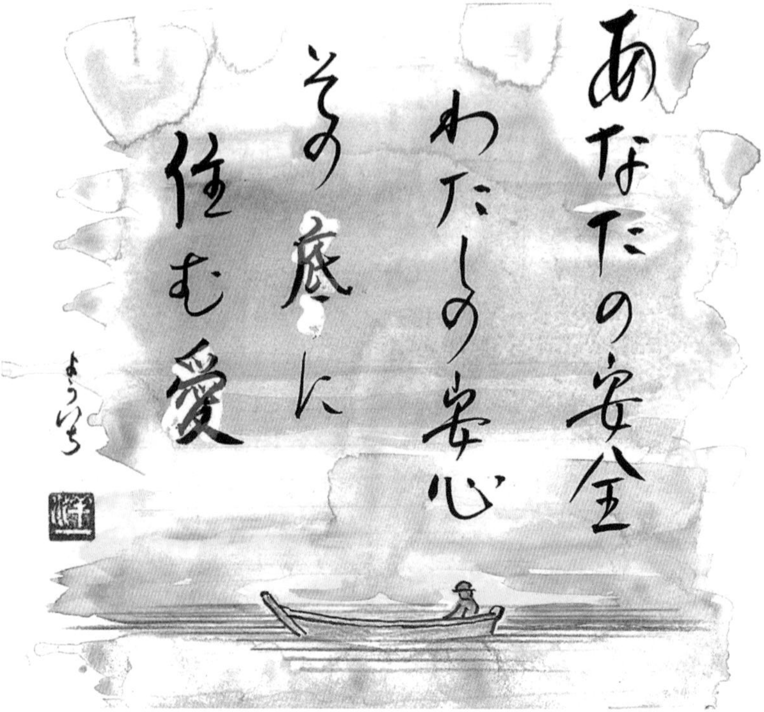
あなたの安全
わたしの安心
その底に
住む愛

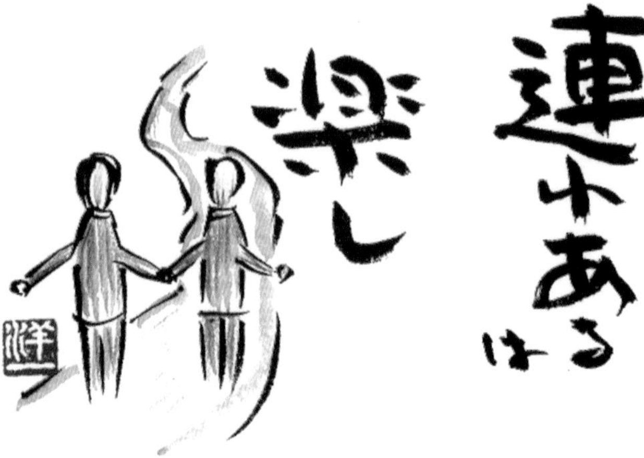
連れあるは
楽し

9月9日

好い加減
好い加減の
……
連
発
……
「いざ鎌倉」も
好い加減か

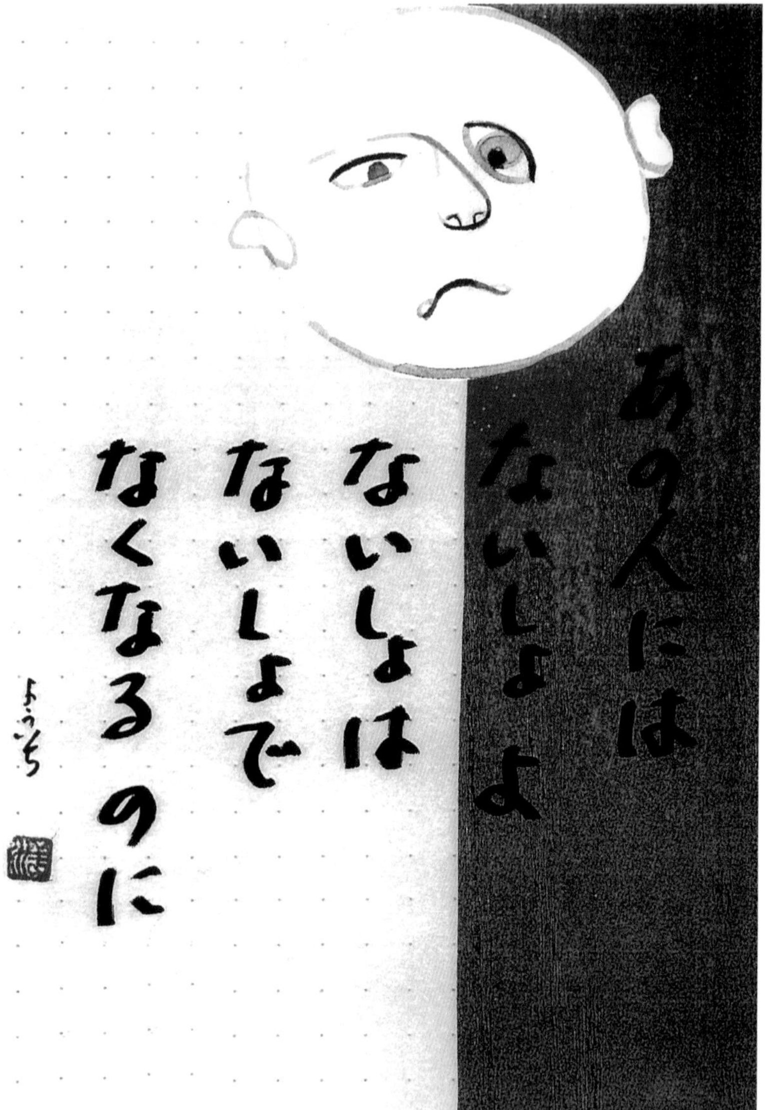
あの人には
ないしょよ
ないしょは
ないしょで
なくなるのに
よういち

9月 11日

この
艱難辛苦
神よ
こんなにまで
立派な人間に
させたいか

背中は
生きた
額縁

才あると
欠点が
話題
非才は
長所が
話題に

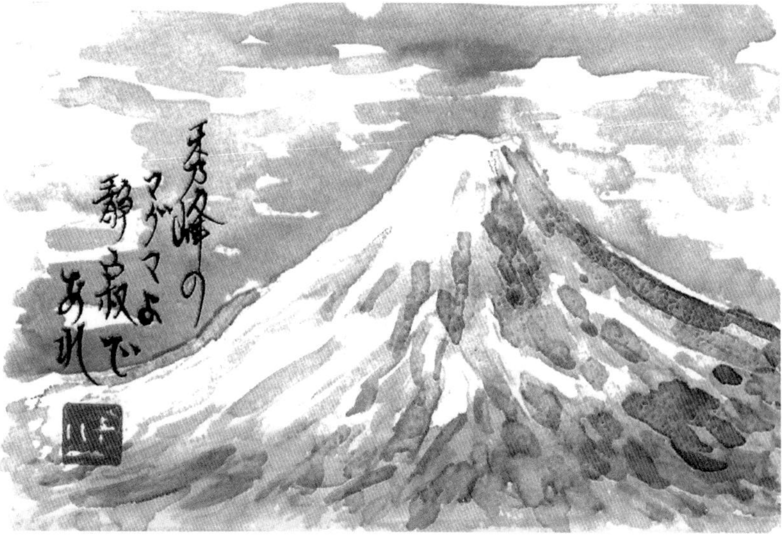

今日も画く
未完の絵
がんばりがんばっても
富士より小言
でもまた画く
自分を笑ふ

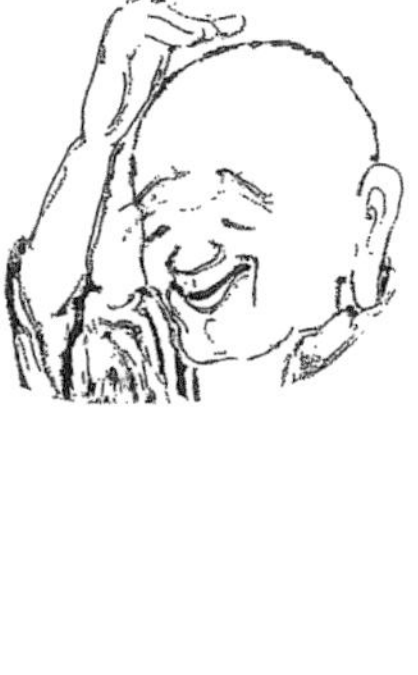

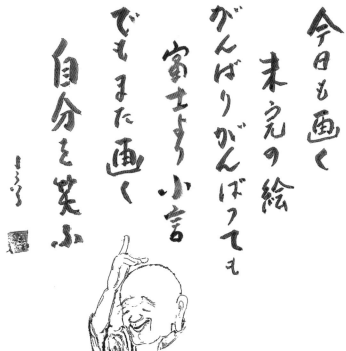

9月14日

酒場は
好きな自分に
なれるところ
のぼせると
出入禁止

よう子

9月15日

愛するものにのみ
万物は
真心を打ち明ける

勝者の理窟

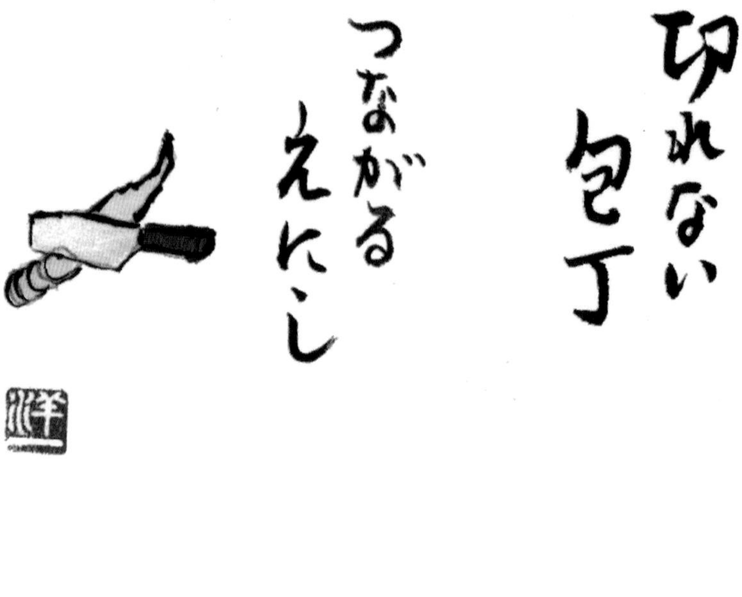
切れない包丁
つながるえにし

9月17日

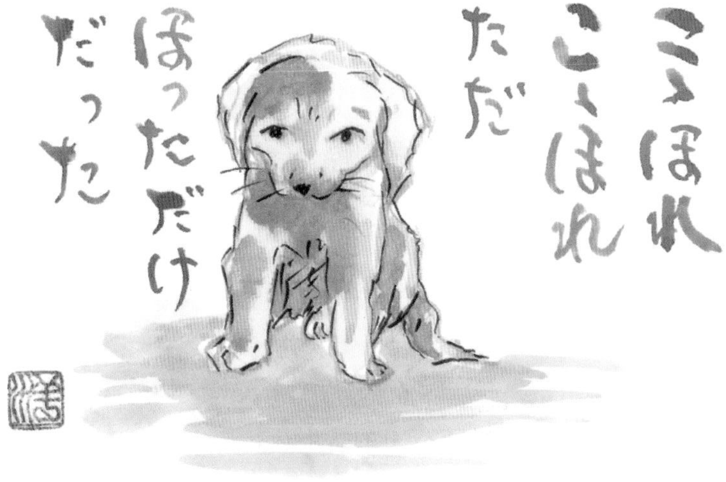

こゝほれ
こゝほれ
ただ
ほっただけ
だった

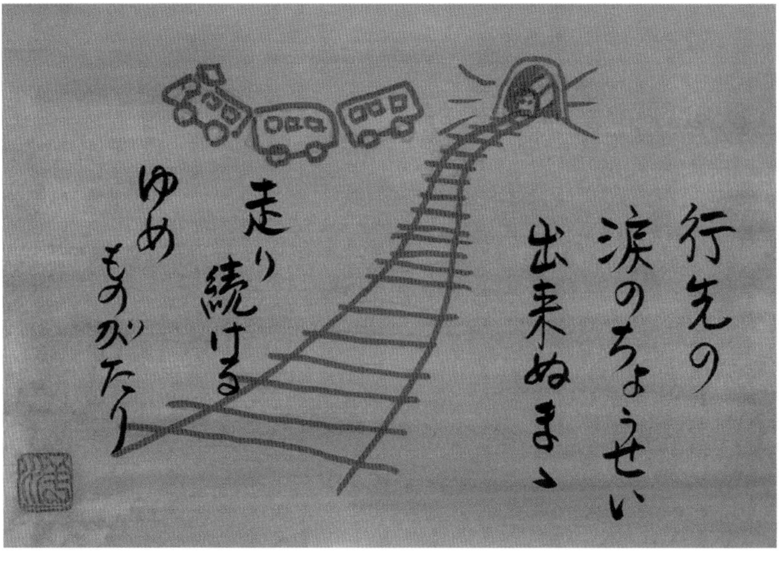

行先の
涙のちょうせい
出来ぬまゝ
走り
続ける
ゆめ
ものがたり

9 月 18 日

9月19日

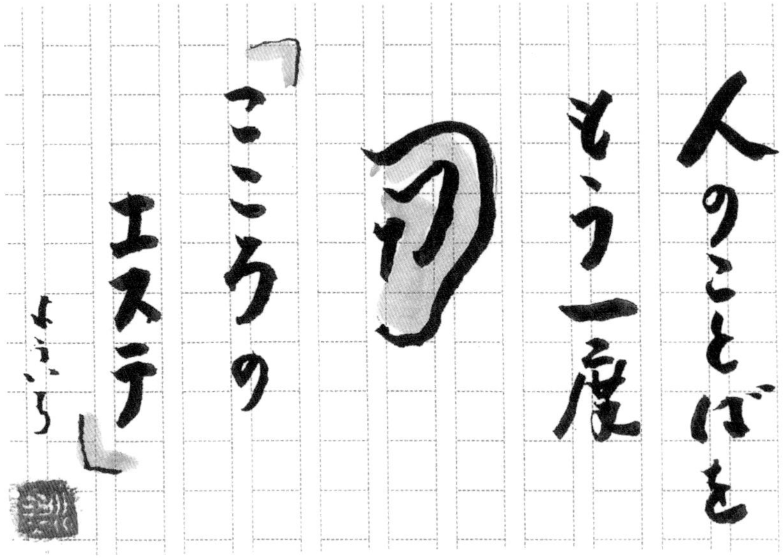

人のことばを
もう一度
「こころのエステ」
ようじろう

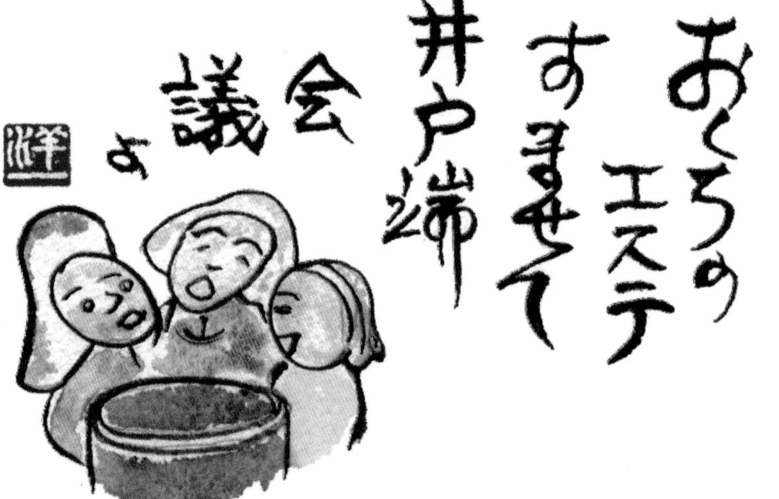

おくちのエステ
すませて
井戸端会議よ

9 月 20 日

脇道への誘惑

古稀過ぎ
クレヨンとれば
赤い花に
なる

こんなに
近いのに
思いは
別
別

よういち

いろいろのこと
いっぱいやったけど
どれもこれも
たいしたことで
なかったのが
よかった。

9 月 23 日

歌う詩の
文面の
紹介
作詩者は
いつも
影武者

9月24日

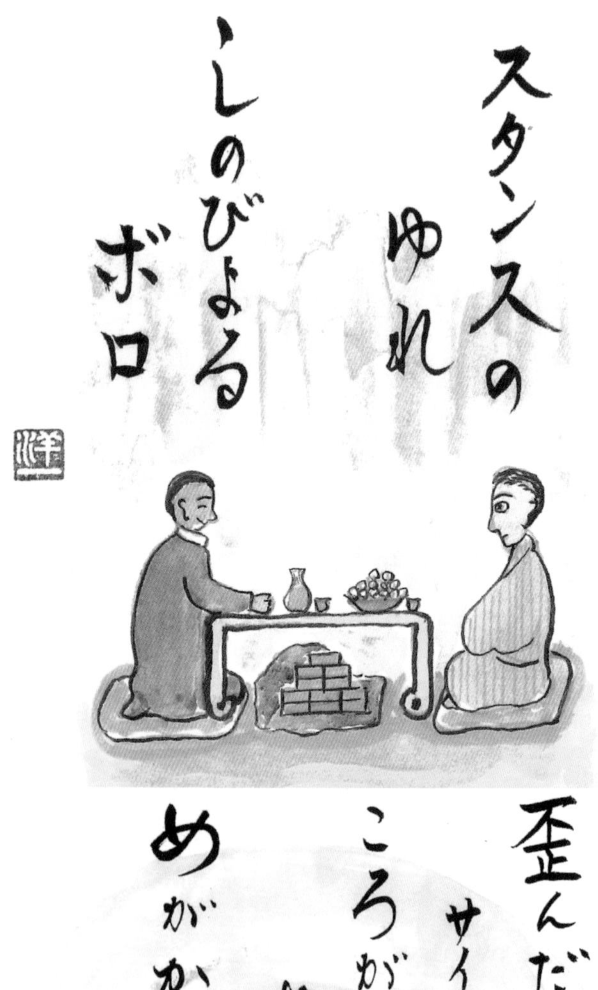
スタンスの
ゆれ
しのびよる
ボロ

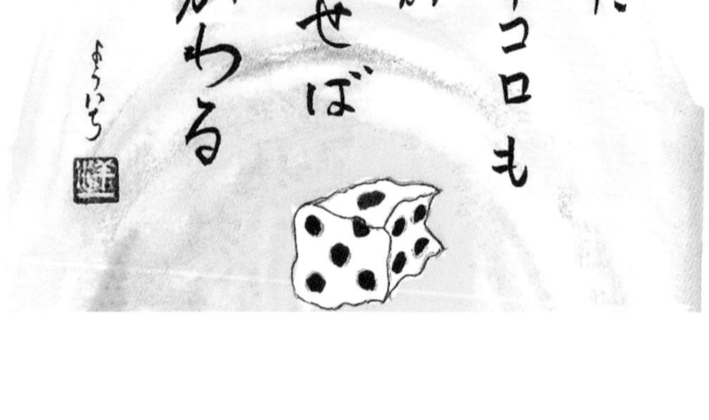
歪んだ
サイコロも
ころがせば
めがかわる

成功者のことば
だけが
この世に残る

よういち

努力
確率
つき
人生
だ

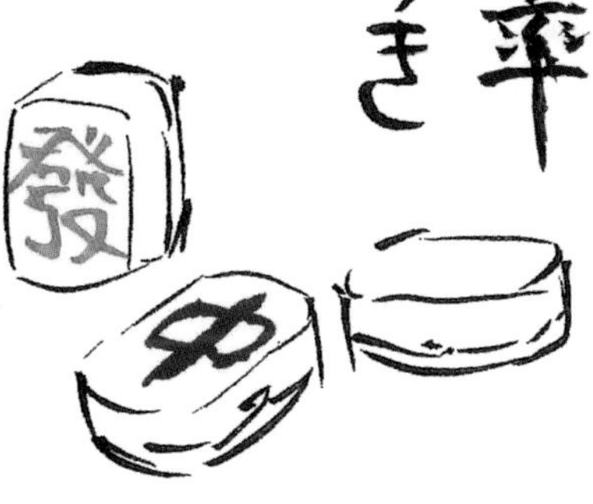

9月26日

知るものは
寡黙で
深い
知らぬものは
多弁で
浅い

9月27日

茶わんに残る
ごはんつぶ
モッタイナイ
の
遠くなり

よういち

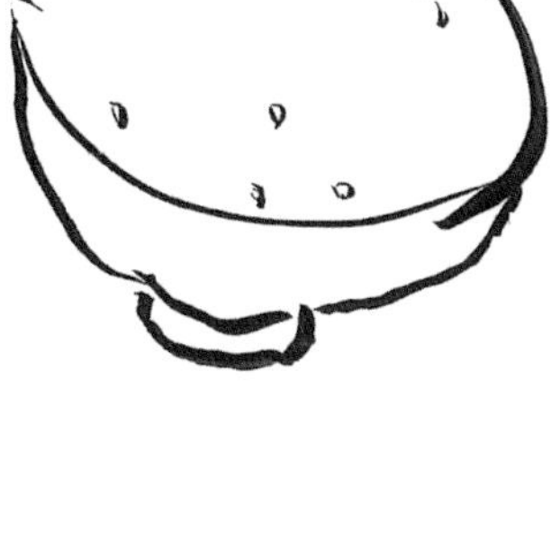

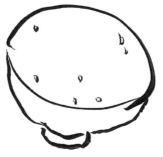

9 月 28 日

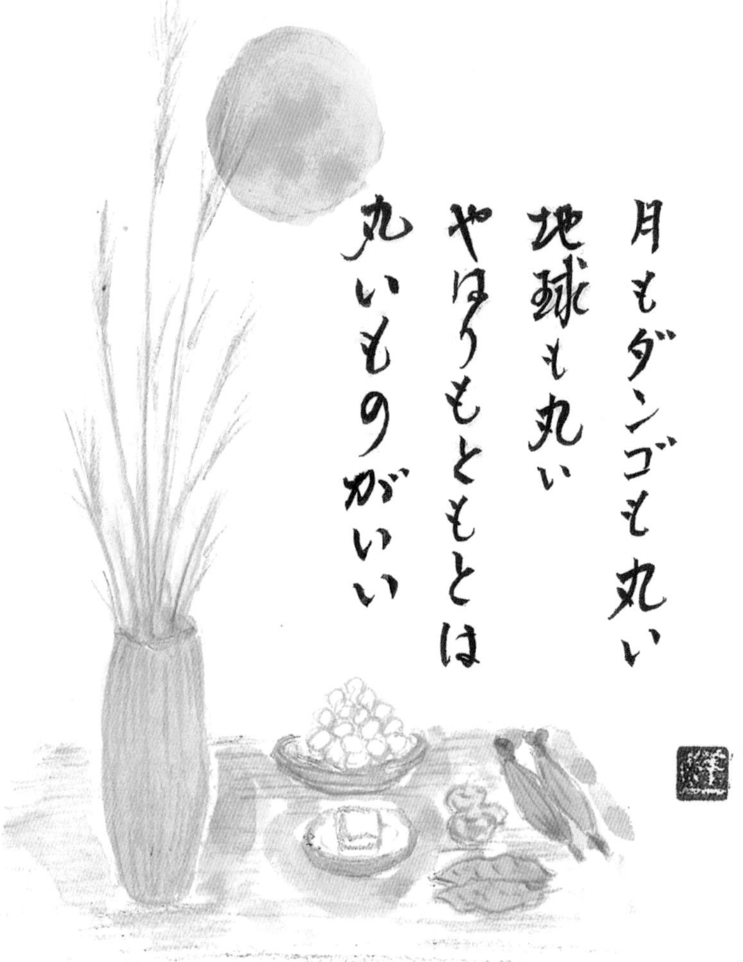
月もダンゴも丸い
地球も丸い
やはりもともとは
丸いものがいい

9 月 29 日

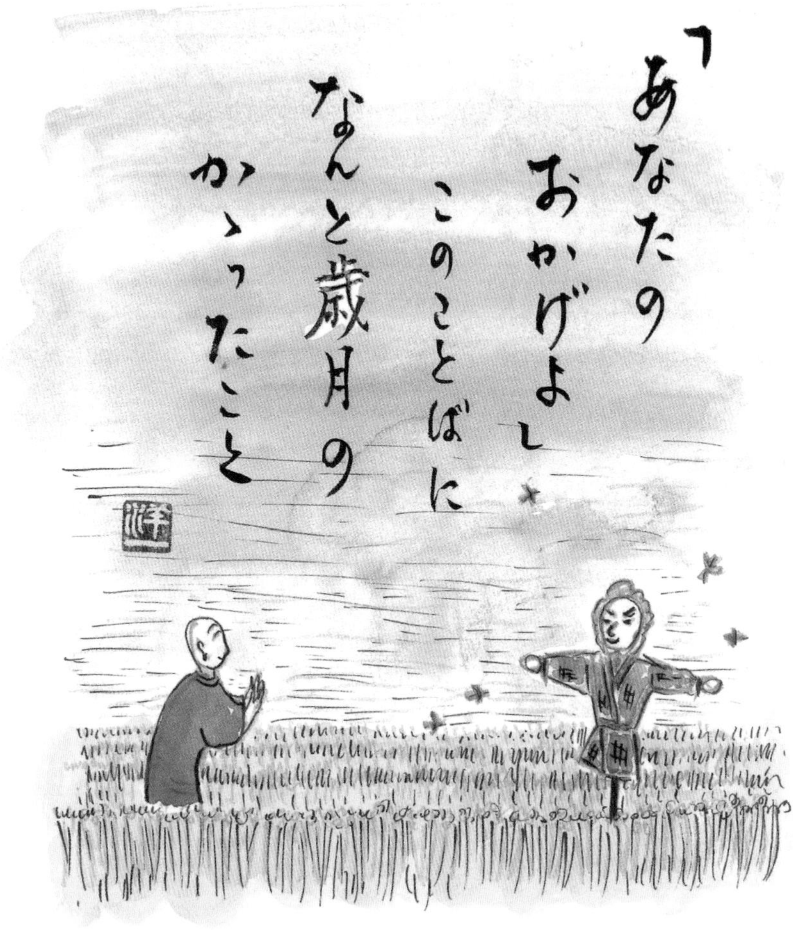
「あなたの
おかげよ」
このことばに
なんと歳月の
かゝったこと

9月30日

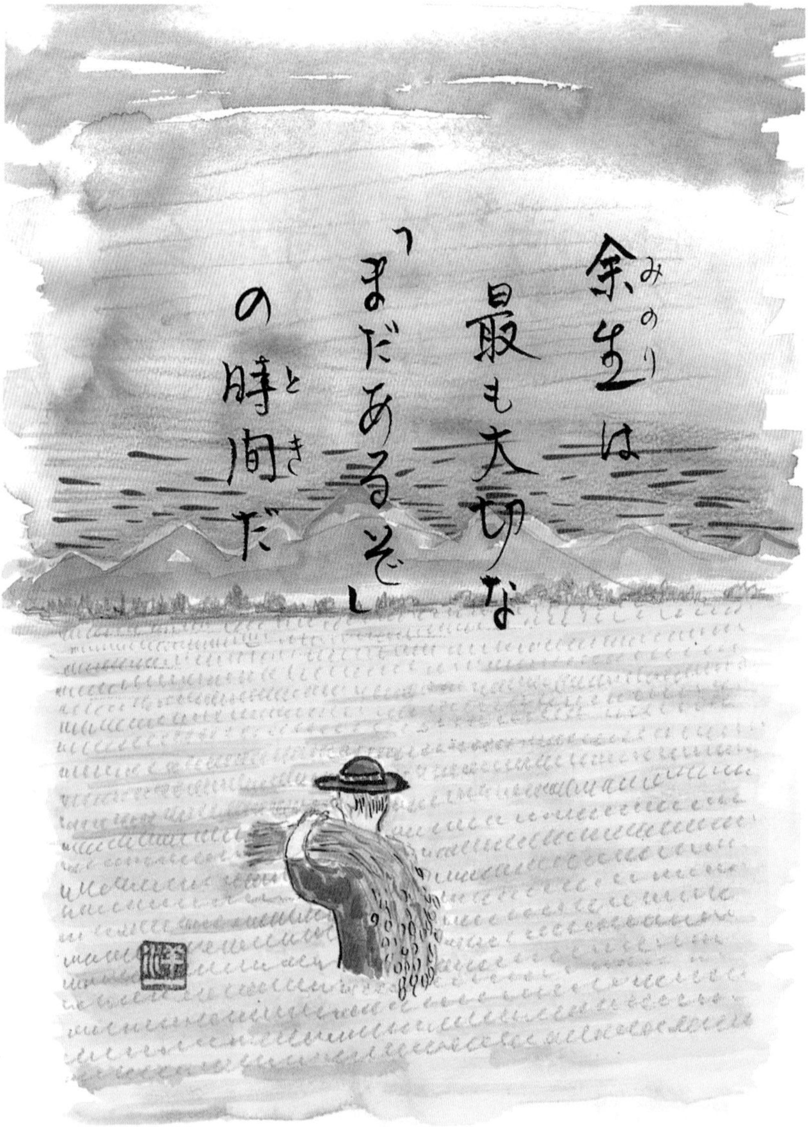

余生《みのり》は
最も大切な
「まだあるぞ」
の時間《とき》だ

10月

10月1日

歩

ひとが道を歩いていった
私はその道を歩いている
少年があとから歩いてくる
少女が歩いてくる
光る風が吹き
今日を急がせる
隔たりは変らず
時刻表のない道のり
影だけは大きく
何一つ準備せず
ひとは無風流の
風流を歩みつづける

散歩する
風が
首に
足に
腕に
指先に
言葉を連れて
吹いすくる

10月3日

10月4日

一寸光陰《いっすんこういん》

軽んじず

あせらず

一歩一歩を

真摯に

10月5日

真夜中に
ふれる
楽器

あなたの
呼吸の
みだれが
ほしいのです

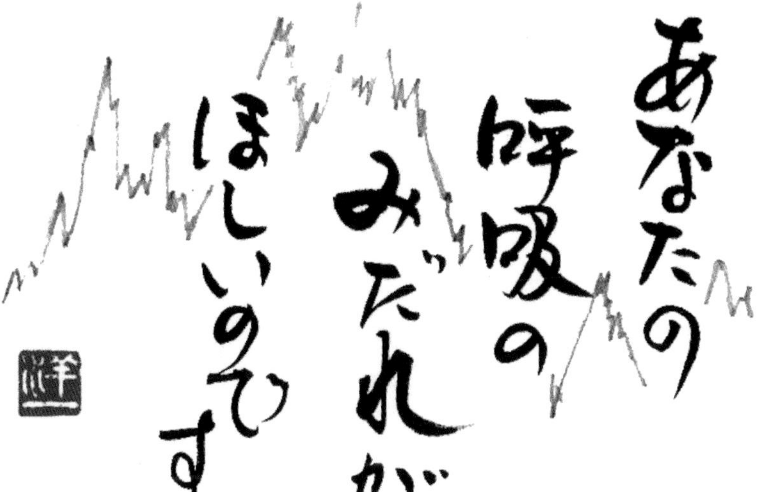

10月6日

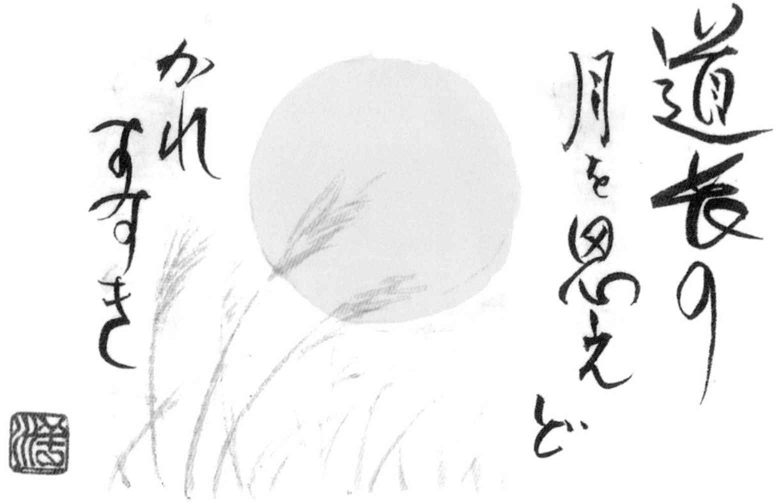
道長の
月を思えど
かれすすき

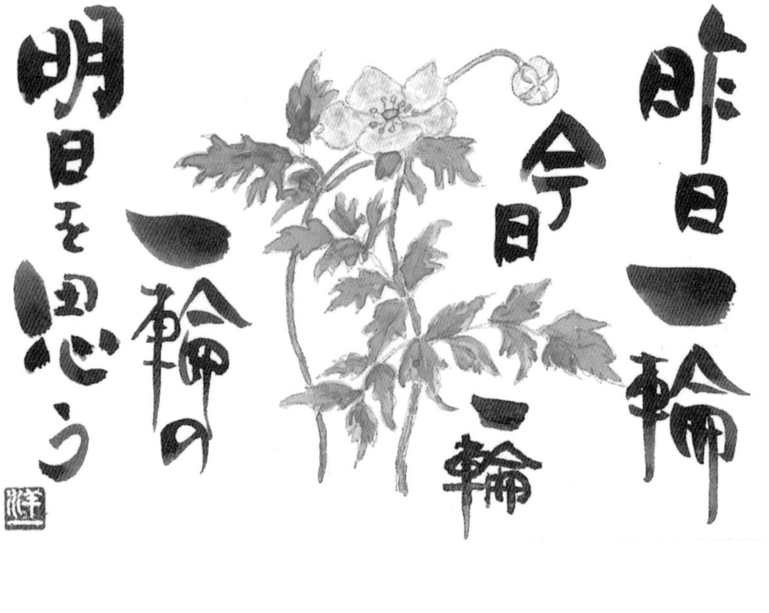
昨日一輪
今日一輪
一輪の
明日を思う

10月7日

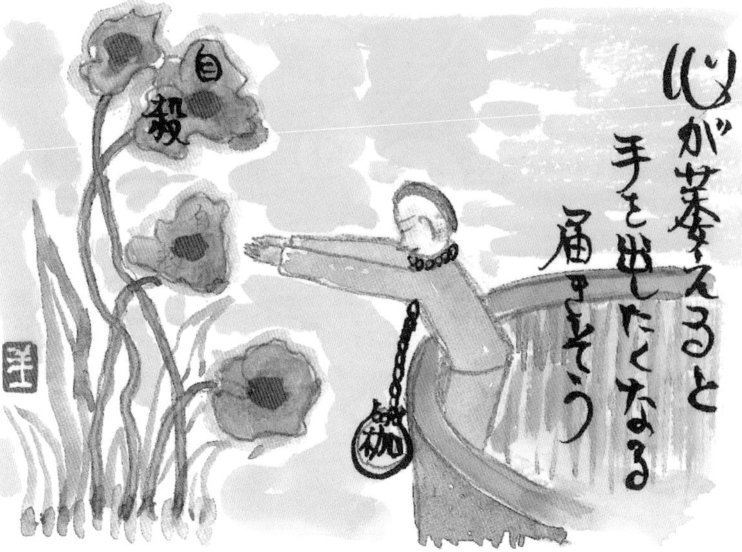
心が萎えると
手を出したくなる
届きそう
自
殺
枷

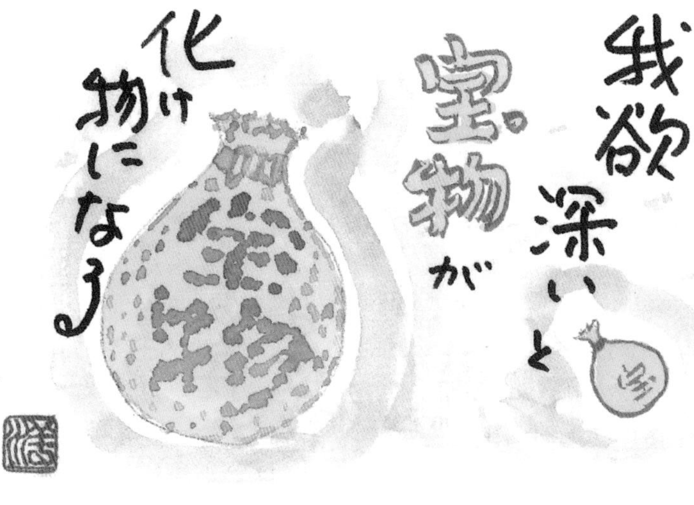
我欲深いと
宝物が
化け物になる
欲

思っているより
会った方がいい
会って
思っていた方が
よかった
こころころころ
やっかいなやつ

よういち

10月9日

落ちているから
ふんでしまう

うえにあるから
もいで
みたい

欲の万有引力

よういち

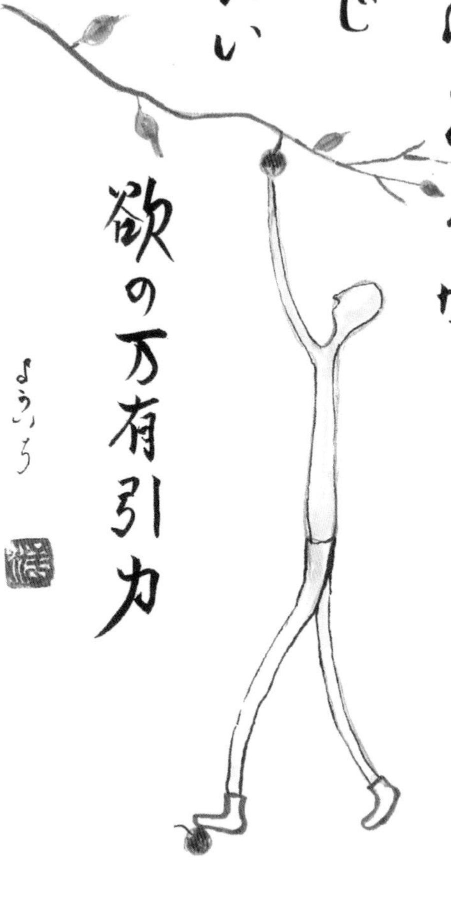

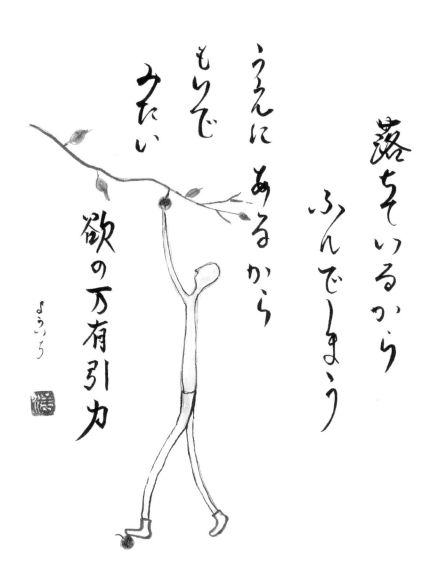

人生は
元に戻せない
テニスは
サーブを二球出来る
なぜなんだ

よういちろう

10月 11日

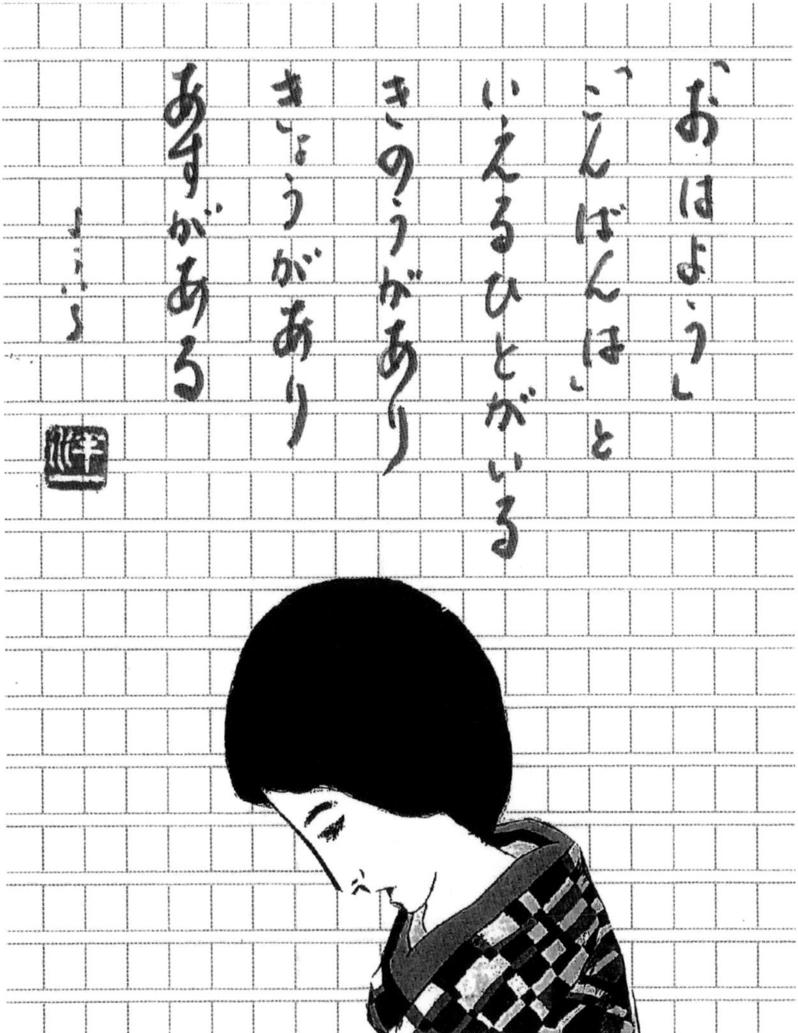
おはよう
こんばんは と
いえるひとがいる
きのうがあり
きょうがあり
あすがある

欠点の
正体見えて
ほっとする
世渡りべたの
親しみ覚ゆ

ようじ

見たくないもの
メモに頼って答弁する大臣
言いたくないもの
同じことのくりかえし
聞きたくないもの
げすな知識をひからす人

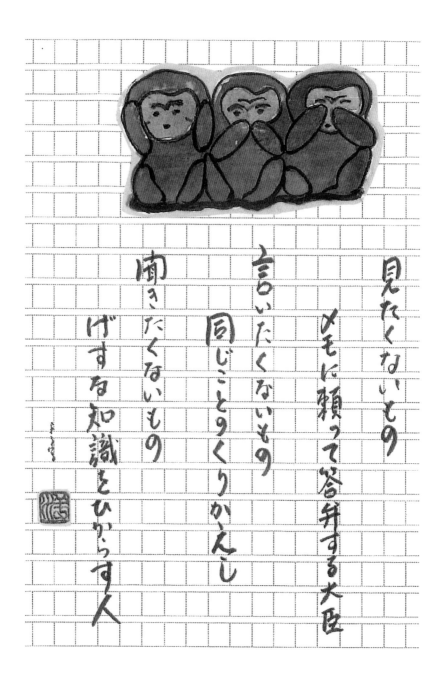

弱くて
いいのに
強く
なりたがる

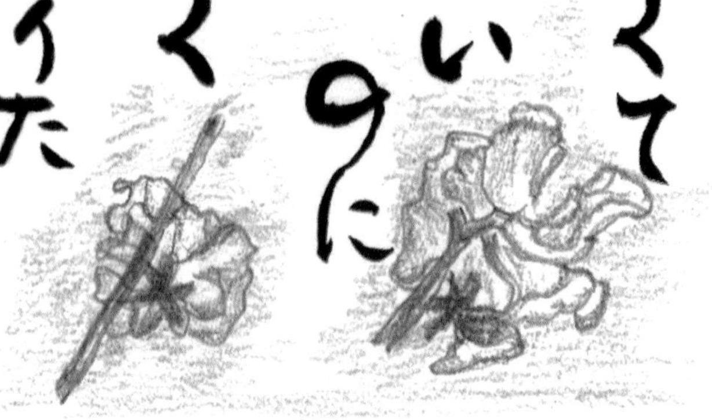

胸の傷
こころ
ころころ
ころころ
ころがそ
治る

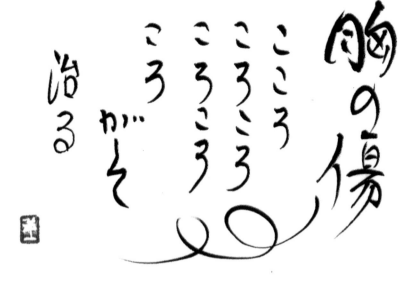

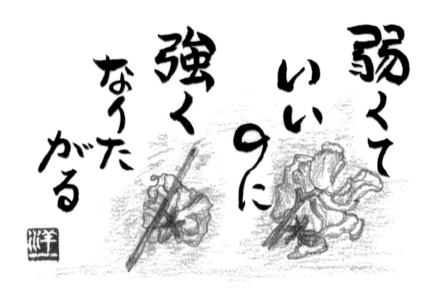

だぐら
での
つながり

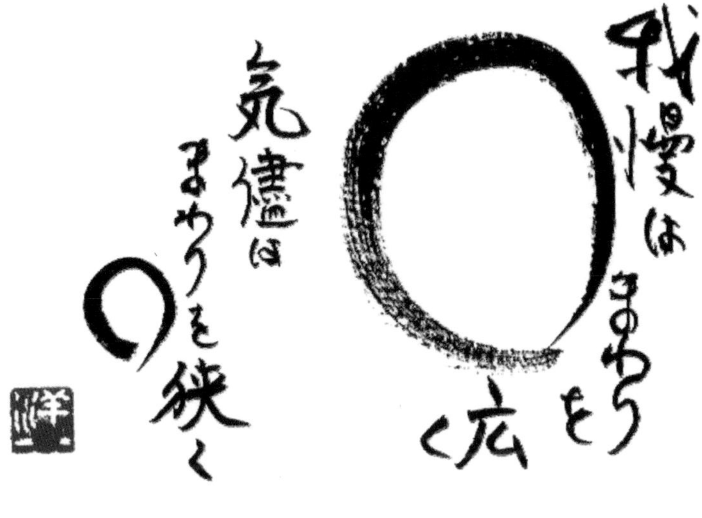
我慢は
まわりを
広く
気儘は
まわりを狭く

我が人生
ええなもんだ

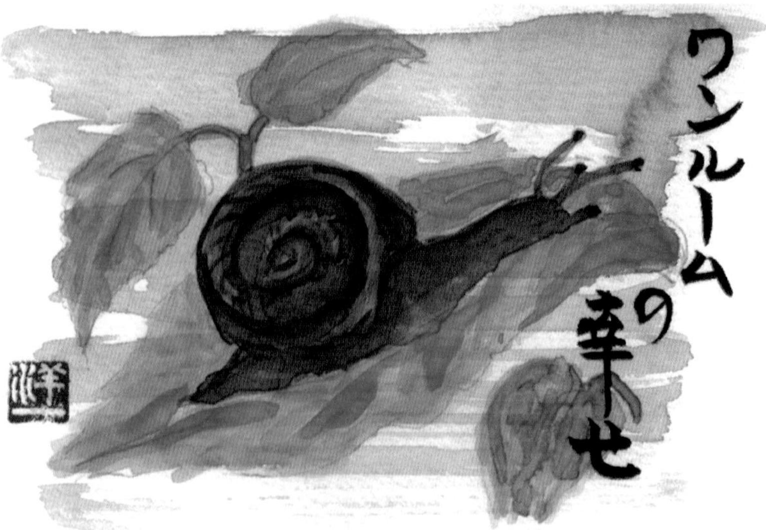
ワンルームの幸せ

10月17日

10月18日

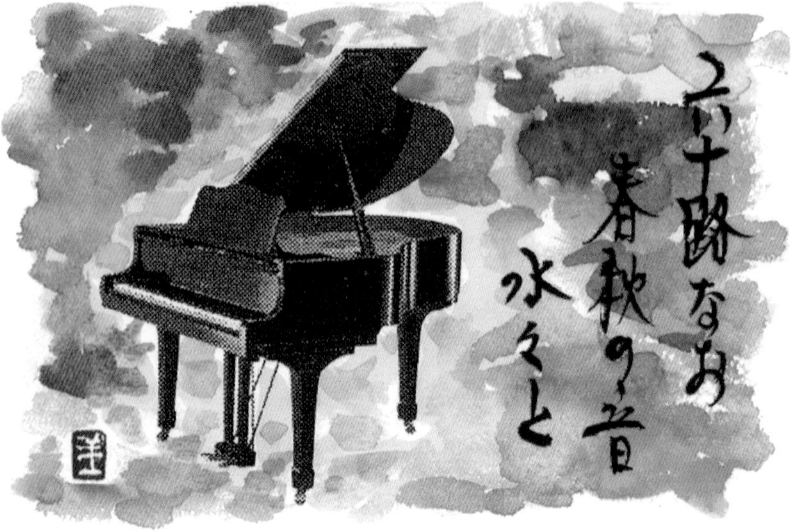
六十路なお
春秋の音
永々と

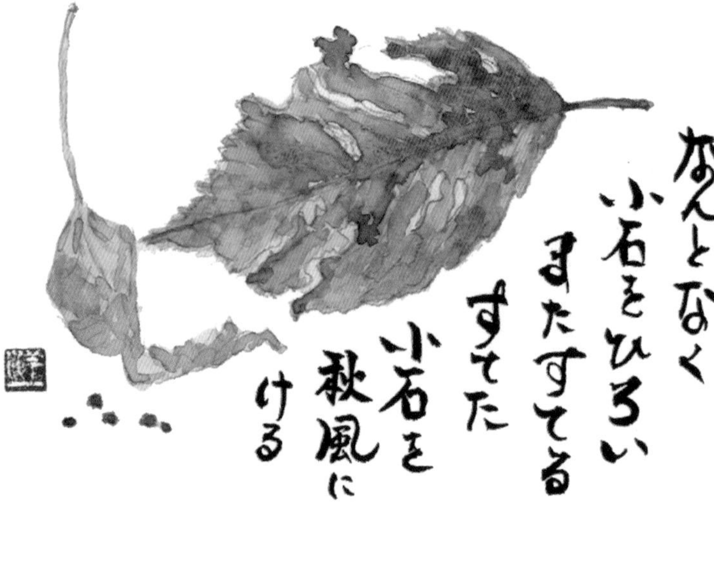
なんとなく
小石をひろい
またすてる
すてた
小石を
秋風に
ける

10月19日

名も知らぬ
羽ある虫
とんで来て
ガラスに当り
又とんで又当る
躓く人の
仲間のように

心がくもると
鏡もくもる

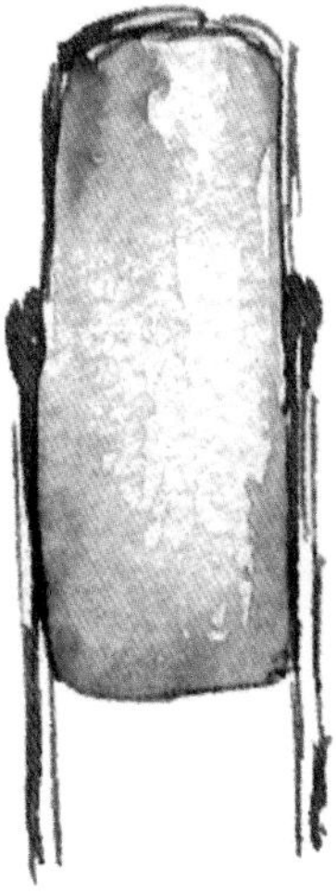

10月20日

久々り
君に会たる
ときめきの
昔を今に
語るいとしさし
今夜とて
ひと知るや否
君に会う
青春の夢
胸のときめき

10月21日

手のひらの
小さ厨房
隠し味
塩おにぎりの
あたたかさ

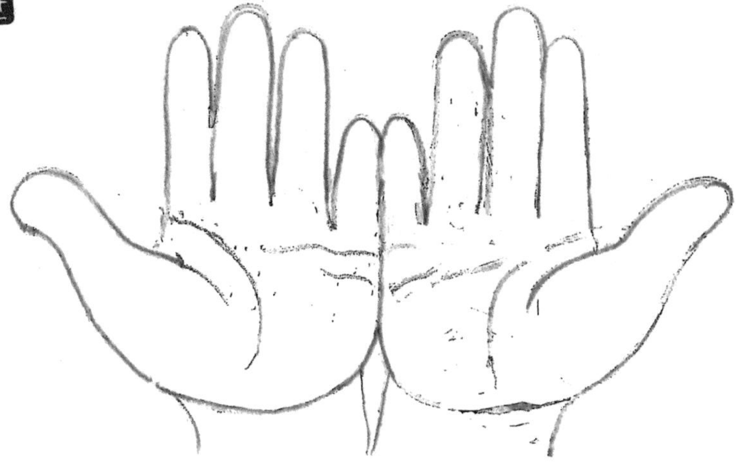

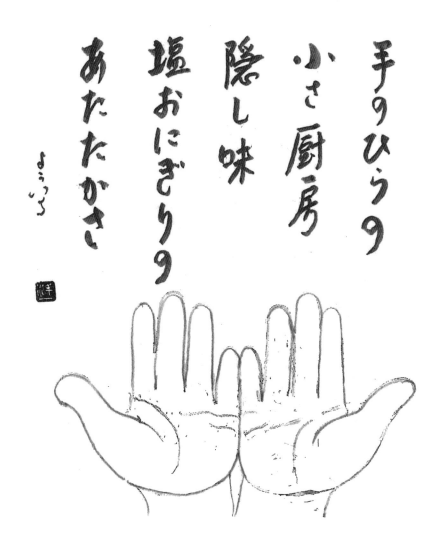

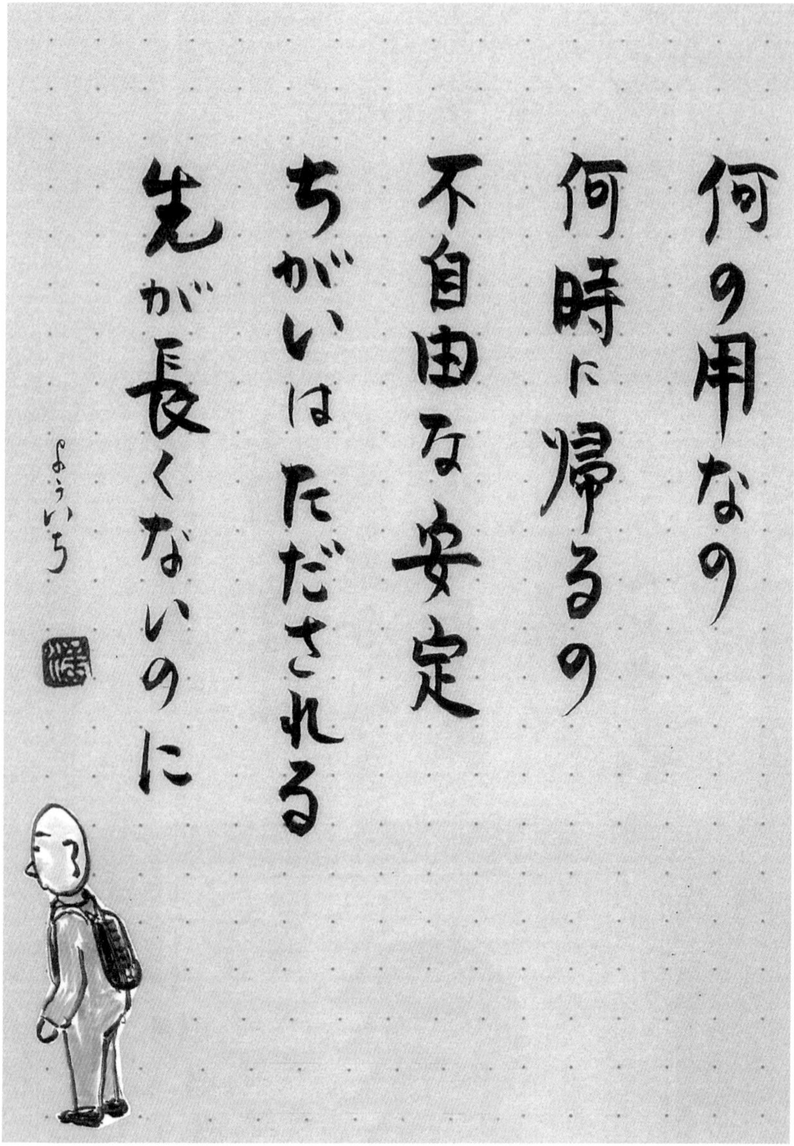
何の用なの
何時に帰るの
不自由な安定
ちがいはただされる
先が長くないのに
よういち

10月23日

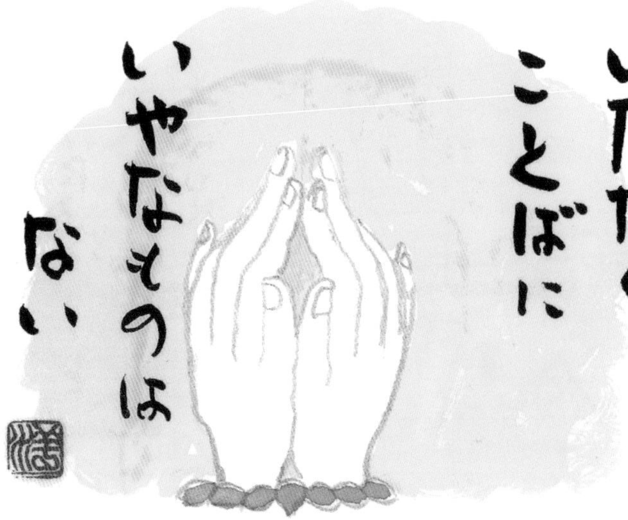
いただく
ことばに
いやなものは
ない

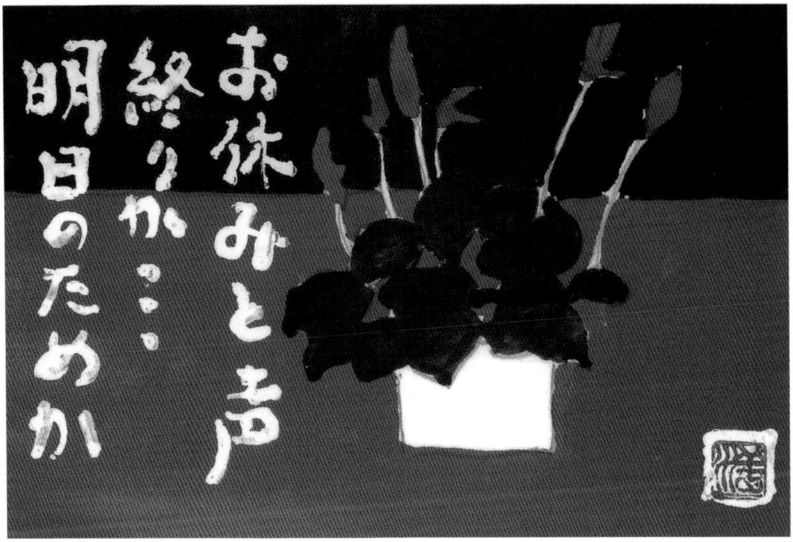
お休みと声
終りか……
明日のためか

戦争とは
自分（善人悪人）等の
言い分を譲らないこと
平和とは
相手（善人悪人）の
言い分を受け入れること

よういち

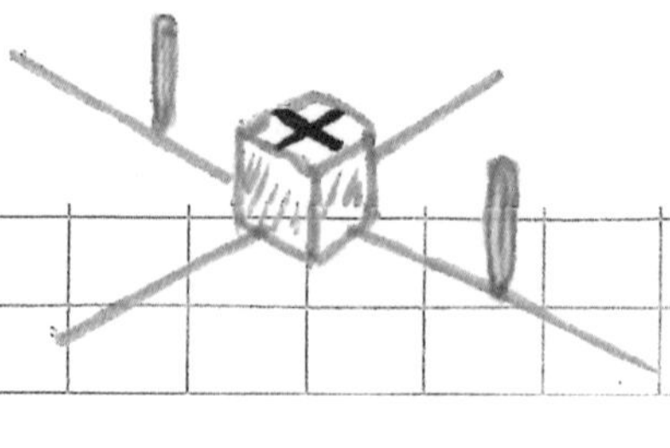

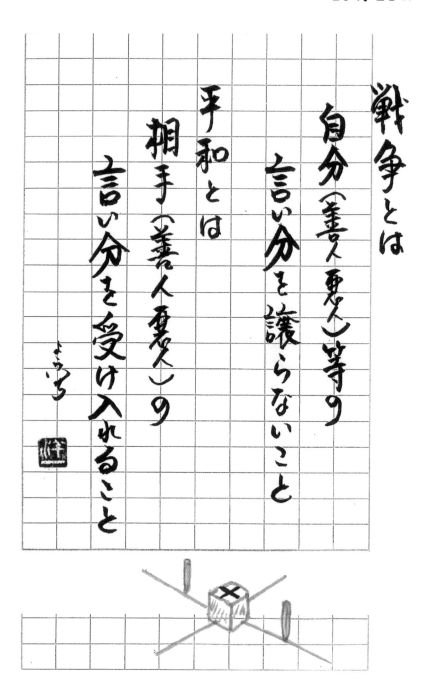

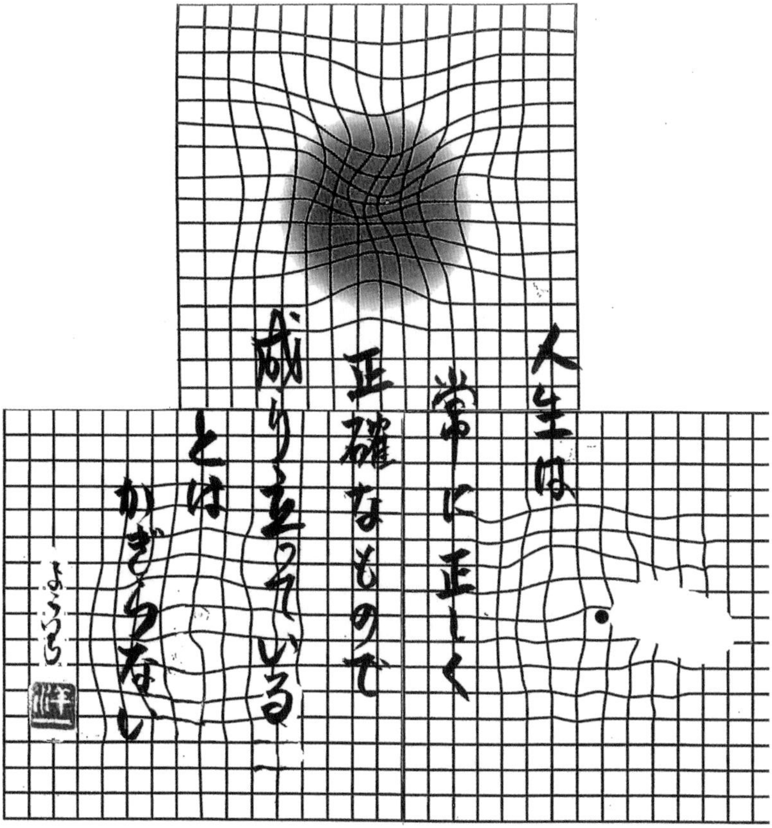
人生は
常に正しく
正確なもので
成り立っている
とは
かぎらない
ようこう

10 月 26 日

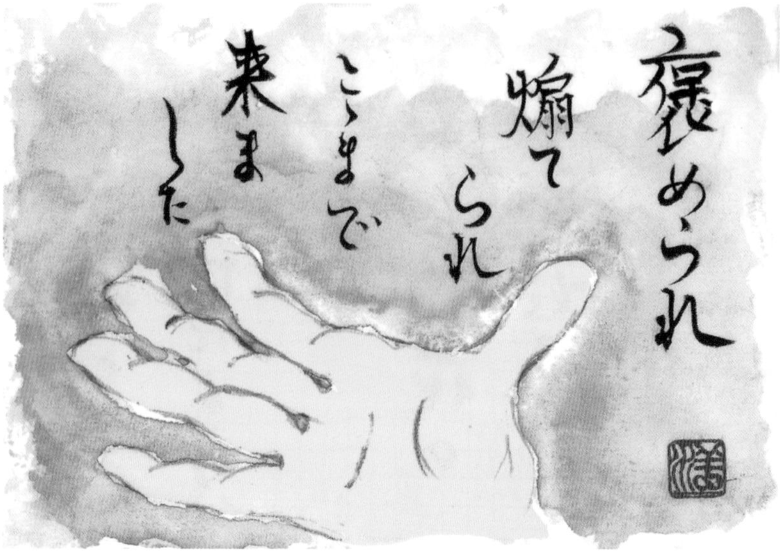
褒められ
煽てられ
こゝまで
来ま
した

華がないと
だめになってしまう
弱々しい
微熱のわたし
拘りよ
いつまでもそばにいて

10 月 27 日

10 月 28 日

酒を呑む
よい仲間と
人生を友情を歴史を
世界を語る
美酒でありたい

10月29日

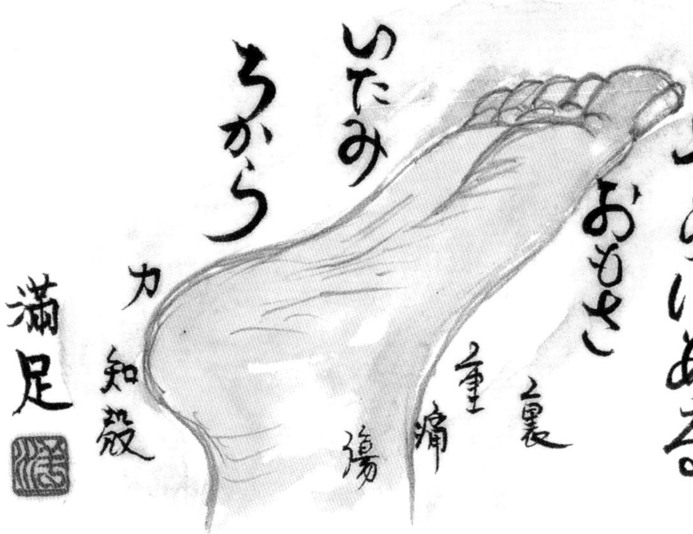
うらにある
おもさ
いたみ
ちから
満足

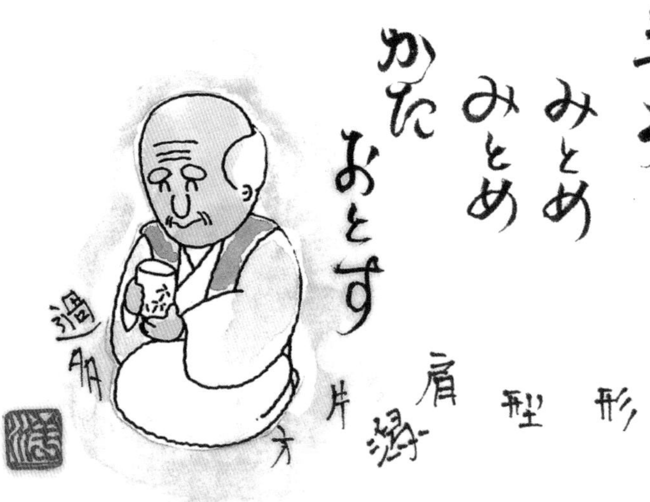
現状を
みとめ
みとめ
かた
おとす

秋
小石
重く

○月○日 はれ、
キャベツ 250コ
大根 180ケ
用市場へ
無事な日でした
幼いて 何かのこった
カナクギ文字 日毎のしるしが
なつかしい

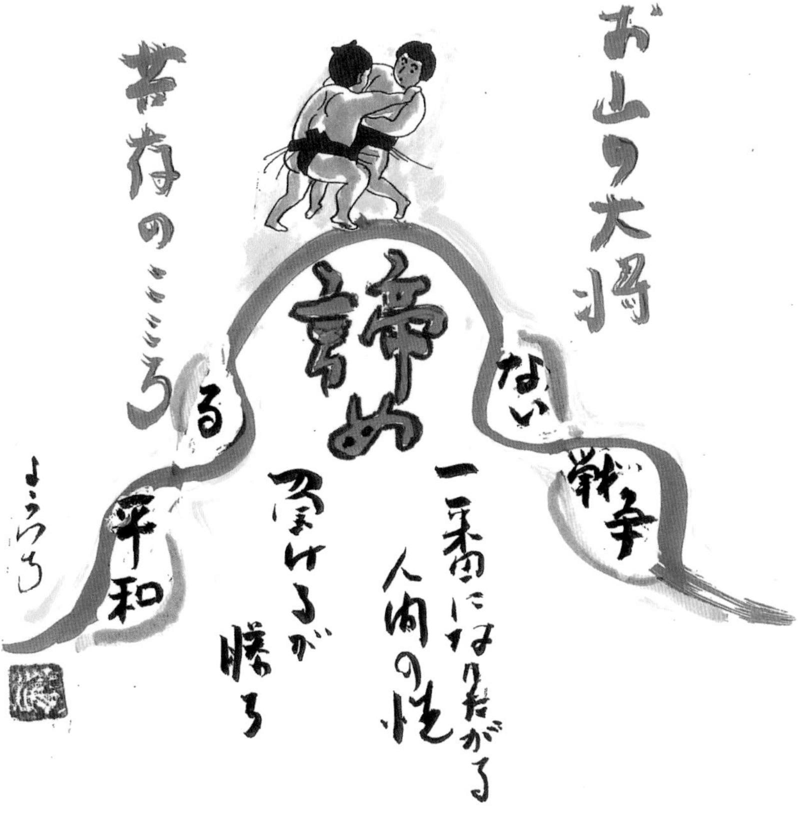
お山の大将
諦め
ない
戦争
一番になりたがる
人間の性
負けるが
勝ち
る
平和
共存のこころ

11月

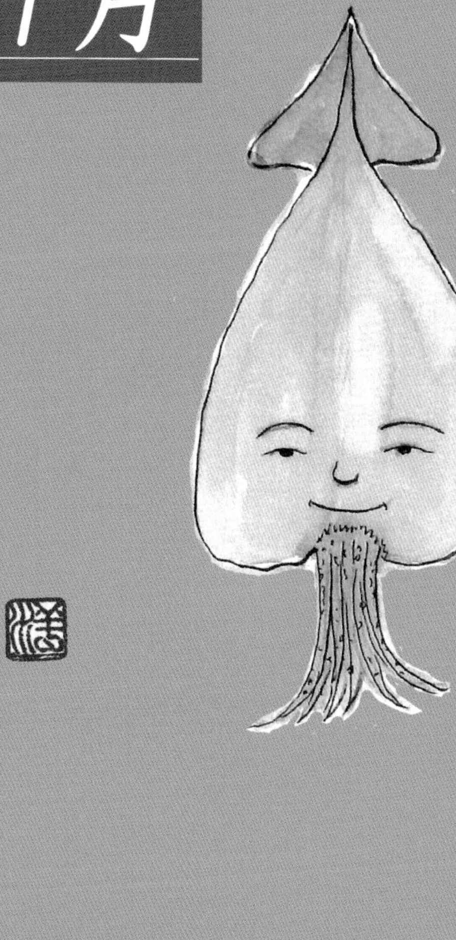

11月1日

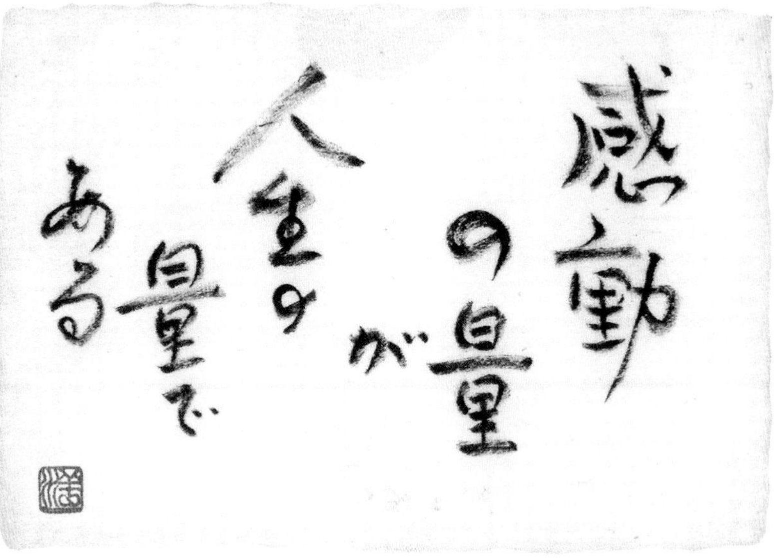

11月2日

枯葉は
風を
うらまない

干され
晒され
さらに
甘く

11 月 3 日

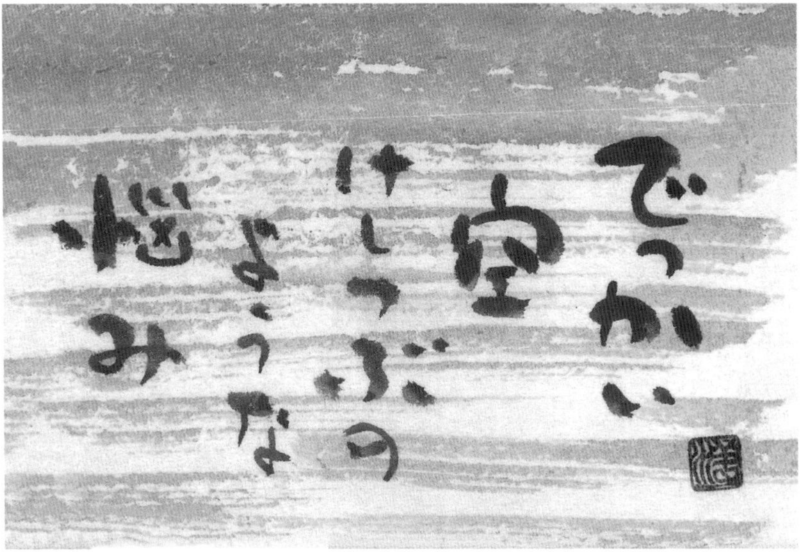
でっかい
空
けしつぶの
ような
悩み

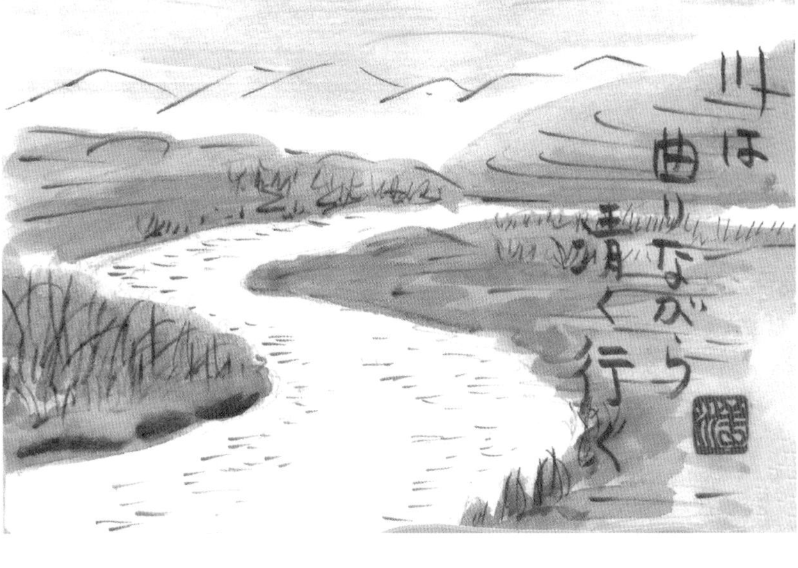
川は
曲りながら
清く行く

四季が
流れる
色の
リズム

まるまって
暖ったまったら
手が出せぬ

人に鹹《から》く
自分に甘く
噎《む》せる軀
背中を
白風が摩る

がき
おやじ
晩年は
子供

11月6日

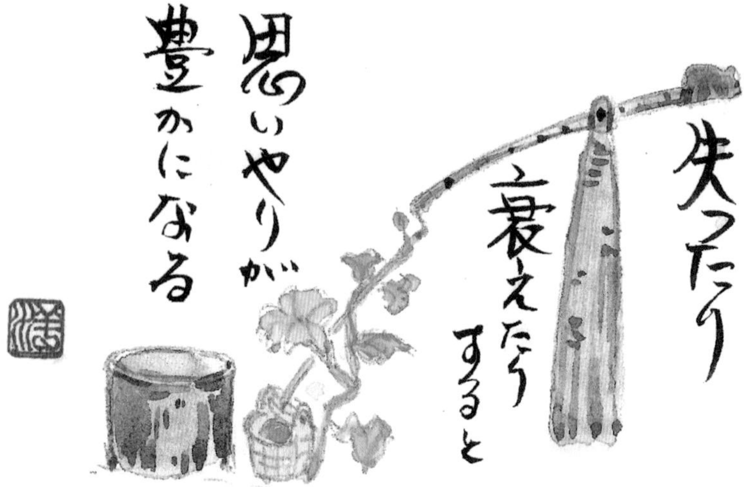
失ったり
衰えたり
すると
思いやりが
豊かになる

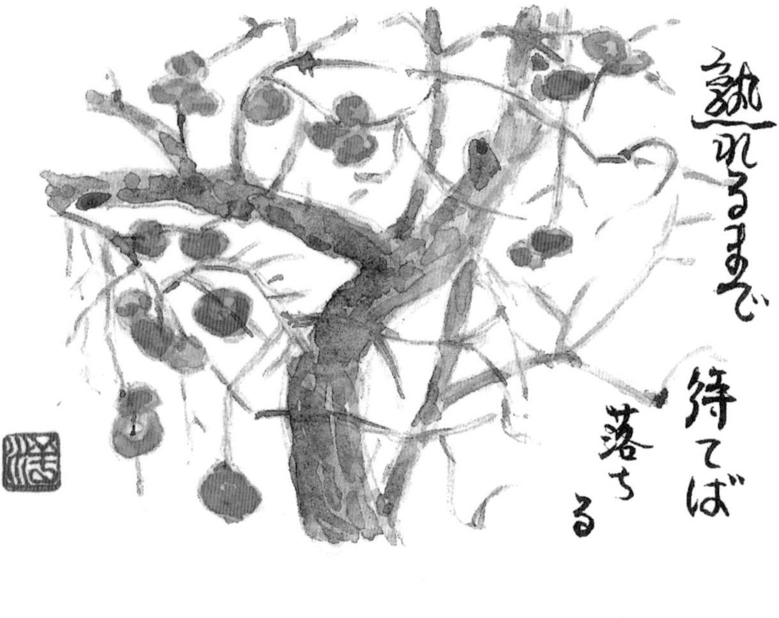
熟れるまで
待てば
落ちる

11月7日

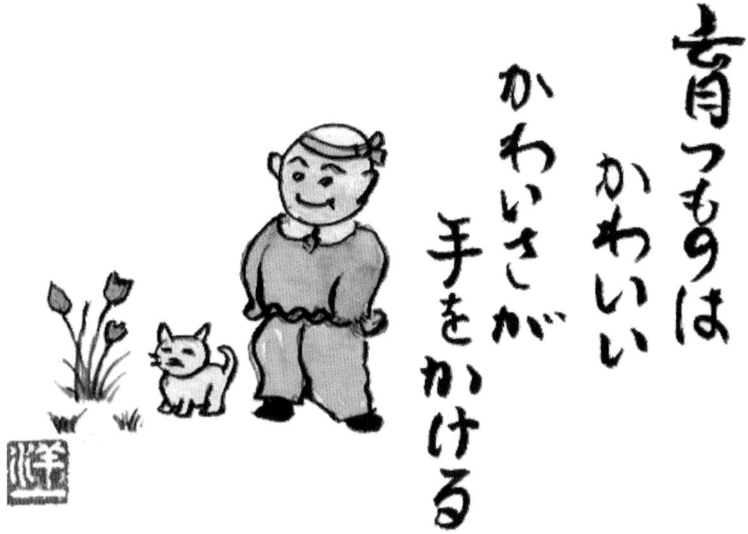
育つものは
かわいい
かわいさが
手をかける

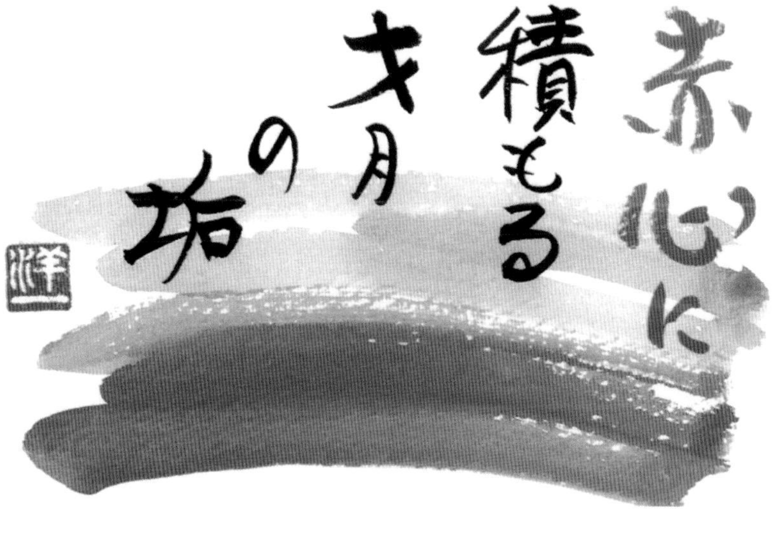
赤心に
積もる
年月
の
垢

理性に届き難い
感情の堅い皮
理性

君の良心と
私の理性が
高い垣根と
なりました

思いつめ
あきてる
ことに
いつも
泣ける

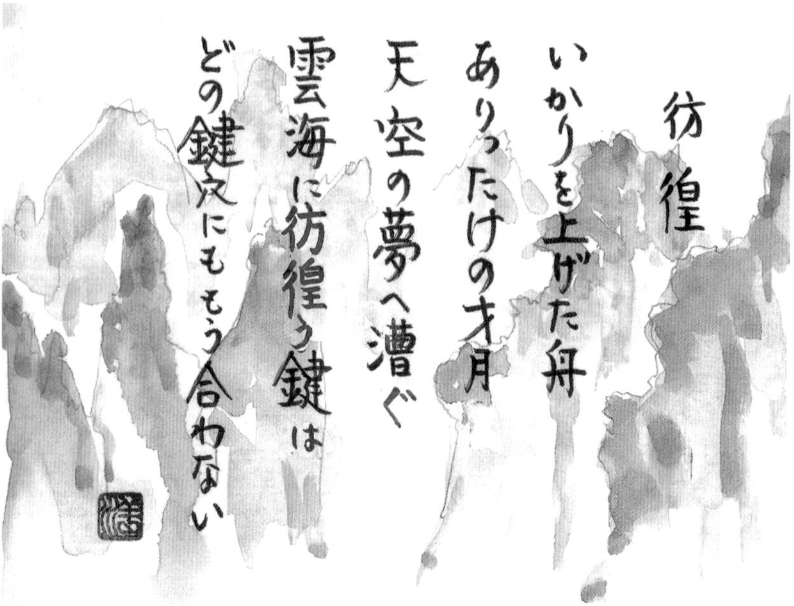
彷徨
いかりを上げた舟
ありったけの才月
天空の夢へ漕ぐ
雲海に彷徨う鍵は
どの鍵穴にももう合わない

頭がよくて
記憶がよくて
その彦に
別れました。
忘れることは
許すこと

あなたに
向って
走っている
のに
なぜ
ハンドルを
切る

明るさは
君全体を
見るため
暗さは
君を抱きしめ
思い出を
膨らますため

女

蜘蛛は一糸で巣をつくる
女は多彩な毛糸
針を隠して編む
冷えた記憶を
俘にする

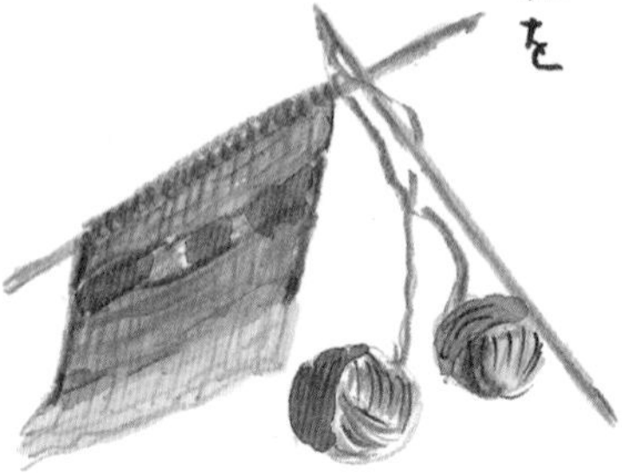

もう一枚のかくし絵

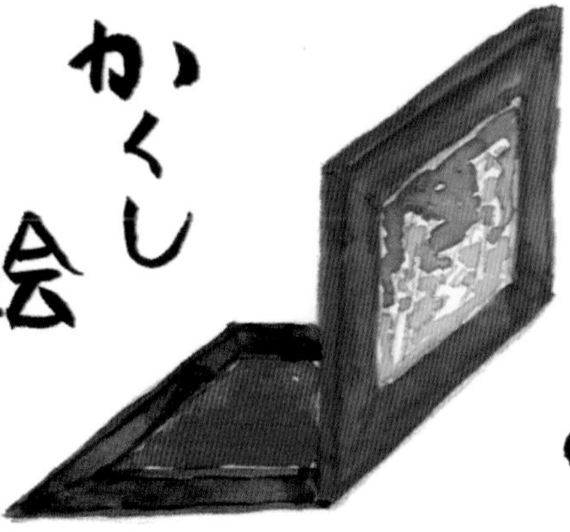

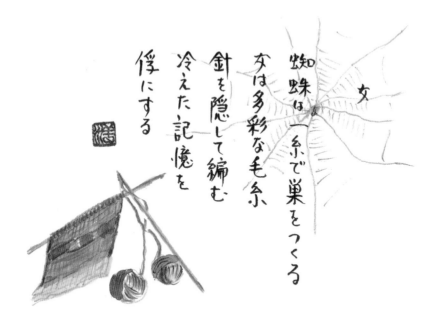

11月13日

夫が死んだ
その日から
楽しかった思い出ばかり
永遠の夫の命に
誰れも入ってこれない

謙遜

へり下り腰を折り
謙遜の美徳をまき散らす

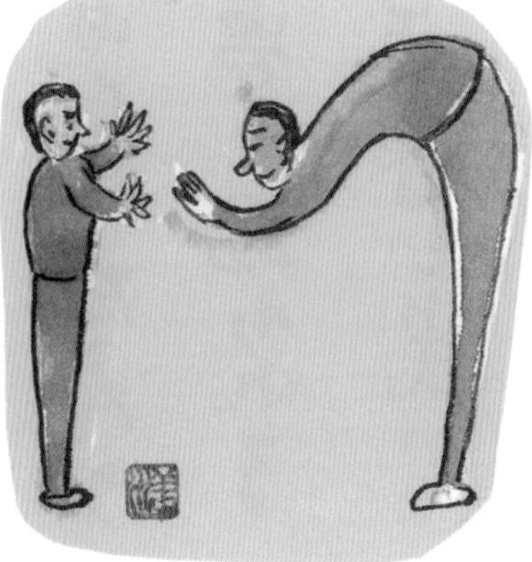

自己満足の傍迷惑
うしろに傲慢と得意の
しっぽが見えている

はからずも

めもりのない夢
空気の重さ
痩せ、でぶ、噂
同舟の耳打ち

はかられて狂う

11月15日

11月16日

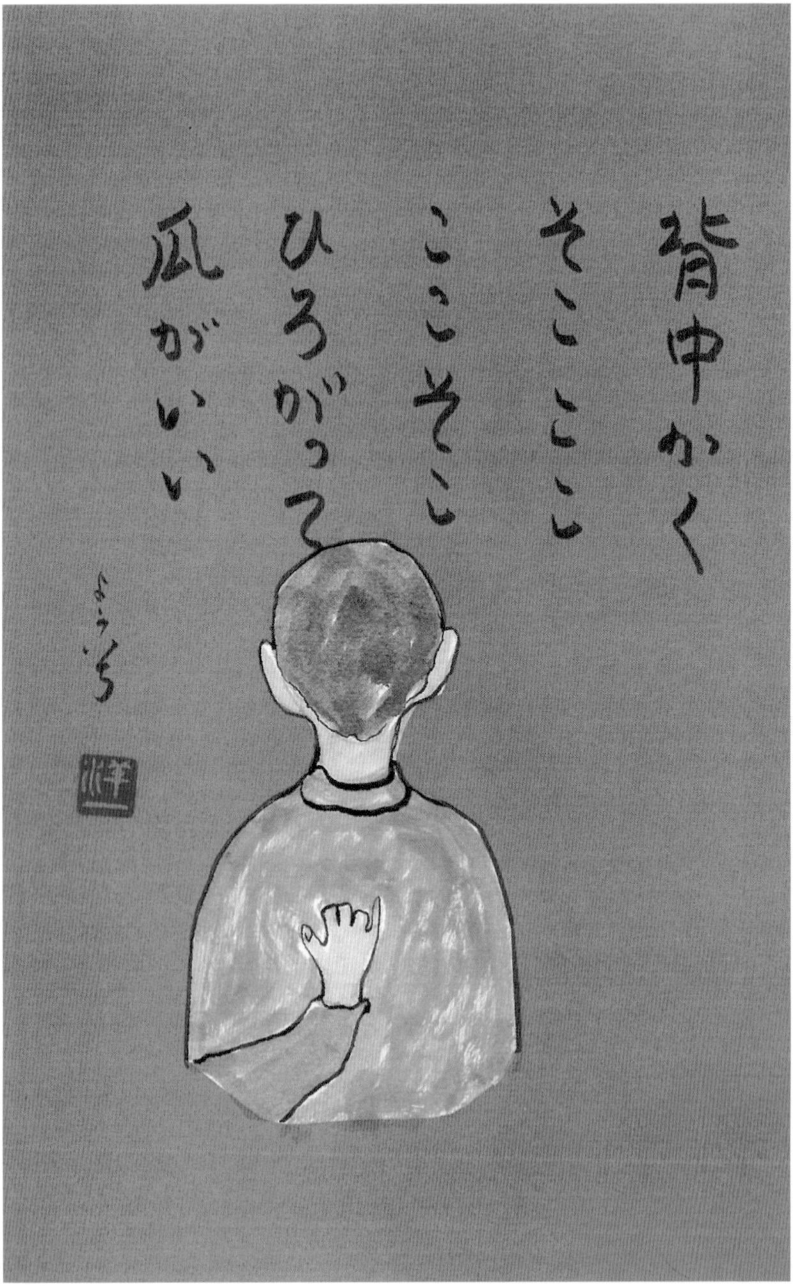
背中かく
そこここ
ここそこ
ひろがって
瓜がいい

11 月 17 日

11 月 18 日

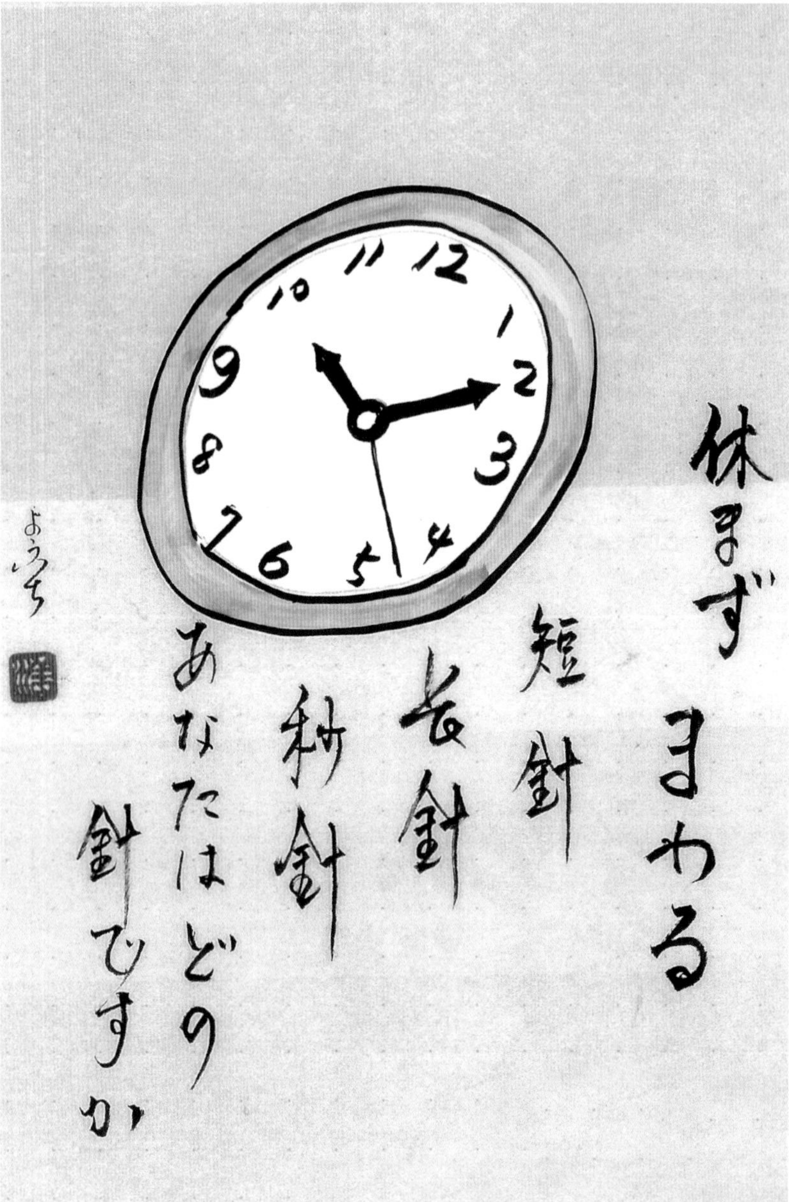
休まず まわる
短針
長針
秒針
あなたはどの針ですか

11 月 19 日

ブランコの
かすかに
ゆれる

靴ベラの
いらなく
なった
靴

11月21日

苫むしろ
切り芋の音
母の暮

11 月 23 日

古漬や
糟糠の妻
なせる味

よういち

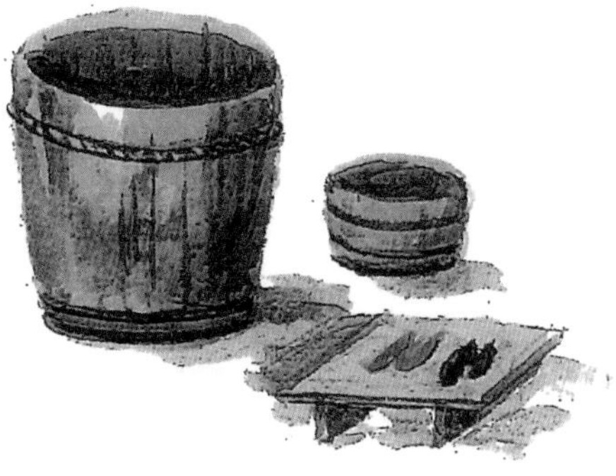

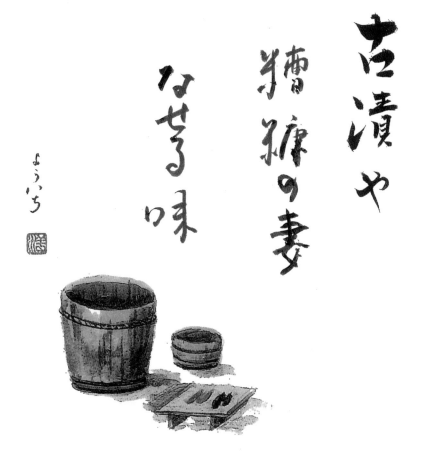

老いてなほ
人の恋しき
秋思かな

ようへい

助けて下さい
最后です
また
これが最后です
長生きすると
最后が増える
いいのかな

11 月 25 日

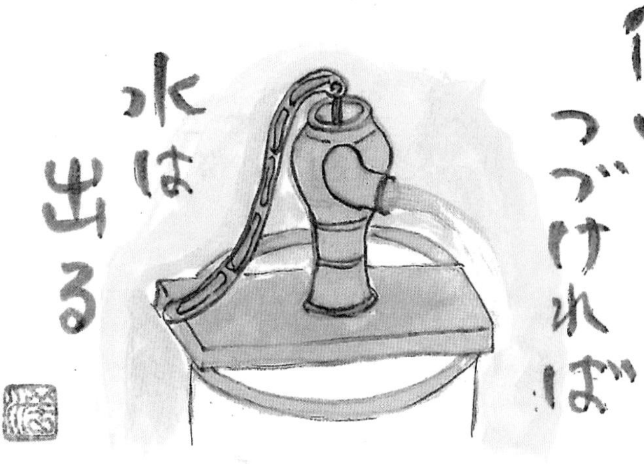
使いつづければ
水は出る

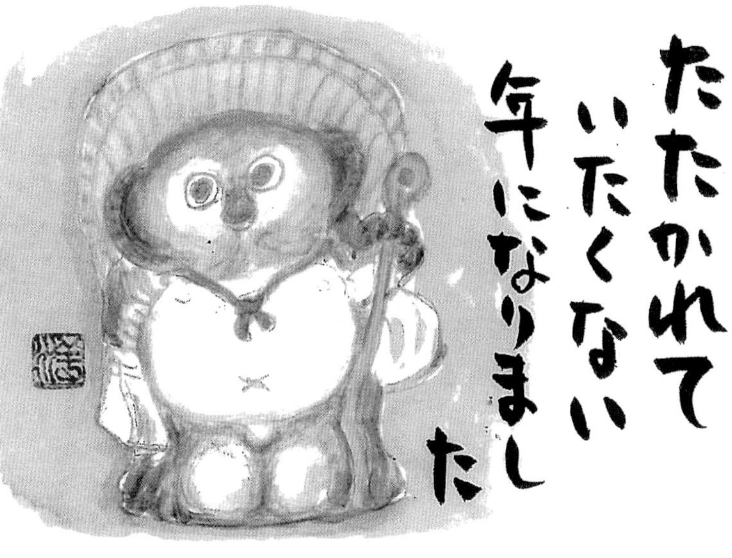
たたかれて
いたくない
年になりました

11月26日

人生は
みんなでゆく遠足だ
だが
一歩〱は
自分の足で
歩くしかない

遅かれ早かれ
どんな難問も
時間が解決する
、、、
人生は短かく
機会は去りやすい
よういち

11月28日

気づかなかった
距離の近さ
真の絆は
素っ裸に
なることだ

よういち

感謝の
水
ありがとう
の
花が咲く
洋一

みのり
舞台は大地
父の鍬と
母の鎌に
拍手はないが
正直なみのり
洋一

遠くなると美しい
近くなっても見えにくい
愛することは
お互に握りあう手で
遠くを見ていることか

よういち

12月

12月1日

あすやろう
このやろう
バカやろう
いまやろう

よういち

12月2日

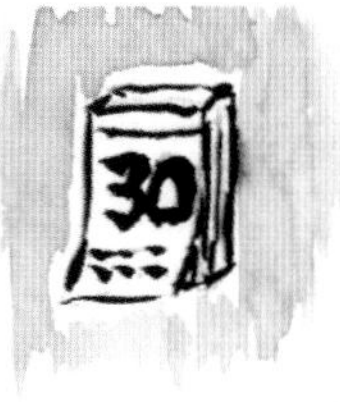

カレンダー
めくる
早さよ
新鮮さ
今日の仕事の
さずかる
感謝

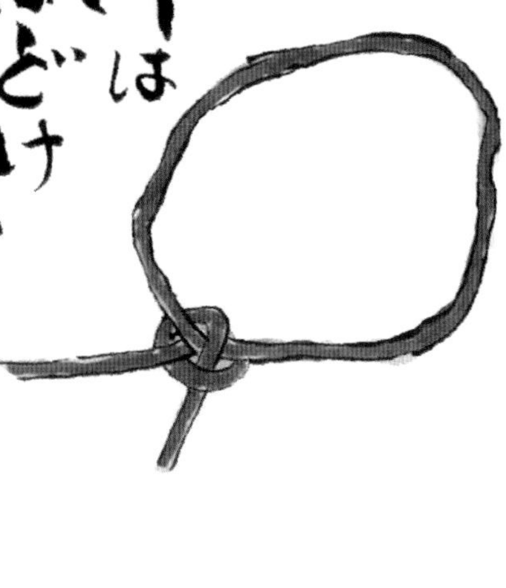

ありがとう
あれば
が
絆は
ほどけ
ない

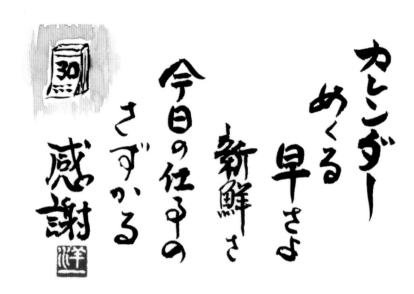

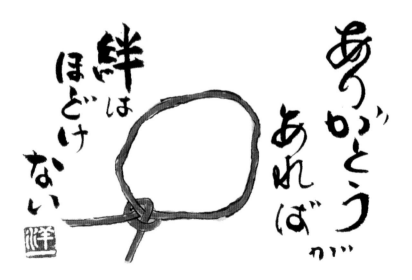

苦労人は
話しの
聞き手になる
順調な人は
自分の話しに
夢中になる

よういち

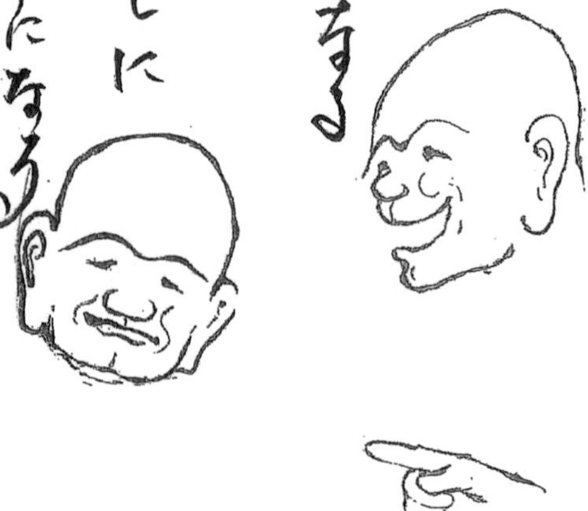

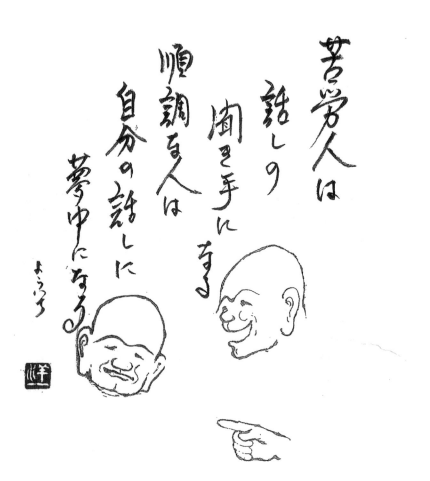

12月5日

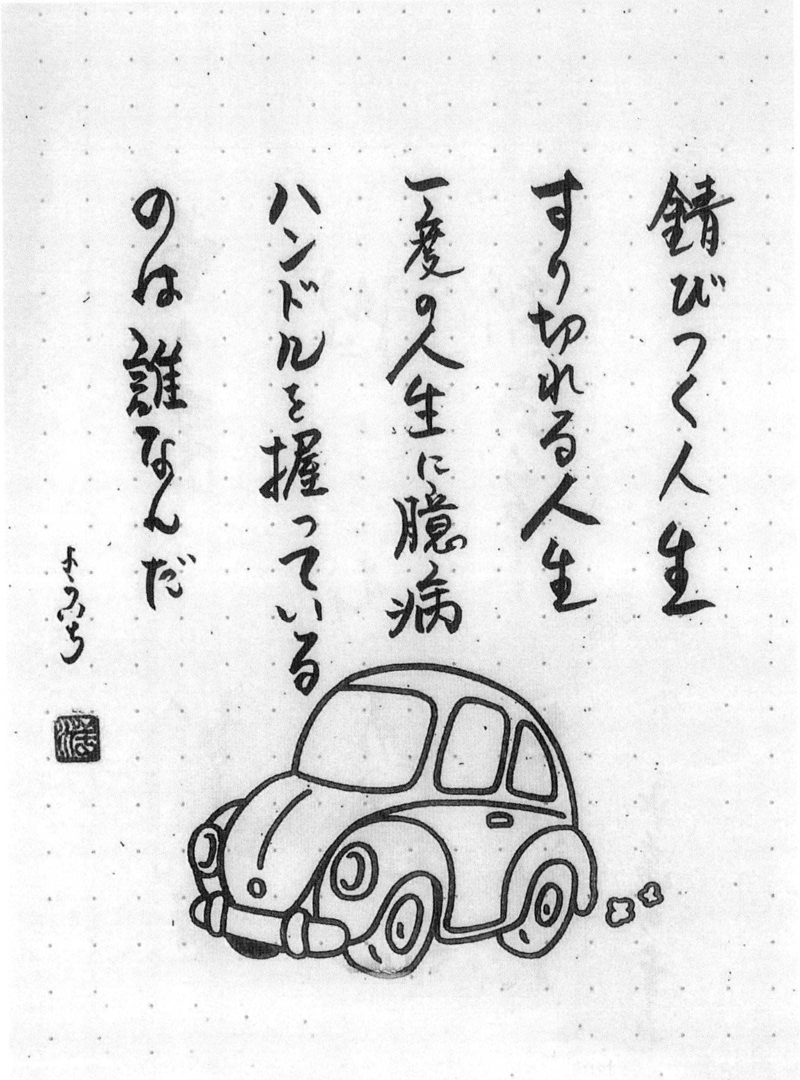
錆びつく人生
すりきれる人生
一度の人生に臆病
ハンドルを握っている
のは誰なんだ
よしみち

12月6日

金は貴重だ
金以外に
貴重なものを
知ったとき
ひとまわり
大きくなる

よういち

苦労の人生は
ゴズゴズ 根性の強さ
苦労知らずは
わがまま すんなりお人好し
好い人になれるや
共に生かされている

よういち

12月8日

相手の為と
忠告したら
お互に気まずく
疎遠がちに

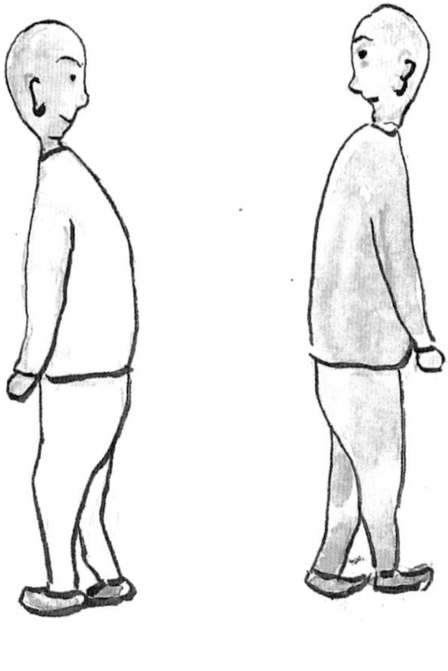

12月9日

忠告は
わびるように
共に
笑えるように

よういち

悩み、苦しみ
の原因《もと》は
他とくらべていた
ことだった

よういち

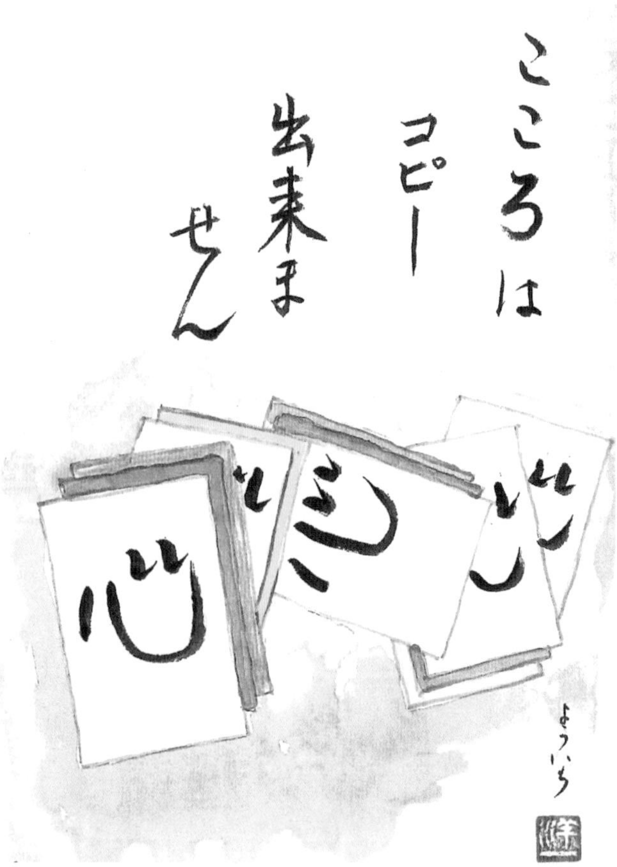

12月11日

生きとし
生けるもの
どんなところにも
町があり
泣き、笑う、
居場所がある

よういち

12月12日

おおむ返し
自分を持たない
・・・
あの人
いいひとね

よう一

12 月 13 日

自己紹介
長所はあっさり
短所はユーモラス
正直率直
自分の履歴書

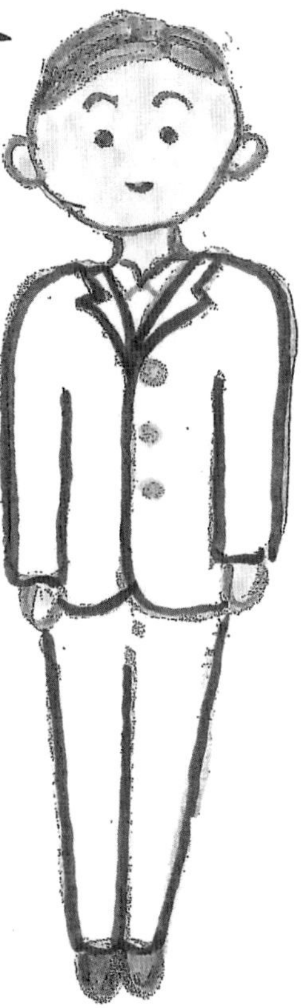

怒っている自分がいる
笑っている自分がいる
それを見ている自分がいる
本当の自分は？
みんな自分

よういち

12月15日

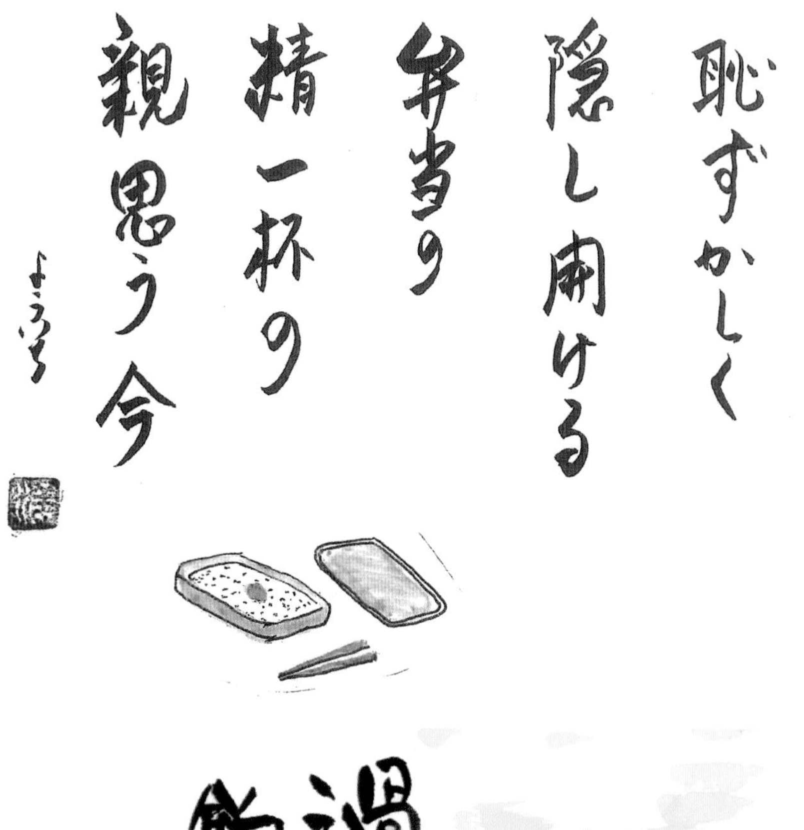
恥ずかしく
隠し開ける
弁当の
精一杯の
親思う今

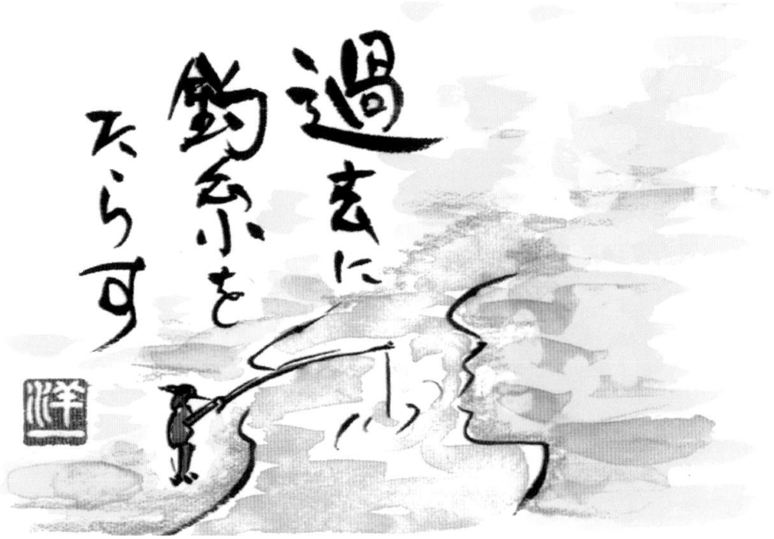
過去に
釣糸を
たらす

12月16日

目上の人が
目下の人に
謝る
なんと
その大きなこと

人に笑われない
ように
成長してゆき
晩年は
人に笑われる
ような人に

12 月 17 日

「柊よ
年をとったら
少しはトゲを
なくしたらどうだい」
いや、人のことは言えないな

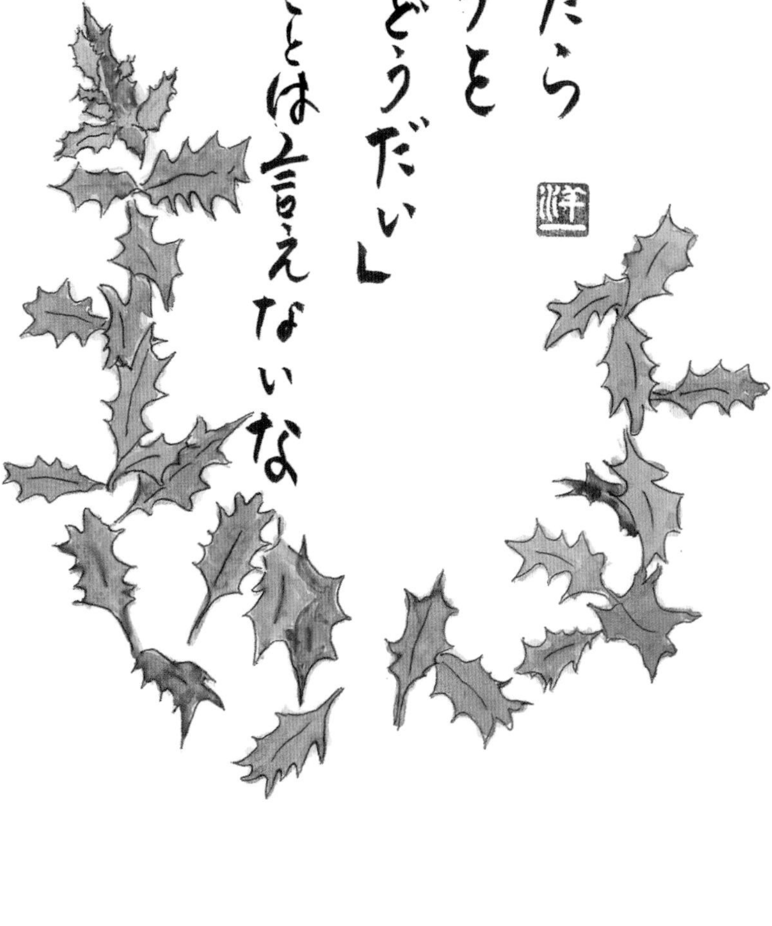

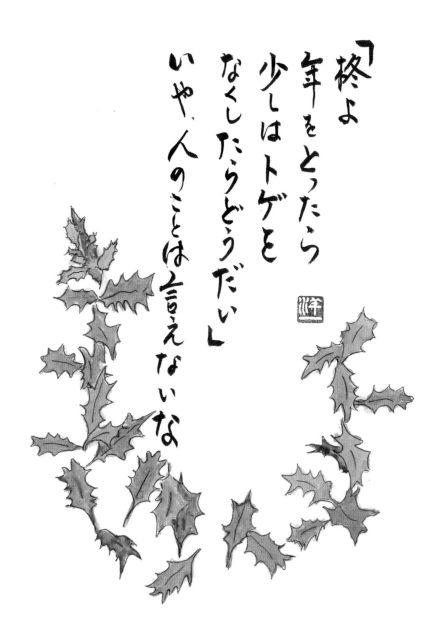

12月18日

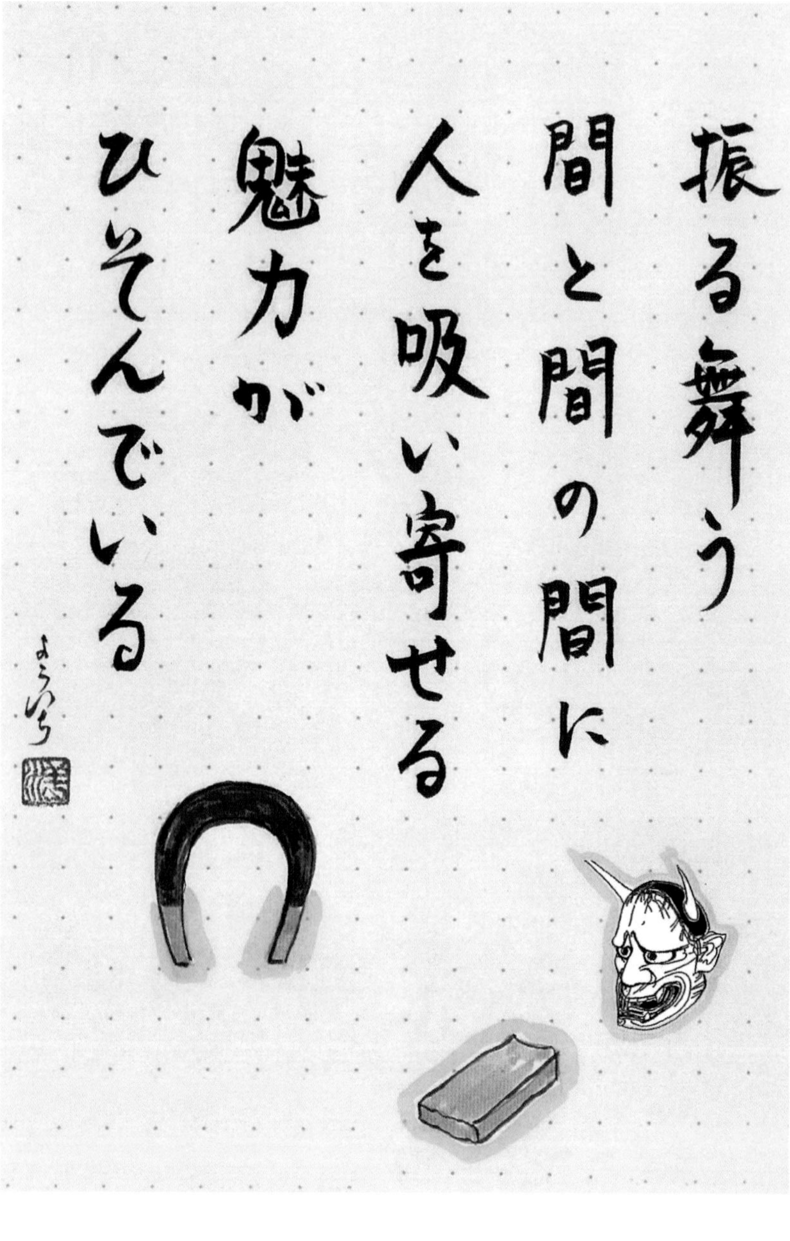
振る舞う
間と間の間に
人を吸い寄せる
魅力が
ひそんでいる

12月19日

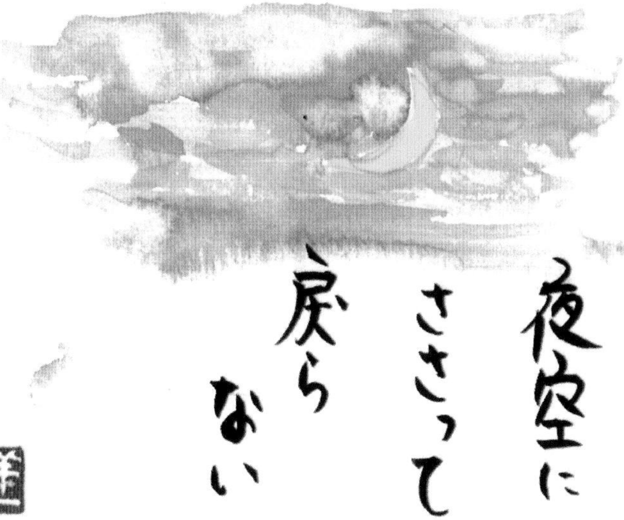

ブーメラン
夜空に
ささって
戻らない

寒風に
樹のみ
樹のまゝ

柔軟と
思う自分の
頑《かたく》なさ

正直な
ことばが
傷つける

12 月 21 日

音楽は成長の促進剤

愚痴はこころの栓抜き

12月22日

真っ直ぐな
道は
疲れる

さらっと
いったのに
君はそれを
深めようと
する

話の
脱線で
笑い合う
頭の
体操

明るい笑顔は
まわりを
丸腰にする

12月24日

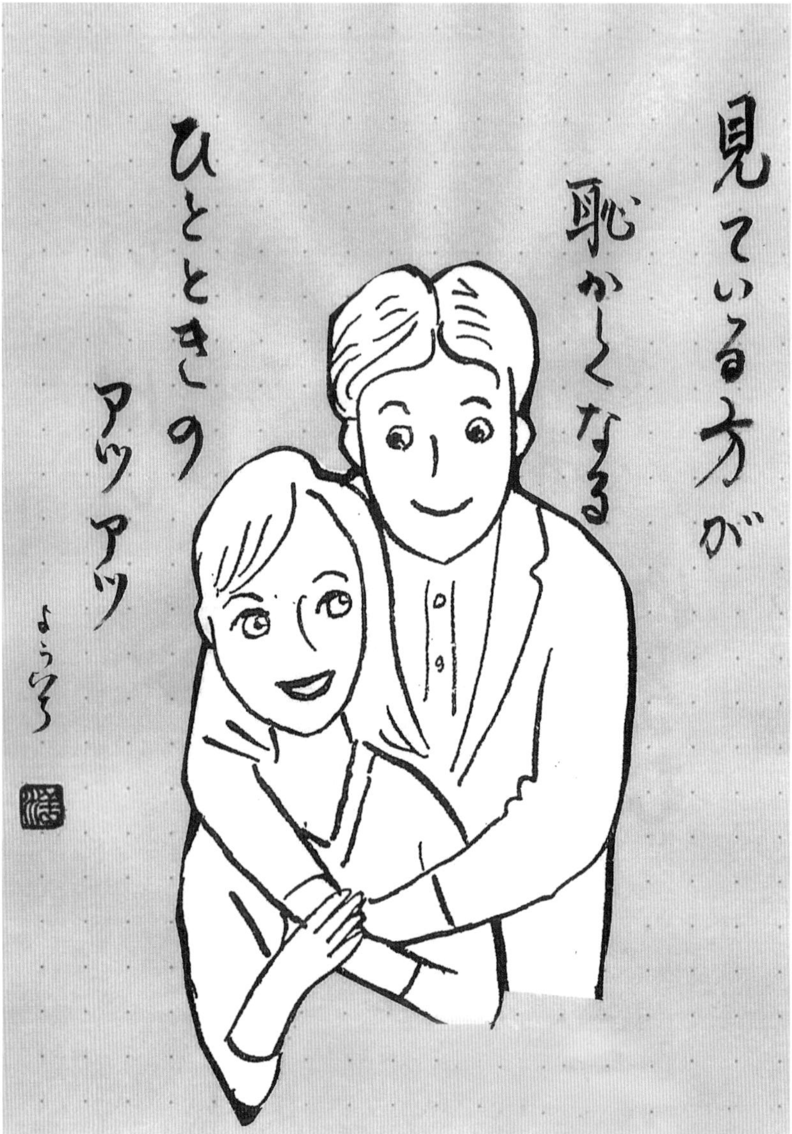
見ている方が
恥かしくなる
ひとときの
アツアツ
ようへい

12月25日

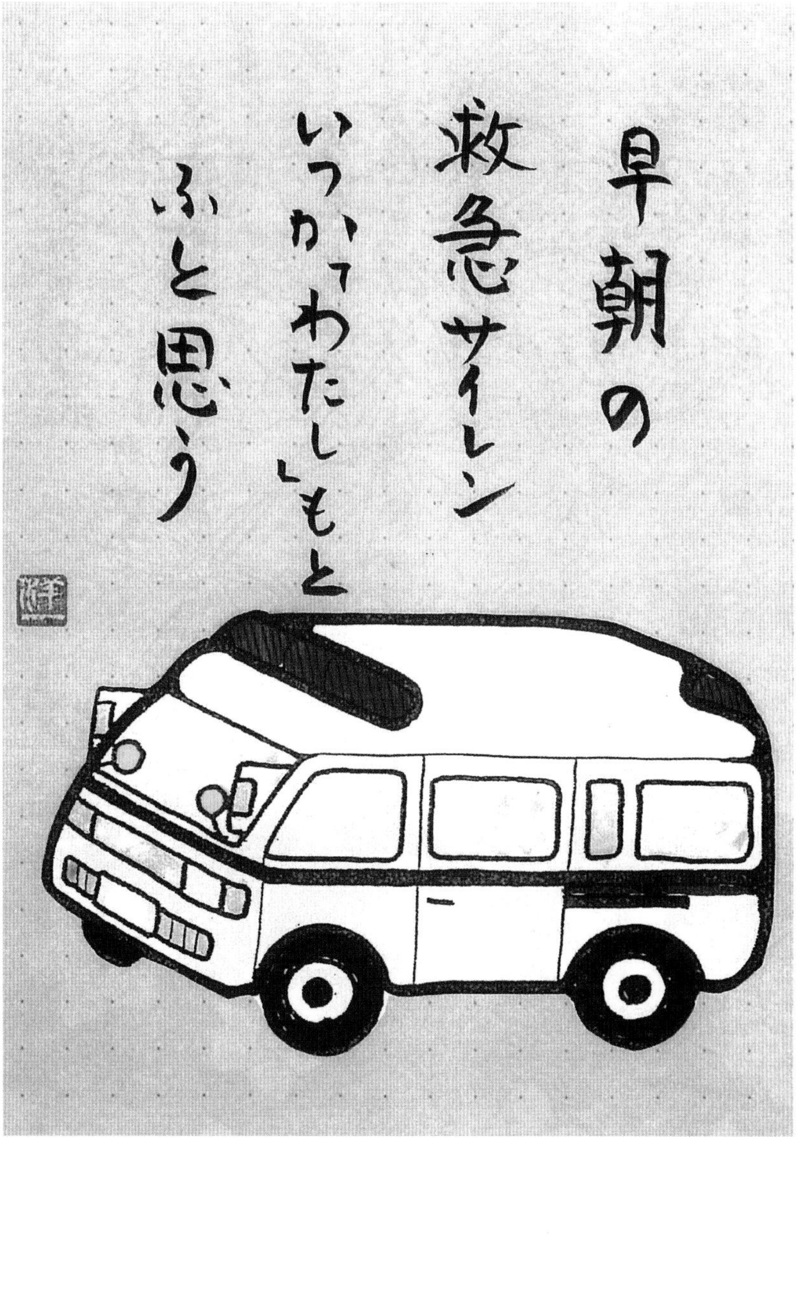
早朝の
救急サイレン
いつか「わたし」もと
ふと思う

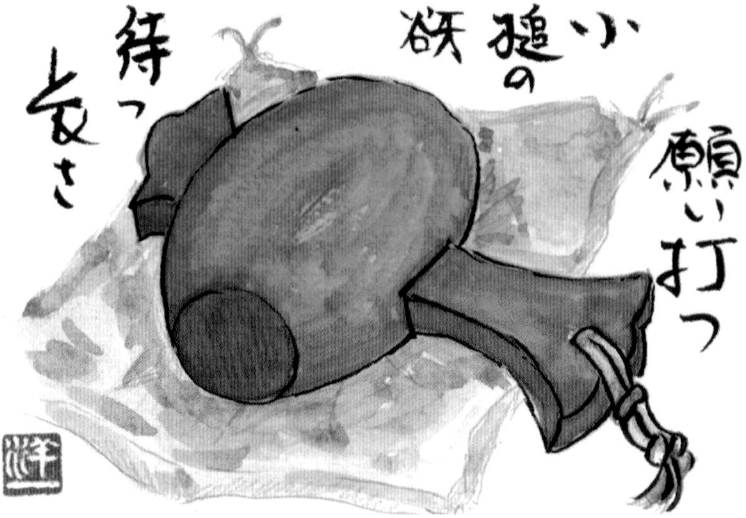
願い打つ
小
槌の
欲
待つ
長さ

私の
もう
一人を
演ずる
化
粧

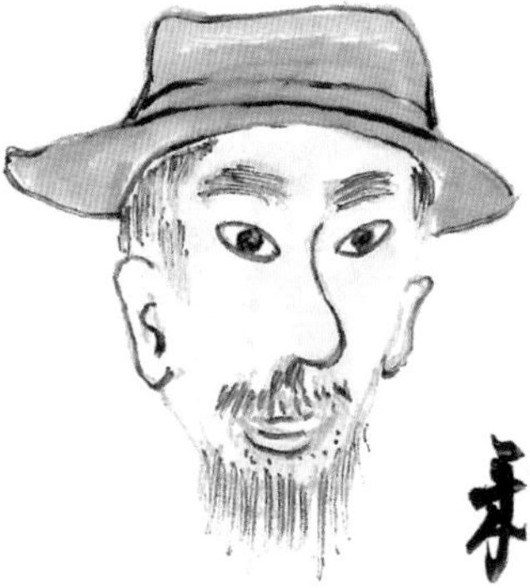

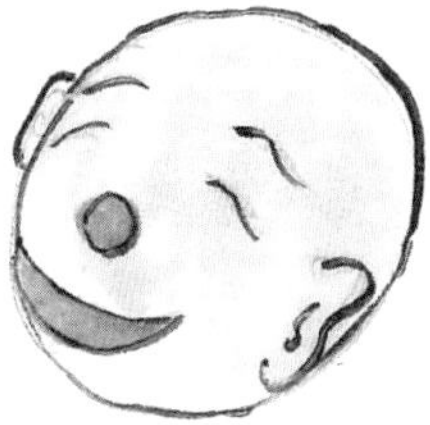

馬鹿に
馬鹿と
いわれても平気

利口に
馬鹿と
いわれたくない

よういち

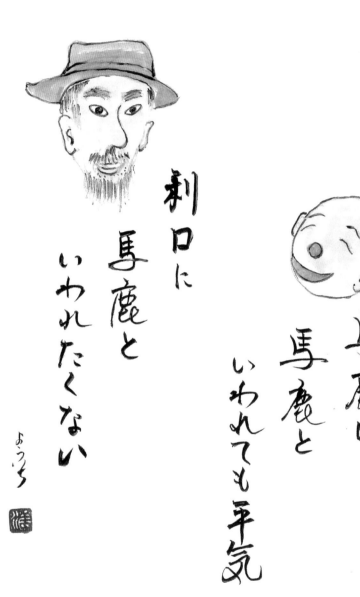

12 月 28 日

早くてよし
遅くてよし
中ぐらいでよし
よしのタイミング
絶妙の味

12月29日

見て観れば
ごみも果報ぞ
冬籠

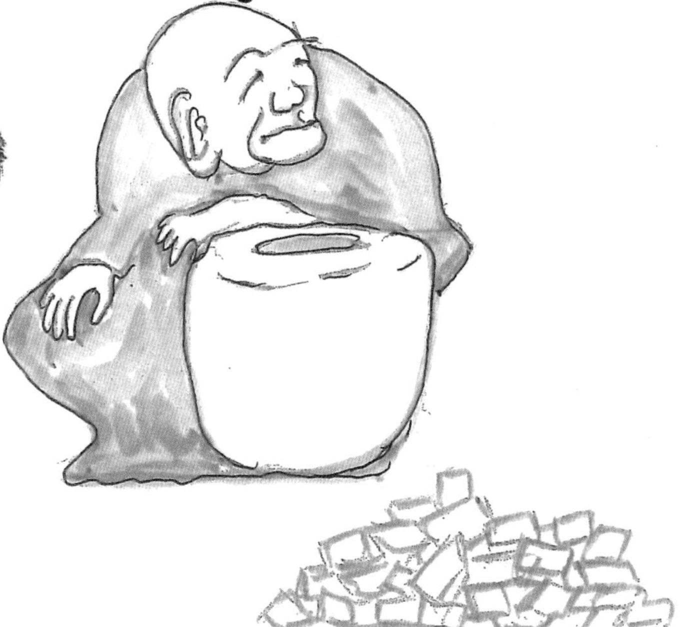

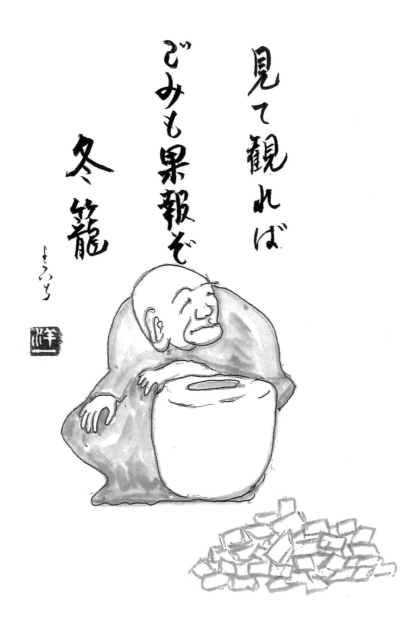

12 月 30 日

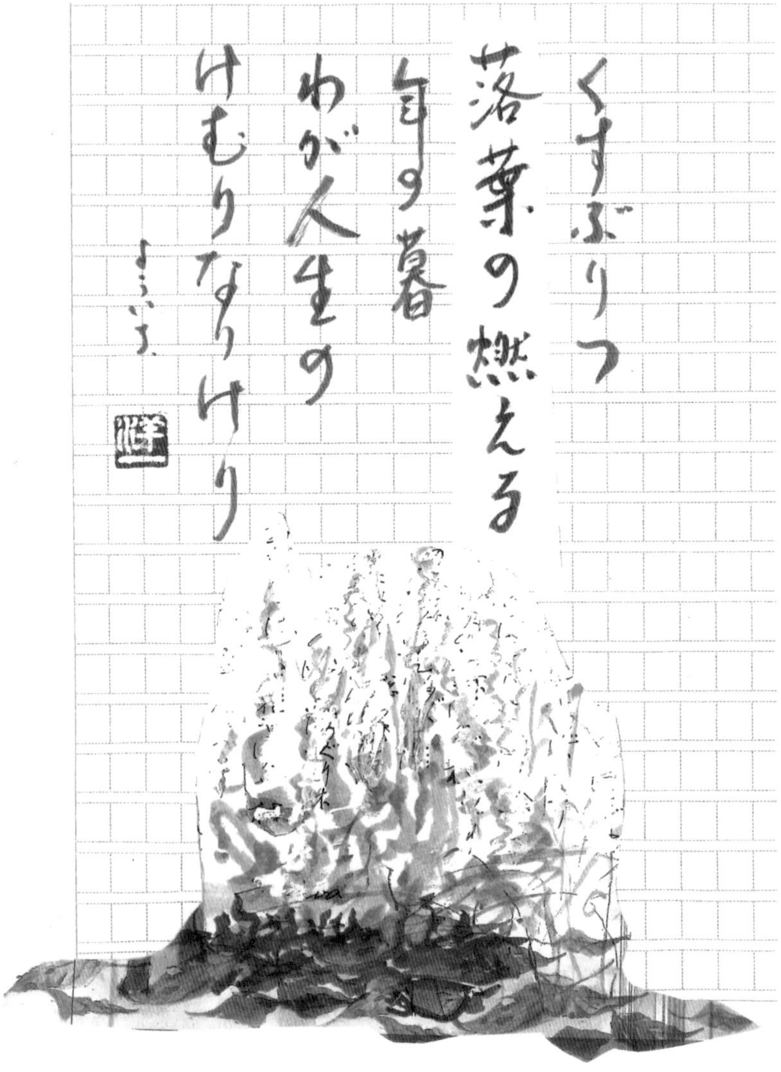
くすぶりつ
落葉の燃える
年の暮
わが人生の
けむりなりけり

12 月 31 日

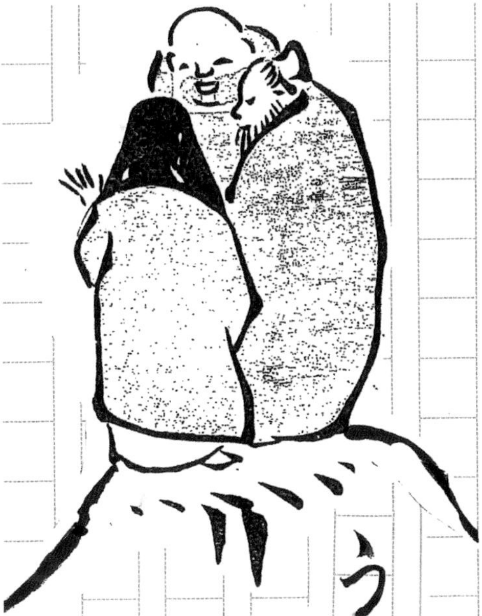

この峠
うそとまことの
大晦日

米寿いま寂滅為楽除夜の鐘

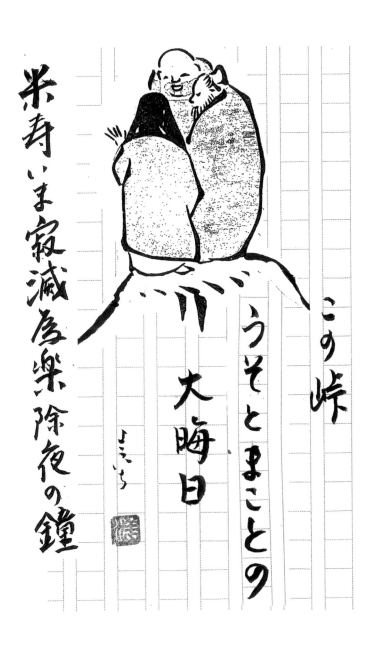

くる人も
かえる人も
福の神

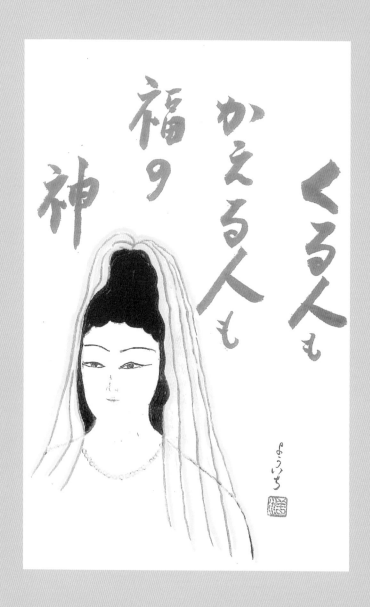

おわりに

茶道の世界に「一 期一会」という言葉がある。一生のうちで、その客人との出会いは一度限り、だから十分に心を込めておもてなしをするようにとの精神を聞く。

…一期一会…

流れに浮かぶ泡沫は
かつ消えかつ 結びて
人の世ははかない
それだけに
人とのふれ合いに喜びを感じる
自然との出会いも嬉しい
けれど、それも束の間のこと

過ぎていく時間の中で
記憶は
瞬間の心のゆらぎを停めてはくれない
一期一会は誰にでもある
手篤いもてなしなどはできなくとも
せめて「その時の感動」を記しておくことで
人としての幸せを覚えたい
…壱語壱絵…

日暮れ近くの黄昏《たそがれ》どきは、一日の喧騒《けんそう》の破片が散らばっており、何となくやり残したことがあるような、忘れ物でもしているかのようなためらいに襲われる。
人は誰でもこの世に生を受けて、神からいただいた命を生きる。ある人は短く、ある人は長く、しかし「散る桜、残る桜も散る桜」いづれ平等に現世から黄泉の国へと遅かれ早かれ旅立つ宿命でもある。紆余曲折の有限の人生の中で、得るものよりも喪失してゆくものの方がはるかに多いようである。花鳥風月に触れ、各々喜怒哀楽を自分勝手な「正見」の公平公正のバランスに戸惑い葛藤の日々でもあった。

そのおりおりの生き様を言葉や絵にしたいと思っていた。生きて、書いて、死にました。ただそれだけの人生かも知れないが。

秋も深まり「祇園の鐘など聞きながら、『壱語壱絵』などと笑止なものを飽きずに性懲りもなく十三巻五千枚」も綴ってしまった。

「感動の量が人生の量である」（第四巻）

将にこの度感動の人、奥山晴治氏に出会った。彼の秘鑰《ひやく》で秘密の箱を開けられた感があるのだが、編集出版の熱意のご好意にあまえさせていただいたのですが、どうにも照れには勝てない。お恥ずかしさに顔を覆っている姿をご想像頂きたい。とはいえ出版するとなれば、一遍でも読んでいただきたい。その方々の心に残るものであったらこの上もない望外の幸せを思うしだいです。

霜どけの土のにほいや富士仰ぐ

令和六年三月　　清水洋一

〈プロフィール〉

清水洋一 しみずよういち

1936年 神奈川県茅ヶ崎市に生まれる。
神奈川県立湘南高等学校を卒業後、家業である農業に従事する傍ら、中央大学法学部を経て、街づくり・教育問題の政策研究会を主宰する。

1974年 茅ヶ崎市議会議員に当選し二期にわたり地域整備・教育問題に取り組む。

1983年 物流会社ならび関連会社の代表取締役に就任し、現在も仕事の傍ら、茅ヶ崎市で創作活動を続け、詩吟（宗範）、居合（初段）を愉しむ。

〈主な著書〉

ヨーロッパ旅行記『デモる、見る、考える』（1970年）
処女詩集『終わりのなし1話』（2000年）
詩集『隙間からの光』（2000年）
詩画集『壱語壱絵』（2000年）
詩集『寝ている不眠』（2001年）
詩画集『壱語壱絵第二巻～第五巻』（2001~05年）
詩画集『壱語壱絵文芸社』（2008年）
詩画集『壱語壱絵第七・八巻』（2010年）
詩集『雲の上の果是』（2011年）
四字成語『壱語壱絵』（2012年）
　参考文献「漢字成語をよく知る事典」（窪島一系）
詩画集『壱語壱絵第九巻～第十巻』（2012~13年）
自叙史『残照余情』（2014年）
詩画集『壱語壱絵第十一巻～第十三巻』（2015~19年）
花俳句366日　安曇出版（2017年）
昔ばなし～いちごいちえ～（2018年）
「ブン蚊」を論ず（2020年）
詩集『晩耕』（2021年）
ことはの散り篭　星雲社（2021年）
壱語壱絵365　鳥影社（2024年）

壱語壱絵365

2024年3月25日初版第1刷印刷
著　者　清水洋一
発行者　百瀬精一
発行所　鳥影社（www.choeisha.com）
〒160-0023　東京都新宿区西新宿3-5-12 トーカン新宿7F
電話　03-5948-6470, FAX 0120-586-771
〒392-0012　長野県諏訪市四賀 229-1（本社・編集室）
電話 0266-53-2903，FAX 0266-58-6771
印刷・製本　モリモト印刷

ISBN978-4-86782-080-3　C0092